Günter Huth

Der *Schoppenfetzer* und das Klirren der Ketten

Die Handlung und die handelnden Personen dieses Romans sind frei erfunden. Jede Ähnlichkeit mit toten oder lebenden Personen oder Persönlichkeiten des öffentlichen Lebens ist nicht beabsichtigt und wäre rein zufällig.

Foto: Christian Hörl

Der Autor:

Günter Huth wurde 1949 in Würzburg geboren, und lebt seitdem in seiner Geburtsstadt. Er kann sich nicht vorstellen, in einer anderen Stadt zu leben. Er ist Rechtspfleger (Fachjurist), verheiratet, drei Kinder.
Seit 1975 schreibt er in erster Linie Kinder- und Jugendbücher, Sachbücher aus dem Hunde- und Jagdbereich (ca. 60 Bücher). Außerdem hat er bisher Hunderte Kurzerzählungen veröffentlicht. In den letzten Jahren hat er sich vermehrt dem Genre Krimi zugewandt. 2003 kam ihm die Idee für einen Würzburger Regionalkrimi. „Der Schoppenfetzer" war geboren, der heute bereits mit dem zwanzigsten Band vorliegt.
2013 erschien sein Mainfrankenthriller „Blutiger „Spessart", mit dem er die Simon-Kerner-Reihe eröffnete, mit der er eine völlig neue Facette seines Schaffens als Kriminalautor zeigt. Durch den Erfolg des ersten Bandes ermutigt, brachte er 2014 mit dem Titel „Das letzte Schwurgericht" den zweiten Band, 2015 mit „Todwald" den dritten Band, 2016 mit „Die Spur des Wolfes" den vierten Band, 2017 mit „Spessartblues" den fünften Band und mit „Jenseits des Spessarts" den sechsten Band dieser Reihe auf den Markt.
2022 entwickelte er die Idee für eine weitere Regionalkrimi-Reihe mit dem Titel *RUMPEL.*
Der Autor ist Mitglied der Kriminalschriftsteller-vereinigung „Das Syndikat".

Günter Huth

Der *Schoppenfetzer* und das Klirren der Ketten

Würzburger Regional-Krimi

Der zwanzigste Fall des
Weingenießers Erich Rottmann

echter

Klimaneutral
Druckprodukt
ClimatePartner.com/12514-2207-1026

Der Umwelt zuliebe verzichten wir bei diesem Buch auf die Folienverpackung.

Bibliografische Information der Deutschen Nationalbibliothek
Die Deutsche Nationalbibliothek verzeichnet diese Publikation in der Deutschen Nationalbibliografie; detaillierte bibliografische Daten sind im Internet über http://dnb.d-nb.de abrufbar.

Günter Huth
Der *Schoppenfetzer* und das Klirren der Ketten

Cover: Konzept Peter Hellmund
Ausführung: Tobias Klose, Würzburg
Innenteil: satzgrafik Susanne Dalley, Aachen
Gedruckt und gebunden von Friedrich Pustet, Regensburg

1. Auflage 2022

ISBN 978-3-429-05785-5
ISBN 978-3-429-05229-4 (PDF)
ISBN 978-3-429-06582-9 (ePub)

www.echter.de

Prolog

Kirchweih …

Der an das Wirtshaus zum *Goldenen Stern* angrenzende Hof mündete an der rechten Schmalseite in die grundstücksbreite Scheune. Ihre auf Rollen laufenden Schiebetore an Vorder- und Rückseite standen offen. In der Tenne parkten landwirtschaftliche Maschinen, daneben lagerten Stroh- und Heuballen. Die festliche Lichtaura, die das traditionelle, von der Familie Gleisinger in vierter Generation betriebene Gasthaus umgab, überstrahlte die Beleuchtung der an das Wirtshaus angrenzenden Dorfstraße. Der Lichtschein reichte bis in den zwischen Gasthaus und Scheune befindlichen Hof, wo sich die Toilettenanlagen befanden. Aus praktischen Überlegungen lagen sie direkt neben dem Misthaufen, zwecks rationeller Beseitigung und ökologischer Verwendung des Outputs menschlichen Stoffwechsels, der in diesen Tagen der Kirchweih besonders reichlich anfiel.

Kirwe, wie dieses Fest im fränkischen Dialekt genannt wurde, war im Jahresreigen eines der Höhepunkte im Dorf. Der große Tanzsaal des Wirtshauses war überfüllt mit jungen und älteren Bewohnern aus Gramschatz und den angrenzenden Ortschaften. Sich abwechselnde Kapellen boten Musik für jeden Geschmack. Speisen und Getränken wurde reichlich zugesprochen. Wer dem Tanzen nichts abgewinnen konnte, unterhielt sich schreiend mit dem Tischnachbarn oder suchte schweigsam in der Tiefe des Bierglases nach Weisheiten. Eine gemischtgeschlechtliche Gruppe jüngeren Semesters drängelte sich in mehreren Reihen in der mit Rotlicht illuminierten Bar und stillte die Lust nach Hochprozentigem. Vor allen

Dingen die jungen Burschen zeigten sich den Dorfschönheiten gegenüber großzügig und luden sie zu den unterschiedlichsten Getränken ein. Getragen von der stillen Hoffnung, dass der Barkeeper den wirksamsten „Schlüpferstürmer“ in seinen Flaschen bereithielt, wie die Liköre, Schnäpse oder Mixgetränke in der Männerwelt der Ledigen hoffnungsvoll genannt wurden. Entsprechend waberte ein Nebel aus hochprozentigem Alkohol, überlagert von einer Wolke aus Testosteron, durch den kleinen Raum und trieb Weiblein wie Männlein den Schweiß auf die Stirn und den Blutdruck in die Höhe. Jegliche desodorierten Achselhöhlen kamen olfaktorisch schnell an ihre Leistungsgrenze und führten die vollmundigen Werbeversprechen der Deohersteller ad absurdum.

Immer wieder spuckte die Bar Einzelsubjekte, ganze Menschentrauben und mehr oder weniger ineinander verschlungene Pärchen aus, die zum Abkühlen ins Freie drängelten, wo von den erhitzten Körpern wahre Dampfwolken in den Oktoberhimmel stiegen. Unter den Kühlung Suchenden befand sich auch der einundzwanzigjährige Erich Rottmann mit seinen Kumpels. Er hatte gerade seinen Frust mit mehreren „Kurzen“ hinuntergespült. Elvira, seine Freundin aus Rimpar, konnte heute nicht auf der Kirchweih sein, weil sie auf einer runden Geburtstagsfeier einer Tante eingeladen war. Ein unumgänglicher Pflichttermin, wie sie Erich versichert hatte. Der war stinksauer, weil er am nächsten Dienstag in die Kaserne der Bereitschaftspolizei einrücken musste, um seine Ausbildung zum Polizisten zu beginnen. Am härtesten traf ihn dabei, dass er seine schulterlangen Haare, die er heute zu einem Pferdeschwanz zusammengebunden hatte, abschneiden lassen musste. Der Frisörtermin stand schon fest.

Erich stand mit seinen Spezis auf einer an die Wirtschaft angebauten Veranda, als er ein sehr gut aussehendes Mädchen entdeckte, die von drei Jungs aus einer Nachbargemeinde in einer Ecke der Veranda ziemlich körpernah angebaggert wurde. Für Erich eine Gelegenheit, seiner schlechten Laune ein Ventil zu verschaffen. Als Verteidiger der hiesigen Fußballmannschaft und Mitglied der Judomannschaft der Kreisstadt war er durchtrainiert und durchaus körperlichen Einsatz gewohnt. Er stieß sich also vom Geländer der Veranda ab und schob sich mit einem an seine Kumpels adressierten „bin glei widder da“ mitten in die Gruppe der Belästiger hinein, wobei er den aufdringlichsten Kerl gleich schwungvoll auf die Seite schubste.

„Hey, ihr Penner, lasst amal des Mädle in Ruh!“, knurrte er vernehmlich und verlieh seinen breiten Schultern durch Verschränken der Arme noch mehr Nachdruck.

„Was willst Du denn, Du Grammschter Strumpfdangler?“, baute sich der in seiner Mannesehre beleidigte Typ vor Erich auf und stieß ihn zurück. „Du Arsch, verzupf Dich! Sonst tuts weh!“

„Ich schlach vor, mer treffe uns amal hinne im Hof“, gab Erich zurück, „wenn Du unbedingt a paar uffs Maul willst! Kannst deim Zahnarzt glei a paar schöne Grüß von mir ausricht …“ Seine Kumpels, die sich gerade noch mit Erich unterhalten hatten, merkten natürlich sofort, dass die Luft brannte, und bauten sich hinter ihm auf. Eine Minute später war ein Pulk von aufgeheizten Burschen auf dem Weg in den Hof der Wirtschaft. Einer von Erichs Jungs nahm das belästigte Mädchen in ihre Mitte, damit sie an vorderster Front mitbekam, wie hier ihre Ehre verteidigt wurde. Keiner der anwesenden Erwachsenen berührte das sonderlich, gehörten doch kleinere Schlägereien bei Kirchweihfesten unter den jungen Leuten durchaus zur Tradition. Einige lehnten sich oben gegen das Verandageländer, um sich einen Logenplatz zu sichern. In der

Nähe der Toiletten, am Rande des großen Misthaufens, blieben die verfeindeten Gruppen stehen. Die beiden Kontrahenten bauten sich voreinander auf und demonstrierten durch breitschultriges Balzverhalten ihre körperliche Überlegenheit.

„Also, was is, Du Grammschter Bettbrunser, hast die Hose scho gstriche voll …?", goss der Belästiger Öl ins Feuer. Seine Spezis lachten spöttisch.

Erich machte nicht lange Federlesens. Ehe sich sein Gegner versah, setzte er blitzschnell einen Judogriff an und schleuderte den Typen mit Schwung über die Schulter … hinein in den großen Misthaufen, an dessen Rand sich eine stinkende Brühe aus Fäkalien aller Art angesammelt hatte. Das Gesicht des Burschen tauchte satt in die Jauche ein. Ächzend und speiend sprang er auf die Füße.

„Hat noch enner e Bedürfnis?", fragte Erich gelassen in die Runde. Keine Antwort. „… dann macht, dass ihr hemmkommt, und lasst euch bei uns nimmer säh. Sonst gibt's richtig enne uff die Hucke!"

Wortlos sammelten sie ihren geschlagenen Kumpel auf, wobei sie sorgsam darauf achteten, nicht mit ihm in direkten Kontakt zu kommen.

Im Triumphzug begleiteten seine Freunde Erich zurück in den Saal. Der hatte den Arm um das verteidigte Mädchen gelegt, was die sich gerne gefallen ließ. Im Licht der Saalbeleuchtung konnte er Barbara, wie sie hieß, erst mal richtig betrachten. Sie hatte kurze rote Haare und eine sportliche Figur, was sie bei den nächsten Tänzen unter Beweis stellte. Sie machte auch gerne mit, als Erich sie bei einem heißen Beat antanzte und mit körperlichen Berührungen nicht sparte. Als er sie wenig später in die Bar einlud, folgte sie ihm willig. Da erfuhr er, dass sie in Hanau wohnte, gerade ihre Verwandtschaft in Arnstein besuchte und heute mit ihrem Cousin und seiner Freundin hierher zur Kirchweih gekommen war. Die beiden waren aber schon seit einiger Zeit irgendwohin verschwunden und Barbara vermutete, dass sie sich ein stilles Eckchen für etwas Privatheit gesucht hatten.

Erich war erstaunt über Barbaras alkoholische Nehmerqualitäten. Irgendwann vor Mitternacht küssten sie sich dann. Kurz nach Mitternacht knutschten sie. Wenig später steigerte sich Erichs Einsatz zu einer wilden Fummelei. Barbara fing irgendwann seine Hände ein und schlug vor, sich noch einmal an der frischen Luft etwas abzukühlen. Auch Erich waren das viele Whiskey-Cola und die berauschende Nähe Barbaras ziemlich zu Kopf gestiegen und hatten seinen Testosteronspiegel massiv in die Höhe getrieben. Nur zu gerne stimmte er Barbaras Vorschlag zu. Die Band war zwischenzeitlich zu langsamen Liedern übergegangen und der Wirt hatte das Licht im Saal entsprechend der Stimmung stark gedämpft. Die Pärchen auf der Tanzfläche waren durchwegs zum innigen Klammerblues übergegangen. Barbara nahm Erichs Kopf in die Hände und sah ihm in die Augen.

„Komm, ein Tanz …", bat sie leise. Erich nahm sie in die Arme und dicht aneinandergeschmiegt drehten sie sich in Zeitlupe auf einem halben Quadratmeter. Sie spürten ihre Körper. Er fühlte den sanften Druck ihrer Brüste, sie die Berührung seiner Männlichkeit.

Irgendwann war der *Point of no return* erreicht. Erich packte Barbara bei der Hand und zog sie hinter sich her ins Freie, die Treppe hinunter, quer über den Hof, hinein in die dunkle Scheune. Mit einem lauten Stöhnen landeten sie im Stroh. Die Liebe war wild. Barbara riss ihm in ihrer Begierde einige seiner langen Haare aus. Er fummelte ihr in seiner Ungeduld den Schlüpfer kaputt. Beides nahmen sie in diesem Moment nicht zur Kenntnis.

Irgendwann beruhigten sich die Hormonstürme und eine friedliche Ruhe senkte sich auf die beiden. Ganz langsam kam auch der Verstand wieder zum Vorschein und jeder für sich machte sich so seine Gedanken, wie er mit den Geschehnissen der Nacht umgehen sollte. Erich dachte plötzlich wieder an seine Freundin Elvira in Rimpar und Barbara erschien das Gesicht ihres Freundes Robert vor ihrem geistigen Auge.

Beide erhoben sich, ordneten ihre Kleidung und schworen einander, diese Liebesnacht für sich zu behalten und tief in ihrem Herzen zu begraben. Als sie zum Wirtshaus zurückkamen, spielte die Band gerade ihr letztes Lied. Barbara und Erich tanzten noch einmal miteinander, dabei entdeckte sie ihren Cousin und seine Freundin auf der Tanzfläche. Wenig später gab sie Erich heimlich einen Kuss, dann stieg sie in das Auto ihres Cousins und sie fuhren nach Arnstein zurück.

Als Barbara König sich auszog, um ins Bett zu gehen, bemerkte sie an ihrer Kleidung einige lange Haarsträhnen, die sie Erich in der Ekstase wohl ausgerissen hatte. Sie rollte sie in einer Anwandlung von Sentimentalität auf und steckte sie in einen Briefumschlag. Sie liebte Erinnerungssymbole. Zumal Erich ihr erster Mann war, dem sie sich ohne Schutzmaßnahmen hingegeben hatte. Mit Robert hatte sie bisher nur Safer Sex gehabt.

Erichs Engagement gegenüber dem hübschen Mädchen war natürlich unter den Jugendlichen des Dorfes nicht verborgen geblieben. Ein Mädchen aus Rimpar, das Erich einstmals verschmäht hatte, nahm dieses Verhalten mit besonderem Interesse zur Kenntnis. Ihre Freundin Elvira würde sich bestimmt brennend dafür interessieren.

Erich schlief am nächsten Tag bis fast zur Mittagszeit. Er hätte noch länger geschlafen, wenn ihn nicht seine Mutter mit dem Telefonapparat in der Hand aufgeweckt hätte.

Das lange Kabel reichte vom Flur bis in Erichs Zimmer. Mit krächzender Stimme meldete er sich. „Erich, hier ist Elvira. Ich möchte, dass wir uns in einer Stunde in Einsiedel treffen!" Keine Bitte. Eine glasklare Forderung.

Er sah auf seine Armbanduhr. „Geht das auch am Nachmittag? Ich bin gerade noch etwas fertig."

„Das kann ich mir denken!", kam es scharf zurück. „In einer Stunde oder gar nicht!"

Dieser bedrohliche Unterton drang sogar in das vernebelte Gehirn von Erich und brachte die Erinnerung an die gestrige Nacht zum Vorschein. Schlagartig war er wach!

„Scheiße", knurrte er und schlurfte ins Badezimmer. Plötzlich hatte er das Gefühl, als würde sich über seinem Haupt ein gewaltiges Unwetter zusammenziehen.

Einsiedel war eine Holzfällerhütte im Wald, etwa auf der Hälfte zwischen Gramschatz und Rimpar. Dort hatten sie sich schon häufiger getroffen, um alleine zu sein. Als Erich sein Fahrrad an eine ausladende Buche lehnte, war er sich ziemlich sicher, dass es heute kein Schäferstündchen werden würde. Eigentlich wollten sie sich heute für einige Zeit voneinander verabschieden, weil Elvira eine Ausbildung zur Hauswirtschaftsmeisterin in Nürnberg antreten würde und er ja in die Kaserne einrücken musste.

Nervös sah er den Waldweg entlang. Elvira ließ sich Zeit. Zwanzig Minuten später kam sie angeradelt, stieg ab und lehnte ihr Rad an einen anderen Baum. Erich prüfte ihre Miene. Sie war verschlossen und traurig. Ihm war sofort klar, dass sie, woher auch immer, Bescheid wusste! Irgendjemand hatte ihn verpfiffen. Da half nur noch absolute Unterwerfung, totale Demut, vollkommenes Zu-Kreuze-Kriechen.

Elvira blieb zwei Meter vor ihm stehen. Als Erich Anstalten machte, sich ihr zu nähern, fauchte sie: „Bleib stehen und rühr mich nicht an! Die Neuberts Moni hat mir alles erzählt, Du kannst Dir Deine Lügengeschichten also sparen."

„Aber … ich …", wollte er einen Einwurf machen, aber sie schnitt ihm das Wort ab.

„Halt einfach den Mund! Mit uns zwei ist es aus! Kannst ja zu dieser Tussi von gestern! Schreib mir keine Briefe und ruf mich nicht an …!"

Ehe Erich noch etwas stammeln konnte, drehte sie sich abrupt auf dem Absatz herum, schnappte sich wieder ihr Fahrrad und trat kurz darauf heftig in die Pedale. Einen Moment später entzog der Wald sie seinen Blicken. Erich trat wütend gegen einen Ast, der durch die Gegend flog. – Von nun an lebten beide ihr jeweils eigenes Leben.

Elvira entschied sich um und begann einige Zeit später eine Ausbildung zur Altenpflegerin in einem Seniorenheim in Schweinfurt, die sie auch erfolgreich abschloss. Im Heim lernte sie Dr. Eduard Rodenstock kennen, einen jungen Assistenzarzt aus Schweinfurt, und bald waren sie ein Paar. Sie lösten jedoch beide diese Verbindung im gegenseitigen Einvernehmen, als Rodenstock nach der Wende die Hausarzt-Praxis seines Onkels in Dresden übernahm, der altersbedingt in den Ruhestand trat. Die beiden hielten über die Jahre lockeren Kontakt. Einmal besuchte Elvira sogar Dresden und ließ sich von der mittlerweile vierköpfigen Familie ihres ehemaligen Freundes die Stadt zeigen. Bei dieser Gelegenheit erwähnte er ihr gegenüber auch die Tatsache, dass er immer auf der Suche nach rentablen Kapitalanlagen war. Elvira selbst blieb ledig und stieg innerhalb der Hierarchie des Altenheims bis in die Leitungsebene auf. Sie musste allerdings nach vielen Jahren diese Tätigkeit aus gesundheitlichen Gründen aufgeben, weil ihr Rücken den Belastungen des Berufs nicht mehr gewachsen war. Sie übernahm dann ein paar Bürojobs, wollte aber gerne nach Würzburg ziehen, ihr Heimatdorf Rimpar war ihr einfach zu klein. Als im Würzburger Rathaus die Stelle einer Chefreinemachefrau in verantwortungsvoller Position ausgeschrieben wurde, bewarb sie sich und wurde angestellt.

Erich Rottmann machte bei der Polizei Karriere, stieg mit den Jahren zum Ersten Kriminalhauptkommissar auf und wurde irgendwann zum Leiter der Würzburger Mordkommission befördert. Eine Position, die er bis zu seiner Pensionierung behielt.

Gegen Ende des letzten Jahrhunderts ...

Am 17. Mai 1997 wurde vor dem Notar Hinnerk Johansson, Dresden, zwischen Professor Dr. Rigobert Fronhofer, Würzburg (Verkäufer) und Dr. Eduard Rodenstock, Dresden (Käufer), ein Kaufvertrag über eine Eigentumswohnung in dem Anwesen Würzburg, Rosengasse 23, geschlossen. Die Parteien waren sich darin einig, dass die Wohnung zum Zeitpunkt des Kaufes unbefristet an Herrn Erich Rottmann vermietet ist. Der Käufer war über den Rechtsgrundsatz „Kauf bricht nicht Miete" informiert, also darüber, dass durch den Kauf kein außerordentlicher Kündigungsgrund vorliegt. Der Verkäufer erklärt, dass er die Eigentumswohnung als reine Kapitalanlage betrachtet hat. Der Notar wurde beauftragt, die Mietpartei von dem Eigentümerwechsel in Kenntnis zu setzen. Die fälligen Mietzinsen hatte der Mieter, nebst Nebenkosten, ab Juni 1997 auf ein noch einzurichtendes Mietkonto jeweils monatlich im Voraus zu entrichten.

Zwei Wochen später ging auf dem Konto von Elvira Stark eine Prämie für die Vermittlung einer Eigentumswohnung in Höhe von 5.000 DM ein.

Heute

#FFFFB – Freie Fahrt für freie Bürger

Das streng vertrauliche, konspirative Treffen der Gruppe *#FFFFB – Freie Fahrt für freie Bürger* fand an einem geheim gehaltenen Ort innerhalb eines verschwiegenen Hauses in einem abgeschlossenen Chambre séparée statt. Heute war dort Ruhetag und die dort üblicherweise im zwischenmenschlichen Dienstleistungsgewerbe tätigen Damen nicht im Einsatz. Lediglich die Besitzerin war anwesend und kredenzte auf einem Tablett kühle Getränke. Die sechs Teilnehmer, neben der Gastgeberin weitere drei Männer und drei Frauen, hatten ihre Einladung in verschlüsselter Form über einen Twitter-Account mit dem Hashtag *#FFFFB* erhalten, den einer der Beteiligten eingerichtet hatte und dem die anderen folgten.

Der Sprecher, ein mittelalter Mann mit einem dunklen Vollbart und einer Totalglatze, ergriff das Wort, nachdem alle zur Begrüßung kurz miteinander angestoßen hatten.

„Liebe Ramona", wandte er sich an die Gastgeberin, „vielen Dank, dass Du uns die Gelegenheit gibst, uns hier in vertraulicher Runde zu treffen. Du hast mir versichert, dieser Raum hier ist absolut abhörsicher …?"

„Dafür lege ich meine Hand ins Höllenfeuer!", erwiderte sie lachend. „Wenn die Wände dieses Hauses plaudern könnten …" Sie verdrehte die Augen. „Da wäre so manche Karriere, die eine oder andere Geschäftsverbindung … oder auch Ehe erledigt. Vertraulichkeit und Verschwiegenheit sind fester Bestandteil meines Geschäftsmodells. – Deshalb lege ich auch größten Wert darauf, den Gästen die Nutzung meiner …

sozialen Einrichtung so bequem und sicher wie möglich zu machen. Deswegen ist es auch ein No-Go, dass in Zukunft die Kfz-Kennzeichen unserer Gäste auf irgendwelchen Kameras eines überwachten Parkplatzes landen sollen."

Alle Anwesenden nickten zustimmend zu diesem Eingangsstatement.

„Womit wir beim Thema wären", stellte der Sprecher fest. Im wahren Leben leitete er ein großes Kaufhaus. „Die Angelegenheit spitzt sich politisch immer mehr zu und hat mittlerweile ein Stadium erreicht, das uns zwingt, massiv steuernd einzugreifen, wollen wir uns nicht der Willkür einer Stadtratsmehrheit beugen, die heute so und morgen wieder anders entscheidet – unterm Strich aber den Ausverkauf von uns Geschäftsleuten betreibt!"

„Ich weiß wirklich nicht, was sich die Mehrheit unserer Stadträte davon verspricht, in Kauf zu nehmen, dass jeglicher Individualverkehr in der Innenstadt erheblich erschwert wird, indem man alle Parkplatzmöglichkeiten extrem verteuert. … Und das in Zeiten, in denen die Benzinpreise und die Lebenshaltungskosten ins Astronomische klettern, dazu noch die explodierende Inflation …! Das ist extrem unsozial!" Ein Jungunternehmer aus der Pleich schüttelte den Kopf.

Eine junge Frau mit politischem Einfluss – ihr Mann saß im Stadtrat – schüttelte verständnislos den Kopf. „Wenn ich mir überlege, was alleine die Plakataktion für das Bürgerbegehren 1 an Finanzmitteln verschlingt … Da heißt es immer, die Kommune hat kein Geld und muss deshalb die Parkgebühren massiv anheben, und dann fluten sie die Stadt mit Plakaten. Über die Öko- und CO_2-Bilanz dieser Aktion möchte ich gar nicht nachdenken!"

„Ihr habt mir versprochen, dass Ihr Euch massiv für eine weiterhin gebührenfreie Talavera einsetzt", brachte Ramona nochmals ihr Anliegen zu Gehör. „Meine Kundschaft generiert sich aus Berufstätigen, überwiegend aus dem Landkreis, die sich nach der Arbeit noch für ein, zwei Stündchen von einer meiner Damen verwöhnen lassen wollen, um dann gut gelaunt nach Hause zu kommen. Da kann ich kein Parküberwachungssystem auf dem Platz brauchen, das Kennzeichen erfasst und damit die Gefahr der Kompromittierung meiner Kunden birgt."

Eine dunkelhaarige Endvierzigerin mit politischem Einfluss, Mitbegründerin von #FFFFB, schüttelte heftig den Kopf. „Da kann ich Dir nur zustimmen! Keine faulen Kompromisse! Es darf keine Entmündigung des Bürgers stattfinden, der von einem als Alibi vorgeschobenen Öko-Gedanken gegängelt werden soll! Das ist nur der Anfang! In Wirklichkeit sollen wir Bürger immer mehr gegängelt werden! Man sollte vielmehr dafür sorgen, dass überall in der Stadt kostengünstig E-Autos betankt werden können. Wir sollten auf jeden Fall bei unserer radikalen Linie bleiben und dafür sorgen, wenn es sein muss, auch mit … ungewöhnlichen Aktionen, dass dieser Stadtratsbeschluss von den Bürgern von Würzburg beim Bürgerentscheid vom Tisch gefegt wird! Ich habe da auch schon eine Idee entwickelt! Sie verlangt zwar etwas Zivilcourage und wir gehen das Risiko ein, Ärger mit der Staatsanwaltschaft zu bekommen …, allerdings nur dann, wenn wir uns blöde anstellen!" Sie setzte sich zurecht und begann ihre Vorstellungen zu erläutern … Einige der Teilnehmer bekamen große Augen.

Öchsle hob den Kopf und lauschte in die Stille der dunklen Wohnung. Aus der nur angelehnten Tür des Schlafzimmers seines Menschen war ein Laut gedrungen, der sich deutlich von den Schnarchgeräuschen, die dem Rüden schon seit ewigen Zeiten vertraut waren, unterschied. Öchsle verließ sein Körbchen und tapste in die Richtung des ungewohnten Lautes, der sich mittlerweile einige Male wiederholt hatte. Seine Krallen verursachten auf dem Teppichboden keine Geräusche. Vorsichtig stieß er mit der Nase die Tür ein Stück weiter auf und machte einige Schritte in das abgedunkelte Zimmer hinein. Deutlich konnte er unter der Bettdecke die Skyline seines Menschen erkennen, die sich mit figürlichen Höhen und Tiefen darunter abzeichnete. Gerade stieß der Schläfer wieder dieses beängstigende Geräusch aus, das zwischen Stöhnen und Jammern changierte. Der Rüde blieb mit schief gelegtem Kopf stehen und lauschte. Schließlich gab er sich einen Ruck, trat näher und setzte seine beiden Vorderpfoten neben dem Kopfkissen auf die Matratze. Blitzschnell fuhr er Erich Rottmann mit der Zunge mehrmals quer über das Gesicht, wobei er den Vollbart nachhaltig vollsabberte, was schlagartig Wirkung zeigte.

„Äh, pfui Deifel!“, grantelte der so unsanft aus den Träumen gerissene Schoppenfetzer und richtete sich auf. Mit dem Ärmel des Schlafanzugs fuhr er sich über das Gesicht. „Öchsle, was soll der Mist? Raus aus meinem Bett!“

Der Rüde sprang ein Stück rückwärts und bekundete durch heftiges Schwanzwedeln und freudiges Fiepen seine Freude darüber, dass sich sein Mensch endlich erheben wollte. Dessen Unmut ignorierte er völlig. Ächzend warf Erich

Rottmann die Zudecke zur Seite und schwang die Beine über den Bettrand. Da saß er nun und stierte etwas schlaftrunken vor sich hin. „Ich bin wirklich gespannt, wann Du endlich mal aufhörst, mich zu dieser unchristlichen Zeit zu wecken … Wir sind beide Pensionisten und können so lange pennen, wie wir wollen!"

Rottmann stand auf und dehnte sich ausgiebig. Dann zog er die Rollläden vor den Fenstern hoch und ließ Helligkeit in die Wohnung. Mit einem Blick auf den verregneten Morgen draußen stellte er fest, dass er eindeutig nichts versäumte und durchaus noch etwas hätte schlafen können. Wenn da nicht ein gewisser Vierbeiner gewesen wäre … Er fuhr sich mit den Fingern durch die Kurzhaarfrisur und kratzte sich am Bart, wobei er in die feuchten Rückstände von Öchsles Morgenkuss geriet. Er verzog das Gesicht und marschierte in Richtung Bad. Öchsle war über den Erfolg seiner Weckaktion durchaus zufrieden und legte sich in seinen Korb zurück. Er wusste aus Erfahrung: Bis sein Mensch einsatzbereit war, würde es noch dauern und er konnte sich noch ein Nickerchen gönnen.

Rottmann entledigte sich seines Schlafanzugs, stieg in die Dusche und schloss den Vorhang, dann drehte er den Wasserhahn auf. Da er noch immer etwas tranig war, entging ihm dabei die Stellung der Mischarmatur. Der Hebel stand auf kalt mit dem Ergebnis, dass ein eiskalter Wasserstrahl auf den noch immer bettwarmen Schoppenfetzer herunterprasselte! Dadurch geschah zweierlei: Rottmann stieß einen tierischen Schrei aus und sprang wie von der Feder geschnellt rückwärts aus der Dusche. Dabei schoben seine nassen Sohlen den Badvorleger zur Seite und Rottmann knallte mit dem Rücken gegen die geschlossene Tür. Es klang wie Donner durch die Wohnung und Öchsle fuhr erschrocken aus seinem Körbchen hoch. Zum Glück war die Tür massive Schreinerarbeit und hielt dem Rammstoß problemlos stand. Erich Rottmann fand sein Gleichgewicht wieder, stellte den Mischhebel der Dusche auf mittlere Hitze und wagte neuerlich den Schritt unter die reinigenden Wasserstrahlen. Während er großzügig Duschmittel auf seinem Körper verteilte, musste er an den gestrigen Abend denken. Beim Stammtisch waren sie durch eine beiläufige Frage des neuen Stammtischbruders Andy Farmer auf die Frage gestoßen, wie lange denn der Stammtisch *DIE SCHOPPENFETZER* nun eigentlich schon bestand. Hierbei waren natürlich die Gründungsmitglieder Erich Rottmann, Ron Schneider, Dr. Horst Ritter und Xaver Marschmann in erster Linie zur Beantwortung berufen. Bei der nachfolgend angeregten Diskussion stellte man fest, dass es von den Schoppenfetzern versäumt worden war, die Historie des Stammtisches aufzuzeichnen. Eigentlich ein bedauerlicher Fehler!

„Es muss auf jeden Fall kurz nach der Jahrtausendwende, nach der Pensionierung von Erich, gewesen sein", stellte Ron Schneider fest.

„Erich und ich sind ungefähr zur gleichen Zeit aus unseren Ämtern geschieden", warf Horst Ritter ein.

„Ja, ich erinnere mich, das war im Frühjahr, irgendwann im Mai", ergänzte Xaver Marschmann. „Erich hat mich auf einen Schoppen hier in den Maulaffenbäck eingeladen. Dabei sind wir auf Horst gestoßen, der hier seinen Abschied als Leiter der Würzburger Staatsanwaltschaft begossen hat."

„Genau, es war kurz vor Mitternacht, als alle seine Gäste gegangen waren, Horst aber noch nicht nach Hause wollte und sich zu uns setzte. Wir haben uns dann einige Runden gegönnt …", erinnerte sich Xaver Marschmann.

„Mann, was waren wir betrunken!", warf Horst Ritter ein.

„Keine Ahnung, wer dann auf die glorreiche Idee gekommen ist, einen Stammtisch zu gründen."

„Männer, Ihr könnt sagen, was Ihr wollt, mit ein paar ordentlichen Schoppen in den Gehirnwindungen entstehen die besten Ideen!", stellte Andy Farmer fest. Keiner zweifelte seine Expertise an.

„Also, liebe Schoppenbrüder, für mich steht auf jeden Fall fest, dass wir dieses Jahr mit bestem Gewissen einen runden Geburtstag begehen können", erklärte Xaver Marschmann.

„… und das sollten wir entsprechend feiern", ergänzte Ron Schneider, der für jede Feier aufgeschlossen war.

DIE SCHOPPENFETZER hatten beschlossen, die Angelegenheit nicht übers Knie zu brechen, sich vielmehr Zeit zu lassen und eine Bündelung von Ideen vorzunehmen.

Nachdem sich Erich Rottmann ausgiebig gereinigt hatte, trat er aus der Dusche und trocknete sich mit einem grünen Saunatuch ab, das sowohl hinsichtlich Saugkraft als auch in Bezug auf die zu umschlingenden Körpermaße seinen Anforderungen entsprach. Als er die eingestickte Inschrift: „Silvaner formte diesen Körper" wieder einmal bewusst las, musste er schmunzeln. Er konnte sich noch gut daran erinnern, dass Elvira ihm das Tuch irgendwann einmal schenkte, der Anlass war ihm allerdings entfallen. Jedenfalls war es als boshafte Anspielung auf die Ausmaße seines strammen Körperbaus gedacht, das hatte er nicht vergessen. Apropos Elvira! Ihm fuhr es wie ein Blitz durch den Kopf: Wenn die Dame im Nachbarhaus erfuhr, dass der Stammtisch über ein rundes Jubiläum nachdachte, kam sie sicher auf die Idee, auch über das Bestehen ihrer beider Bekannt-/Partner-/Freundschaft nachzudenken. Plötzlich wurde es Erich Rottmann vor dem beschlagenen Spiegel seines Badezimmers richtig heiß und daran war nicht die Wassertemperatur schuld!

Gedanklich reiste er in die Vergangenheit zurück. Es musste in einem Herbst kurz nach der Jahrtausendwende gewesen sein, als das Schicksal aus heiterem Himmel zuschlug und ihm Elvira Stark auf dem Flur der Chefetage des Würzburger Rathauses über den Weg führte. Er ermittelte dort auf Wunsch der damaligen Stadtregierung im Rahmen eines verworrenen Todesfalles. Elvira arbeitete dort als Reinemachefrau. Rottmann konnte sich noch ziemlich genau an diese Szene erinnern, da dieses Ereignis sein Leben seither maßgeblich beeinflusst hatte. Es dauerte einen Moment, bis sie sich erkannten, dann war die Freude von Elvira groß gewesen, während er in Erinnerung an den Grund ihrer damaligen Trennung eher etwas beklommen war. Elvira zeigte aber keinerlei Ressentiments. Sie wechselten einige Sätze und stellten fest, dass es schön wäre, sich bei einem Schoppen über frühere Zeiten zu unterhalten. Sie verabredeten sich einige Tage später im *Weinhaus Schnabel*. Das Treffen fand dann auch wie verabredet statt. Ihm war es dabei gelungen, Elvira als Undercover für seine Ermittlungsarbeit im Rathaus einzuspannen, und sie verstand es geschickt, dadurch den Grundstein für eine Erneuerung ihrer Bekanntschaft zu legen. Heute würde man das eine beiderseitige Win-win-Situation nennen. In der Rückschau musste er sich eingestehen, dass er schon damals, ganz in der Ferne, sehr leise, das Klirren von Ketten vernommen hatte. Auch wenn er damals dieses Geräusch in seiner Bedeutung für seine Zukunft noch nicht richtig einordnen konnte.

Aktuell musste er sicherstellen, dass Elvira nicht auf die Idee kam, in irgendeiner Weise aus dieser langen – für sich nannte er es einmal eine „modifizierte Bekanntschaft“ – eine persönliche Jubiläumsgeschichte zu konstruieren. Sie lauerte nur auf eine solche Chance! Nachdem Rottmann seinen Badaufenthalt beendet hatte, er in seine Wohlfühl-Breitcordhose geschlüpft war und sein Holzfällerhemd hineingesteckt hatte, ging er in die Küche und füllte Öchsles Napf mit einer Portion Futter. Während der Rüde es sich schmecken ließ, bereitete er sich eine schnelle Tasse Kaffee zu, um den Kreislauf richtig in Schwung zu bringen und den ohne Zweifel vorhandenen Kater zu verscheuchen. Er plante einen längeren Spaziergang in Richtung Randersacker, um Öchsle den erforderlichen Auslauf mit Morgenhygiene zu ermöglichen, damit er dann rechtzeitig beim Frühschoppen am Stammtisch sitzen konnte. Sein eigentliches Frühstück würde er dort in Form einer ordentlichen, tellerüberlappenden Portion Leberkäs, einer Laugenstange und einem erfrischenden Silvaner einnehmen.

… dann war er weg

Der schlanke junge Mann im dunkelblauen Hoodie, der im normalen Leben auf den Vornamen Simon hörte, hatte die Kapuze so tief ins Gesicht gezogen, dass es bereits aus kurzer Entfernung nicht mehr zu erkennen war. Er lehnte in der Semmelstraße gegenüber dem Kunsthaus Michel, einer kleinen, aber feinen Galerie im schönsten Innenhof Würzburgs, wie es hieß, an der Scheibe eines Tattoo-Studios und ließ den Eingang nicht aus den Augen. In der Galerie hatte ein einheimischer Pop-Art-Künstler zu einer Vernissage eingeladen, die die Person, auf die er angesetzt war, besuchte. Er warf einen Blick auf seine Armbanduhr. Kurz nach Mitternacht. Es wurde Zeit, dass Annamaria, die zweite Person, die an diesem Einsatz beteiligt war, endlich dafür sorgte, dass die Zielperson die Veranstaltung verließ, sonst würden sie den

Zeitplan nicht einhalten können. Im gleichen Moment hörte er das Bing einer eingehenden Nachricht auf seinem Handy.

„Wir kommen jetzt raus …“

Simon antwortete mit dem Emoji „Daumen hoch“, dann sah er auch schon in dem Torbogen, der zum schummrig erleuchteten Innenhof führte, eine Bewegung. Das Ziel lief, sich mit Annamaria unterhaltend, neben ihr her. Sein Gang war eindeutig nicht ganz stabil und die junge Frau musste gelegentlich seinen Schwankungen ausweichen.

„Ich glaube …, ich hätte die … letzten beiden Cocktails nicht so schnell trinken sollen …“, stellte Markus Selig, seines Zeichens zweiter Bürgermeister der Mainmetropole, mit leichtem Zungenschlag fest.

„Macht ja nichts“, gab Annamaria zurück. „Sie können sich ja bei mir unterhaken, wenn Sie wollen.“

Er nuschelte etwas vor sich hin, dann nahm er ihr Angebot an und griff nach ihrem Arm.

Zufrieden nahm der Beobachter die Szene zur Kenntnis. Er hoffte nur, dass Annamaria die Dosierung des Mittels richtig gewählte hatte und er nicht zu früh ausgeknockt war. Er musste nur eine kurze Strecke durchhalten. Sie wandten sich von ihm aus nach rechts und bogen kurz darauf in die Handgasse ab, eine schmale, verkehrsberuhigte Verbindung zwischen Semmel- und Ludwigstraße. Simon hängte sich mit so viel Abstand an die beiden dran, dass die Zielperson nicht auf ihn aufmerksam wurde.

Simon wählte mit seinem Handy eine Nummer. Als abgenommen wurde, erklärte er knapp: „Sie sind auf dem Weg und müssten jede Sekunde bei Euch auftauchen.“

Etwa auf der Hälfte der Gasse befand sich ein kleiner Parkplatz für Anwohner. Annamaria atmete auf, als sie vor sich den grauen Caddy sah, der mit geöffneter Hecktür dort geparkt war. Es war immer schwieriger, ihr taumelndes Anhängsel vorwärtszubringen. Da sprang ein Mann aus dem Caddy und eilte ihr zu Hilfe.

„Ja Herr Bürgermeister, haben wir wohl etwas zu viel getankt …“, sagte er und fing Selig auf, der mittlerweile nicht mehr gerade stehen konnte. Simon kam herbei und unterstützte seinen Kollegen. „Wir bringen Sie jetzt erst mal in ein Bett“, erklärte er und mit vereinten Kräften bugsierten sie den schon im Stehen schlafenden Mann auf den Rücksitz des Caddys, wo sie ihn sorgfältig anschnallten. Er gab schnarchende Geräusche von sich. Die ganze Aktion dauerte nicht länger als zehn Sekunden.

„Schnell, schau in seinen Taschen nach dem Autoschlüssel“, verlangte Simon. Einen Moment später hielt ihm sein Kumpel den Funkschlüssel hin. Simon steckte ihn ein.

„Du kannst gleich los!“, erklärte er und sprang aus dem Wagen. Dabei fasste er einen großen Bergrucksack und warf ihn sich über die Schultern. Daraufhin gab der Fahrer Gas und fuhr davon.

Annamaria, die ihren Job erledigt hatte, blieb zurück und sah mit gemischten Gefühlen die Rücklichter des Fahrzeugs in die Ludwigstraße abbiegen. Hoffentlich geht das gut, dachte sie und winkte Simon zu, der davoneilte. Er hatte noch eine wichtige Aufgabe zu erledigen. Annamaria wählte im Gehen mit dem Handy eine Nummer. „Das Paket ist unterwegs!“, setzte sie kurz eine Voicemail ab, dann legte sie wieder auf. Sie warf einen vorsichtigen Blick in die Runde, es gab aber keinerlei Anzeichen dafür, dass jemand diese Aktion beobachtet hatte. Sie lief langsam weiter. Ihre Anspannung legte sich etwas, stattdessen erfasste sie Müdigkeit. Sie wollte nur noch nach Hause in ihr Bett. Morgen, um 8.00 Uhr, würde sie wieder an ihrem Schreibtisch im Bürgerbüro des Rathauses sitzen.

Wer schläft, sündigt nicht … meistens …

Morgendämmerung. Die Fußgängerzone in der Eichhornstraße in Würzburg kurz nach vier Uhr in der Früh desselben Tages. Ein Polizeistreifenwagen rollte gemächlich, vom Stadttheater kommend, im Schritttempo durch die Spiegelstraße in Richtung Eichhornstraße und Oberer Markt. Die Scheibenwischer des Fahrzeugs rieben quietschend über die Frontscheibe und beseitigten die wenigen gefallenen Tropfen. Das gemischte Team, bestehend aus der Fahrerin Agneta Schulz, einer jungen Polizeimeisterin, und Franz-Lothar Postler, dem Streifenführer, einem erfahrenen Polizeioberkommissar, kontrollierte die beiderseits der Straße vorhandenen Ladengeschäfte sowie die diversen Seitengassen. Das Streifenteam hatte noch vier Stunden Dienst vor sich und widmete sich seiner Aufgabe mit stark gebremster Einsatzfreude. Die jetzige Kontrollfahrt war die dritte dieser Art und ebenso öde und ereignislos wie die vorausgegangenen … dachten sie zumindest.

Agneta seufzte vernehmlich und gab etwas Gas, damit der Motor nicht absoff. „Franz-Lothar, langsam bekomme ich einen richtigen Hungerast. Können wir nicht kurz um die Ecke beim MäcRonalds vorbeifahren? Ich bräuchte dringend einen Kaffee to go! Ich denke nicht, dass wir heute hier noch kriminelle Elemente entdecken werden."

POK Postler lümmelte sich tiefer in seinen Sitz und reagierte nicht auf die Nöte seiner Kollegin, da er an der Einmündung von der Herzogenstraße zur Fußgängerzone einen Pkw gehobener Marke musterte, der ihm schon bei ihrer letzten Kontrollfahrt aufgefallen war. Eigentlich waren sie nicht dafür da, Parksünder aufzuschreiben, aber sein Polizeiinstinkt sagte ihm, dass die Insassen dieser Karosse mit dunklen Absichten unterwegs sein könnten.

„Halt mal bitte an“, bat er und schnappte sich seine Uniformmütze, die vorne vor der Frontscheibe auf der Ablage lag. „Den will ich mir mal ansehen.“ Er öffnete die Tür. „Du kannst mittlerweile mal eine Halterfeststellung machen.“

„Geht klar“, entgegnete seine Kollegin, verdrehte aber hinter seinem Rücken die Augen. Ihr Kaffee war in weite Ferne gerückt. Über Funk gab sie aber dann das Würzburger Kennzeichen an die Zentrale durch.

Postler näherte sich dem beigen Pkw, umrundete ihn und warf dabei mit Hilfe seiner Taschenlampe einen Blick ins dunkle Innere. Das Fahrzeug war praktisch leer. Als er durch die Frontscheibe blickte, entdeckte er das Schild: *„Bürgermeister im Einsatz“* stand da in Großschrift auf einem einlaminierten DIN-A4-Bogen, der den offiziellen Briefkopf des Würzburger Rathauses trug, darunter das Dienstsiegel der Stadt. Er probierte den Türgriff auf der Fahrerseite. Das Fahrzeug war ordnungsgemäß verschlossen. Postler zuckte mit den Schultern. Der Verkehrsüberwachung der Stadt und den Dienststellen der Polizei war natürlich bekannt, dass die drei Bürgermeister der Mainfrankenmetropole bei Benutzung des öffentlichen Verkehrsraums der Stadt im Rahmen dienstlicher Geschäfte gewisse Privilegien genossen. Wobei man sich natürlich die Frage stellen musste, welche dienstlichen Geschäfte ein Bürgermeister mitten in der Nacht in der Fußgängerzone zu erledigen hatte. Postler drehte sich um und stiefelte zum Streifenwagen zurück. Der Regen wurde stärker und er hatte keine Lust, mit nasser Uniform im Wagen zu sitzen.

„Die Halterfeststellung ist durch“, empfing ihn seine Kollegin. „Das Fahrzeug gehört zur Dienstwagenflotte unseres Rathauses.“

„Liegt auch ein entsprechendes Hinweisschild drin“, gab Postler brummig zurück und warf sich in den Sitz.

„Sollen wir ihm ein Ticket verpassen? Um diese Uhrzeit sind ja selbst die eifrigsten Bürgermeisternden nicht mehr im Dienst.“ Sie genderte gerne, was Postler ziemlich auf den Geist ging. Er winkte ab.

„Da handelst Du Dir nur Ärger ein. Herauskommen tut dabei nichts. Manche Dinge muss man pragmatisch behandeln.“ Er rieb sich die Nase. „Schlage vor, wir besorgen uns jetzt einen starken Kaffee …“

Agneta Schulz beugte sich gerne dem Urteil des erfahrenen Kollegen und rollte weiter durch die Fußgängerzone.

Die aufglühenden Bremslichter des Streifenwagens waren gerade um die Ecke Schönbornstraße abgebogen, als sich aus einer schmalen Seitenstraße eine männliche Gestalt löste. Wieder hatte Simon die Kapuze seines Hoodies tief ins Gesicht gezogen. Nachdem die Polizeistreife weg und auch sonst niemand unterwegs war, eilte er zu dem geparkten Fahrzeug, betätigte den Funkschlüssel und sämtliche Schlösser des Wagens öffneten sich mit einem klackenden Geräusch. Mittlerweile hatte er sich Gummihandschuhe übergezogen. Er warf seinen Rucksack auf den Beifahrersitz, dann rutschte er schnell hinter das Steuer, startete den Elektromotor und fuhr in Richtung Kardinal-Faulhaber-Platz davon. Bevor er in Richtung Mainfrankentheater abbog, schaltete er das Fahrlicht ein.

Plötzlich verspürte Simon im linken Nasenloch ein verräterisches Kitzeln. Ein Gefühl, das er kannte und ein Geschehen ankündigte, das er gerade überhaupt nicht brauchen konnte. „Scheiße!“, entfuhr es ihm. Schnell fuhr er sich mit dem Handrücken unter der Nase entlang. Mit einem schnellen Blick konnte er sich davon überzeugen, dass auf dem Gummihandschuh ein breiter roter Streifen sichtbar war. Das hatte ihm gerade noch gefehlt! Er wusste, dass er schon seit Jahren unter zu hohem Blutdruck litt. Eigentlich hatte er die Sache im Griff, aber immer, wenn er sich aufregte oder unter Stress stand, konnte es zu spontanem Nasenbluten kommen. Schnell presste er den linken Daumen von außen gegen die Nase, so dass das Nasenloch zusammengepresst wurde. Für den Moment war der Blutfluss gestoppt, es war aber bereits eine Blutspur auf seiner Kleidung zu sehen. Auch das Lenkrad war verschmiert. Auf der Balthasar-Neumann-Promenade fuhr er rechts ran und hielt in einer der Parkbuchten für Busse. Schnell zog er mehrere Papiertaschentücher aus der Tasche seines Hoodies und presste sie gegen die Nase, nachdem er den Druck auf das Nasenloch gelockert hatte. Sofort schoss ein Schwall Blut heraus, das sich dort zurückgestaut hatte. Es durchweichte sofort die Taschentücher und ergoss sich auf das Lenkrad, seine Hose, die Polster des Sitzes und die Schmutzmatte am Fahrzeugboden. Fluchend gelang es ihm nach einiger Zeit, die Blutung zu stoppen, indem er das Nasenloch mit Zellstoff zustopfte. Nachdem er alles wieder im Griff hatte, versuchte er seine Hände und die Nase notdürftig zu reinigen. Alles zu säubern, dazu war er nicht in der Lage. Er konnte also genauso gut weitermachen.

Kurz darauf fuhr er auf der Balthasar-Neumann-Promenade weiter, lenkte dann in die Domerschulstraße und stoppte schließlich vor dem Hauptportal des Doms. Schnell stieg er aus, öffnete den Rucksack und entfaltete ein großes Transparent, das er über das gesamte Fahrzeug ausrollte, so dass es wie unter einem Zelt verschwand. In großen Lettern war darauf gut sichtbar zu lesen:

*„Dies ist ein privilegierter Parkplatz
für ein privilegiertes Fahrzeug
für einen privilegierten Bürgermeister!"*

Einen Moment später marschierte Simon eilig über die Domstraße in Richtung Rathaus, wo er in der Langgasse ein dort abgestelltes Fahrrad ergriff und ohne Eile davonfuhr. Sein Ziel war die Talavera.

Es dauerte nicht lange, bis einige Bürger, die auf dem Weg zur Arbeit über den Domplatz kamen, das Transparent entdeckten. Kurz darauf bekam die Einsatzzentrale den Anruf eines engagierten Bürgers. Nach Überprüfung der Standorte der in der Nähe befindlichen Einsatzfahrzeuge bekam die Streife Postler/Schulz, die sich gerade für eine Kaffeepause abgemeldet hatte, den Auftrag, zum Dom zu fahren, weil sie dem Ort des Geschehens am nächsten waren.

„So ein Mist!", brummelte Schulz vor sich hin und drückte den Deckel auf ihren Kaffeebecher. Postler zuckte mit den Schultern.

„Auf geht's", rief er und setzte sich in den Wagen. Schon aus der Ferne konnten sie vor dem Dom einen kleineren Menschenauflauf erkennen. Sie fuhren nahe heran und Schulz schaltete das Blaulicht ein, um die Passanten zu warnen. Das Plakat war so über das Fahrzeug gelegt, dass man nicht hineinsehen konnte. Während Schulz die Passanten zurückhielt, hob Postler das Transparent an und leuchtete mit der Lampe ins Wageninnere. Deutlich konnte man im Lichtstrahl die Blutanhaftungen am Lenkrad und auf dem Fahrersitz erkennen. Das Schild „Bürgermeister im Einsatz" lag auf dem Beifahrersitz und wies ebenfalls Blutspuren auf.

„Mannomann", brummelte Postler vor sich hin, „das gibt was Größeres."

„Halte die Menschen zurück", forderte er seine Kollegin auf, „ich fordere Verstärkung an und verständige die Kripo!"

Er griff zum Funkgerät und rief die Einsatzzentrale. Bei aller Sorgfalt konnten die beiden Beamten nicht verhindern, dass Passanten einen Blick ins Wageninnere werfen konnten und die Blutspuren entdeckten. Eine Zuschauerin wählte per Handy die Mobiltelefonnummer eines bekannten Reporters bei der Mainpostille, der sich sofort auf den Weg machte. Durch Zufall kam eine Mitarbeiterin des Bayerischen Rundfunks auf dem Weg in die Redaktion vorbeigeradelt und erkannte ebenfalls sofort die Brisanz des Geschehens. Einige Minuten später machte sich ein Team auf den Weg zum Dom. In null Komma nichts waren alle Medien informiert und auf dem Weg zum Tatort. Es dauerte allerdings bis kurz vor elf Uhr, ehe die Einsatzzentrale der Polizei eine verantwortliche Person in der Verwaltungsabteilung des Rathauses erreichte und sie bat zu überprüfen, ob ihnen vielleicht ein Dienstwagen abgängig sei. Es folgten daraufhin einige Anrufe und hektische Recherchen, bis man feststellte, dass der Dienstwagen von Bürgermeister Selig nicht in der Tiefgarage stand. Ein Eintrag im Fahrtenkontrollbuch der Stadt, der die Abwesenheit des Wagens erklärt hätte, war nicht vorhanden.

Während dieser zeitaufwändigen Ermittlungen hatte sich auf dem Domplatz eine große Menge interessierter Bürgender versammelt, die von örtlichen Presseorganen interviewt wurden. Mittlerweile drei Streifenbesatzungen hatten alle Hände voll zu tun, einen Sicherheitsbereich um das Fahrzeug abzusperren. Sogar Reportende des Bayerischen Rundfunks waren mittlerweile mit einem Übertragungswagen vor Ort und filmten einen Beitrag für die abendliche *Frankenschau*. Bis schließlich ein Mitarbeitender des Rathauses mit dem Ersatzfunkschlüssel vor Ort eintraf, um den Dienstwagen zu öffnen, verging weitere wertvolle Zeit. Kurz darauf traf ein Einsatzwagen der Kripo mit dem Leiter der Mordkommission Sebastian Deichler und mit Beamten der Kriminaltechnik vor Ort ein. Deichler übernahm das Kommando, ordnete erst einmal den Rückzug der Presseleute an und ließ den Domvorplatz großräumig absperren. Die Medienvertreter versuchten natürlich Stellungnahmen der Verantwortlichen einzufangen. Im Rathaus standen aber weder der Oberbürgermeister noch der zweite Bürgermeister noch die dritte Bürgermeisterin für ein telefonisches Interview zur Verfügung. Auch die drei Pressesprechenden waren wegen eines parallel stattfindenden Önologen-Seminars im Juliusspitalweingut nicht auffindbar. Daher sammelten die Reporternden Stimmen aus der Bevölkerung ein.

Wie es der Zufall wollte, führte Andy Farmers Instinkt für öffentlichkeitswirksame Auftritte den alten Politikprofi, auf dem Weg zum Stammtisch von der Plattnerstraße kommend, direkt hinein ins Zentrum der Ereignisse. Den Medienvertretenden war Andy Farmer als ehemaliger zweiter Bürgermeister der Stadt und wegen seiner im Amt bewiesenen Affinität für Interviews und seiner sprichwörtlichen Medienfreundlichkeit bestens bekannt. Als er sich dem Menschenauflauf näherte, reckten sich ihm im Nu mehrere Mikrofone entgegen und Andy Farmer warf sich in Positur. Der Mitarbeitende des Bayerischen Rundfunks feuerte auch gleich seine erste Frage ab: „Herr Bürgermeister, wie Sie sehen, wurde hier durch einen unbekannten Täter offenbar ein Fanal gegen die Zweiklassengesellschaft der Parkplatznutzenden in der Stadt Würzburg gezündet. Für eine kurze Stellungnahme wären Ihnen unsere Hörenden beziehungsweise Fernsehsehenden sehr dankbar." Andy Farmer ließ sich in solchen Fällen nicht zweimal bitten. Mit seiner unnachahmlichen Eloquenz brachte er die Dinge auf den Punkt und legte gnadenlos den Finger in eine offene Wunde der Stadt.

„Ich war schon immer der Meinung, der Rat muss aufs Rad! Das ist aus Sicht der politischen Ökumene zwischen Bürgernden und Politikausübenden absolut im Trend der Zeit. Die Bürgermeisternden dieser Stadt sollten sich daher der überall wie Pilze aus dem Boden schießenden Carsharing-Stationen bedienen, was der gesamten Problematik die Sprengkraft entziehen würde. Daher fordere ich, direkt vor dem Grafeneckart einen entsprechenden Service-Point einzurichten, der primär von den Regierenden chauffeurfrei zu nutzen ist!"

Nach dieser schlichten Einschätzung, gepaart mit einem praktikablen Vorschlag, mit dem er seine nach wie vor vorhandene Fachkompetenz in altem Lichte erstrahlen ließ, winkte er in alle anwesenden Kameras, grinste geduldig in die zahlreichen Fotoobjektive und eilte dann in Richtung Maulhardgasse davon. Schließlich warteten die Stammtischbrüder auf seine gewichtige Persönlichkeit!

Selbstverständlich waren alle die angeblich nicht erreichbaren Persönlichkeiten der Stadtregierung sehr wohl anwesend und auch informiert. Sie hatten sich erstmal in einem abhörsicheren Besprechungsraum in den Katakomben des Rathauses versammelt ... fast alle, bis auf den Einen, dessen Anwesenheit aber dringend erforderlich gewesen wäre, weil er im Augenblick wegen laufender politischer Aktionen im Mittelpunkt des öffentlichen Interesses stand. Es war dringend nötig, sich erst einmal zu sammeln und die Situation zu analysieren. Die drei Pressesprechenden hatten sofort nach dem Anruf der Polizei im Chefsekretariat Alarm ausgelöst, worauf sich die Bürgermeisternden zur Krisensitzung einstellten.

Wie hoch die Brisanz der Thematik von den Verantwortlichen eingeschätzt wurde, war daran zu ersehen, dass sich der OB eiligst per Hubschrauber von Bamberg aus hatte einfliegen lassen, wo er an einem Bierseminar für Nichtfranken teilnahm. Thema: „Wie steche ich ein Bierfass an".

„Kann mir mal einer sagen, wo sich unser Herr Selig aufhält?" Oberbürgermeister Merlin Schluckthardt warf einen irritierten Blick in die Runde. „Da ist man gerade mal einen Tag zur Fortbildung unterwegs, und schon muss man sich mit einem angeblich entführten Dienstfahrzeug herumschlagen respektive mit dessen nicht auffindbarem Nutzer, der mich eigentlich für die Dauer meiner Absenz hätte vertreten sollen! Kann mir irgendjemand sagen, wer während meiner Abwesenheit die Stadt regiert hat?"

Genoveva Hörlis, dritte Bürgermeisterin der Mainmetropole, rutschte nervös auf ihrem Sitz herum. Wegen der Diskretion und zum Schutz vor lauernden Pressefotografen, die alle offiziellen Eingänge des Grafeneckarts belauerten, hatte sie sich in ein zufällig an ihrer Wohnung vorbeikommendes Müllfahrzeug des *Teams Orange* gesetzt und vor dem Rathaus absetzen lassen. „Ich weiß nur, dass die Familie des Kollegen seit einigen Tagen für die Dauer der Sommerferien in die USA zu einem Studienaufenthalt eines Sohnes geflogen ist. Kollege Selig ist natürlich hiergeblieben. Vorgestern habe ich noch mit ihm gesprochen."

Der Oberbürgermeister nahm die drei Pressesprecher ins Visier. „Hat irgendjemand eine Idee, wo der Kollege abgeblieben sein könnte? Hat es schon mal jemand auf seinem Handy probiert?"

Korbinian Schwarz, der Dienstälteste der Presseabteilung, meldete sich zu Wort: „Natürlich, aber es ist ausgeschaltet. Wir wissen nicht, wer sein Dienstfahrzeug, das man vor dem

Dom gefunden hat, dort geparkt hat. Wie es aussieht, hat sich jemand Zugriff auf den Ersatz-Funkschlüssel des Fahrzeugs hier im Rathaus verschafft, es entführt und dann vor dem Dom medienwirksam stehen lassen."

„Die Sicherheit hier in diesem Hause liegt offenbar total im Argen!", regte sich der OB auf. „Da werden die Vorräte unserer Amtsweine hier im Grafeneckart hinter Schloss und Riegel verwahrt, als wären es Goldschätze … und die Schlüssel für die Dienstfahrzeuge liegen offenbar für jeden erreichbar in irgendeiner Schreibtischschublade herum! Das haut doch dem Fass den Boden ins Gesicht!" Er schlug mit der Faust auf den Tisch.

„Wir vermuten", fuhr Schwarz unbeeindruckt fort, „dass hinter der Aktion die #FFFFB steckt. Wir vermuten, dass diese Organisation, die sich *Freie Fahrt Für Freie Bürger* nennt, Sympathisanten bis hinein ins Rathaus hat …"

In diesem Moment läutete das Handy des Pressesprechers. Der OB warf ihm mit gerunzelter Stirn einen ärgerlichen Blick zu.

„Ich habe im Büro hinterlassen, dass ich im Notfall auf dem Handy erreichbar bin …", erklärte Schwarz, dann stand er auf, ging einen Schritt zur Seite und nahm das Gespräch an. Einige Zeit lauschte er, dann bedankte er sich kurz und legte auf. Mit ernster Miene kehrte er an den Tisch zurück, wo ihn die Gesprächsteilnehmenden mit fragenden Mienen ansahen.

„… Das war gerade der Mitarbeiter, der mit dem zweiten Ersatz-Funkschlüssel das Fahrzeug am Dom geöffnet hat, um es wegzufahren …" Er atmete tief durch. „… Jetzt haben wir ein echtes Problem …!"

„Jetzt machen Sie schon den Mund auf!", fuhr Schlucktthardt ihn an.

„Die Kriminalpolizei war bereits vor Ort und hat den Wagen beschlagnahmt, weil eine Polizeistreife von außen im Fahrzeug Blutspuren entdeckt hat! Sie haben es dann geöffnet und das ganze Ausmaß der Blutspuren erkannt. Blut am Lenkrad, auf dem Boden und dem Sitz! Die Polizei geht von der Möglichkeit einer gravierenden Straftat aus! Es ist daher dringend erforderlich, wie man mir sagte, dass die Rathausspitze für eine Befragung durch die Kripo zur Verfügung steht. Herr Oberbürgermeister, Sie können davon ausgehen, dass der Leiter des Einsatzes, KHK Deichler, in den nächsten Stunden bei Ihnen auf der Matte steht, um Sie zu befragen. Sie sollten vorbereitet sein, was Sie dem Herrn sagen wollen."

Schluckthardt lockerte seine Krawatte und fuhr sich mit dem Finger hinter den Hemdkragen, der ihm im Augenblick offenbar etwas zu eng war.

„Keine Ahnung, was ich da sagen soll! Ich weiß ja auch nicht, was mit Selig los ist. Blut im Dienstwagen … und von ihm keine Spur! Das ist ja ein Skandal! Da wird die Pressemeute nicht lange auf sich warten lassen!"

„Mein Gott, das ist doch im Moment unwichtig!", rief Bürgermeisterin Hörlis dazwischen. „Wir sollten uns vielmehr Sorgen darüber machen, ob Kollegen Selig womöglich etwas zugestoßen ist!"

Der Oberbürgermeister wischte sich den Schweiß von der Stirn. „Frau Kollegin, da haben Sie natürlich recht. Wir müssen unbedingt herausfinden, was geschehen ist, und das nicht dem schwerfälligen Apparat der Polizei überlassen. Es ist unter allen Umständen Schaden von der Stadt abzuwenden, insbesondere in der momentan angeheizten Situation rund um die Erhöhung der Parkplatzgebühren in der Stadt und deren Einführung auf der Talavera, für die Kollege Selig federführend verantwortlich ist!"

Er sah Pressesprecher Schwarz fragend an.

„Es hat ja schon des Öfteren im Rathaus Probleme gegeben, die man diskret, fern der Öffentlichkeit, lösen musste", gab der nachdenklich zurück. „Als noch Herr Farmer zweiter Bürgermeister war, hat er in solchen Fällen die Hilfe eines pensionierten Kriminalbeamten in Anspruch genommen ..."

„Sie meinen doch nicht etwa diesen Emil Prostmann oder wie der heißt? Ein äußerst suspekter Typ, wie ich schon erfahren habe ...!"

„Sie meinen Erich Rottmann ...", stellte Schwarz klar.

„Oder so ..." Schluckthardt verdrehte die Augen gen Himmel.

Schwarz zuckte mit den Schultern. „Er ist zugegebenermaßen etwas ... eigen, aber diskret ... und er verlangt nichts für seine Tätigkeit. Jedenfalls war das in der Vergangenheit so. Soll ich mal mit Herrn Farmer Kontakt aufnehmen, damit er mit Rottmann spricht?"

Schluckthardt hob resignierend die Hände. „Also gut, reden Sie mit Farmer. Ich erwarte aber äußerste Diskretion! Ich werde mich jetzt erst mal auf das Gespräch mit der Polizei vorbereiten. Substanzielles kann ich denen ja nicht sagen." Er winkte in die Runde und verließ den Raum. Die Versammlung löste sich auf. Schwarz begab sich in sein Dienstzimmer, um Andy Farmers Handynummer herauszusuchen. Hoffentlich hatte er nach seinem Eintritt in den Ruhestand seine Nummer nicht gewechselt.

Kaum hatte der OB sein Dienstzimmer betreten, als er auch schon von seiner Sekretärin darüber informiert wurde, dass ein Anruf der Kripo Würzburg eingegangen war und ein Herr KHK Deichler ihn umgehend zu sprechen wünschte.

„Rufen Sie ihn zurück und sagen Sie ihm, dass ich ihm jederzeit zur Verfügung stehe. ... Darüber hinaus hätte ich gerne eine Liste der Termine des Kollegen Selig in der vergangenen Woche und die Aufzeichnungen aus dem Fahrtenbuch seines Dienstwagens."

Sebastian Deichler ließ sich zwei Stunden später von der Sekretärin ins Dienstzimmer des Oberbürgermeisters führen und nahm auf Einladung am Besprechungstisch Platz. Schluckthardt hatte sich vorgenommen, die Fragen des Leiters der Mordkommission offen zu beantworten. Nach einigen allgemeinen Sätzen kam Deichler auf den Punkt.

„Herr Oberbürgermeister, sind Sie damit einverstanden, dass ich die Befragung aufzeichne?"

Schluckthardt machte eine zustimmende Handbewegung, worauf Deichler sein Handy zwischen sie beide auf den Tisch legte.

„Herr Schluckthardt, wie Sie sagen, haben Sie keine Ahnung, wo sich der zweite Bürgermeister Selig im Augenblick aufhält?"

„Das ist korrekt."

„Er hat nirgendwo im Rathaus einen Hinweis hinterlassen, wo er sich in den nächsten Tagen aufhalten wird?"

„Richtig … auch in seinem Terminkalender ist keine Terminnotiz verzeichnet." Er schob Deichler einen Abdruck der Seiten des Terminkalenders über den Tisch. Der Kriminalbeamte warf einen Blick darauf.

„Werden die Fahrtenbücher der Dienstfahrzeuge der Bürgermeisternden regelmäßig und sorgfältig geführt?"

„Es gibt entsprechende Regeln. Normalerweise werden diese Aufzeichnungen von den Fahrern vorgenommen. Nur bei Selbstfahrten machen dies die jeweiligen Nutzenden."

„Das Fahrtenbuch des Dienstwagens des Herrn Selig enthält in den letzten vier Tagen keine Aufzeichnungen. Haben Sie eine Erklärung dafür, wie dann das Fahrzeug am frühhen Morgen in der Fußgängerzone einer Polizeistreife auffallen kann und nur kurze Zeit darauf vor den Dom abgestellt wird? Wie ist denn der Zugriff auf die Fahrzeugschlüssel geregelt?"

Der Oberbürgermeister nestelte nervös an seiner Krawatte herum. „Nach meiner Kenntnis werden die Schlüssel vom jeweiligen Sekretariat verwahrt, so dass sie der autorisierte Nutzer dort gegen Unterschrift an sich nehmen kann."

„Zuverlässig?"

„So sollte es auf jeden Fall sein und ich gehe davon aus, dass diese Regeln auch sorgfältig beachtet werden." Er zuckte ratlos mit den Schultern. „Der Erstschlüssel zu Bürgermeister Seligs Dienstwagen ist bedauerlicherweise im Augenblick nicht auffindbar."

„Jedes Fahrzeug hat zwei Ersatzschlüssel. Wo werden diese verwahrt? – Einer Ihrer Mitarbeiter hat uns ja den Wagen mit dem Ersatzschlüssel geöffnet."

„Soweit ich weiß, befinden sich die Schlüssel in einem Tresor in den Büroräumen der Hausverwaltung, wo auch die übrigen Schlüssel des Hauses und diverse Duplikate verwahrt werden."

„Noch ein paar Fragen zum persönlichen Umfeld des Herrn Selig. Soweit uns bekannt ist, ist er verheiratet und hat mehrere Kinder. Wir konnten in seinem Haus niemand erreichen. Haben Sie nähere Erkenntnisse über den derzeitigen Aufenthalt der Familie?"

„Er hat mir erzählt, dass die Familie während der Ferien für einige Wochen in die USA gereist ist. Soweit ich weiß, wollte er gegen Ende der Ferien für eine Woche nachkommen."

„Haben Sie irgendeine Idee, die sein Verschwinden erklären könnte?"

Der Oberbürgermeister schüttelte langsam den Kopf. „Diese Pressekampagne gegen ihn wegen seiner Äußerungen zur … Parkplatzsituation in Würzburg hat ihm schon ziemlich zugesetzt. Aber mit solchen kritischen Reaktionen unserer Wähler müssen wir leben. Solche Stürme kommen und gehen. Nichts ist so unwichtig wie eine Nachricht von gestern …“

Das kommentierte Deichler nicht. „Ein anderes Problem: Wir haben ja ihm Wagen jede Menge Blutspuren sichergestellt. Es wäre sehr hilfreich, wenn wir aus dem Büro von Herrn Selig Genmaterial entnehmen könnten, um ihn als Verursacher der Blutspuren zu bestätigen beziehungsweise auszuschließen … Wir können ja leider nicht in sein Haus.“

Schluckthardt hob beide Hände. „Da bin ich jetzt aber wirklich überfordert. Sprechen Sie mit seiner Sekretärin, die kann Ihnen sicher weiterhelfen.“

Deichler bedankte und verabschiedete sich.

Der Oberbürgermeister blieb noch einen Augenblick sitzen. Hoffentlich war dieser Vorfall nicht der Auslöser für ein politisches Erdbeben. Einen Skandal konnte die Stadt jetzt auf keinen Fall gebrauchen. Hoffentlich war der Pressesprecher erfolgreich mit der Hinzuziehung dieses kauzigen Altkriminalers. Eine möglichst lautlose Aufklärung dieses Verschwindens vor der Polizei wäre das Beste.

Einige Zeit später verließ Deichler das Rathaus mit einem in einer Asservatentüte sichergestellten Kaugummi, den er mit Hilfe der Sekretärin aus dem Papierkorb des zweiten Bürgermeisters herausgefischt hatte. Wenig später landete das Beweisstück in der Kriminaltechnik, die einen entsprechenden DNA-Vergleich mit den Blutspuren aus dem Dienstwagen veranlasste. Das würde aber etwas Zeit in Anspruch nehmen.

Andy Farmer war heute Morgen der Mittelpunkt des Stammtisches, da er ja einige brandheiße Neuigkeiten über den Polizeieinsatz vor dem Dom zu berichten hatte. Der Exbürgermeister saß bereits bei seinem dritten Schoppen. Das viele Reden verursachte bei ihm einen trockenen Mund, den er mit trockenem Silvaner zu beseitigen suchte. Das war das wunderbare am Frankenwein, dass die eine Trockenheit die andere bei entsprechend reichlicher Dosierung hervorragend beseitigte. Farmer erreichte gerade seine alkoholische Wohlfühltemperatur, als sich sein Handy mit einer Posaunenversion des Frankenliedes zu Gehör brachte.

Erich Rottmann, der ihm gegenübersaß und sich im Moment voller Genuss mit seiner üppigen Leberkäsportion auseinandersetzte, warf ihm einen schrägen Blick zu.

„Du hast Deinen Bekannten auch noch nicht beigebracht, dass sie Dich beim Frühschoppen und beim Abendstammtisch mit Anrufen verschonen sollen."

Farmer zuckte mit den Schultern und warf einen Blick auf das Display des Smartphones.

„Das ist das Rathaus", nuschelte er, „da muss ich rangehen. Sicher benötigen sie wieder mal meine Hilfe!" Er erhob sich und machte einige Schritte zur Seite ins unbenutzte Nebenzimmer, um in Ruhe telefonieren zu können.

„Der Andy hat sich auch noch nicht abgenabelt", stellte Xaver Marschmann fest. „Da muss er noch dran arbeiten!"

„Die kommen im Grafeneckart halt noch nicht ohne ihn aus", warf Horst Ritter ein und zwinkerte in die Runde. „Genau genommen hat er ja den ganzen Laden fast alleine geschmissen ... jedenfalls, wenn man ihm so zuhört."

In diesem Moment kam Farmer an den Tisch zurück. Es war ihm anzumerken, dass ihn etwas beschäftigte. Er wandte sich an Erich Rottmann, der gerade einen ordentlichen Happen Leberkäs unter den Tisch gereicht hatte, wo er von Öchsle, der sich auf seinem Stammplatz niedergelassen hatte, dankbar entgegengenommen und vernehmlich schmatzend verzehrt worden war.

„Erich, kann ich Dich mal kurz sprechen?"

Rottmann runzelte die Stirn und bemühte sich, den letzten Bissen hinunterzuschlucken. „Wieso, Du redest doch schon den ganzen Morgen mit mir?", brummelte er und spülte mit einem Schluck Silvaner nach.

„Ich meine natürlich unter vier Augen!", gab Farmer zurück und wedelte mit der Hand herum.

„Aha, Staatsgeheimnisse", lästerte Ron Schneider und rutschte zur Seite, damit Rottmann aufstehen konnte.

„Also, was gibt's?"

„Das gerade eben war der Pressesprecher." Er machte eine bedeutungsvolle Pause. „Er hat mich gebeten, Dich zu bitten, ihn schnellstmöglich zurückzurufen. Es gäbe einen Notfall, bei dem das Rathaus dringend, aber diskret, Deine Hilfe benötigen würde. Offenbar geht es um die Geschichte, die heute vor dem Dom passiert ist."

„Es wird ja immer besser! Jetzt soll ich mich auch noch um falsch geparkte Dienstwagen kümmern! Ich bin doch kein Politesserich!"

„Erich, ich habe das Gefühl, da steckt mehr dahinter. Schwarz hat am Telefon nicht viel rausgelassen. Anscheinend geht es aber irgendwie um Bürgermeister Selig …" Er legte Rottmann die Hand auf den Arm. „Tu mir den Gefallen und rufe halt mal zurück. Ich habe ein ganz komisches Bauchgefühl!"

Erich Rottmann ließ sich von Farmer die Rufnummer von Schwarz geben, dann trat er in die Gasse vor dem Maulaffenbäck und wählte. Öchsle war ihm gefolgt und saß abwartend neben ihm. Schwarz nahm das Gespräch sofort an.

„Ah, Herr Rottmann, herzlichen Dank, dass Sie sich so schnell melden."

„Schon gut ... was gibt's denn?"

Der Pressesprecher zögerte etwas, dann fragte er: „Können wir uns kurzfristig treffen? Die Angelegenheit ist nichts fürs Telefon."

„Was verstehen Sie unter kurzfristig?"

„Wenn ich ehrlich sein soll, dann möglichst gestern!" Er klang irgendwie drängend.

Rottmann überlegte einen Augenblick, dann erwiderte er: „Ich bin zurzeit beim Stammtisch im Maulaffenbäck. Wenn es so eilig ist, dann werde ich in einer Dreiviertelstunde am Unteren Markt sein."

„Herzlichen Dank!", gab Schwarz zurück.

Erich Rottmann ging wieder in die Weinstube und setzte sich an seinen Platz. Seine Stammtischbrüder warfen ihm neugierige Blicke zu, als er jedoch nicht reagierte, ließen sie die Angelegenheit auf sich beruhen.

Pünktlich ließ sich Erich Rottmann einige Zeit später auf einer Bank am Unteren Markt nieder. Jetzt war er doch ein wenig gespannt, was das Rathaus von ihm wollte. Öchsle legte sich neben ihn und genoss die Sonne auf dem Fell. Wenig später entdeckte Rottmann den Pressesprecher, der im Stechschritt vom Rathaus kommend über den Marktplatz eilte. Schnell hatte er Rottmann entdeckt und steuerte auf ihn zu.

„Ah, Herr Rottmann, schön, dass Sie etwas Zeit für mich erübrigen können ..."

Rottmann sah ihn von der Seite her an. Der Mann hatte heute wieder eine sehr geschwollene Ausdrucksweise drauf. Das klang ziemlich offiziell. Was würde da jetzt kommen?

„… Sie haben vielleicht von Herrn Farmer erfahren, dass unser Bürgermeister Selig im Augenblick … ich will mal sagen … nicht greifbar ist.“

„Der Andy hat sowas angedeutet, was immer das auch heißen mag …“, gab Rottmann zurück.

„Also …, man hat seinen leeren Dienstwagen vor dem Dom gefunden. Er war mit einem Plakat behängt, aus dem man schließen muss, dass Gegner des Privilegs der freien Parkplatzwahl für Amtsträger der Stadt das Fahrzeug entführt haben mit dem Ziel, ein Pressehappening zu initiieren. Was ihnen auch gelungen ist.“

„Hm, das finde ich ganz in Ordnung. Ich bin, ehrlich gesagt, auch kein Freund dieser Privilegien!“

Der Pressesprecher winkte ab. „Wenn es nur das wäre! Mit solchen Aktionen kämen wir schon zurecht. Aber als wenig später die Polizei den Wagen von einem Rathausmitarbeiter mit dem Zweitschlüssel öffnen ließ, stieß sie im Inneren auf Blutspuren! Lenkrad, Fahrersitz et cetera waren blutverschmiert!“

„Oh“, gab Rottmann von sich und riss erstaunt die Augen auf, „das lässt die ganze Angelegenheit natürlich in einem ganz anderen Licht erscheinen!“

„Ein Skandal, kann ich Ihnen sagen! Die Regierenden im Rathaus rotieren!“

Rottmann musste sich einen Moment zusammenreißen, um nicht zu grinsen, weil ihm für einen Moment das abstruse Bild um sich selbst rotierender Verwaltungsbeamter durch den Kopf schoss.

„Wir hoffen jetzt“, fuhr Schwarz fort, dem die Reaktion seines Gesprächspartners nicht aufgefallen war, „dass die Polizei den Fundort schnell genug abgeschirmt hat, sodass die anwesende Presse davon nichts mitbekommen hat."

Rottmann zog eine zweifelnde Miene.

„Ich fürchte, das ist Wunschdenken! Andy Farmer hat am Stammtisch erzählt, dass sich die gesamte Regionalpresse dort eingefunden hatte. Wenn die nur einen Hauch davon mitbekommen haben, dass dort Blut gefunden wurde ..." Er schüttelte den Kopf. „Das ist für die Kameraden doch ein gefundenes Fressen! Sie werden sehen, was da morgen für Spekulationen im Blätterwald herumschwirren! Bestimmt war auch Schöpf-Kelle von der Mainpostille vor Ort. Wenn dieser Wadenbeißer sich mal an so einer skandalträchtigen Geschichte festgefressen hat ... dann gute Nacht!"

Schwarz atmete tief durch.

„Herr Rottmann, Sie bauen mich auf!" Er presste seine Hände zusammen, dass die Knöchel weiß hervortraten. „Wir müssen schnellstens eine halbwegs glaubwürdige Presseerklärung herausgeben, die diese Meute einigermaßen ruhigstellt!"

Erich Rottmann nickte zustimmend, wusste aber immer noch nicht, wie er dabei behilflich sein konnte.

„... und warum wollten Sie mich jetzt sprechen?"

Der Pressesprecher rutschte ein Stückchen näher und senkte die Stimme.

„Leider gibt es in diesem Zusammenhang ein noch wesentlich größeres Problem." Erneut sah er sich in der näheren Umgebung um, ob jemand mithören konnte. „Was die Presse auf keinen Fall mitbekommen darf, ist die Tatsache, dass Bürgermeister Selig seit gestern tatsächlich verschwunden ist!"

„Was heißt verschwunden?" Rottmann sah ihn fragend an.

„Einfach weg! Nicht auffindbar! Verschollen! Nicht erreichbar! – Wir haben keine Ahnung, wo er sich aufhält." Er zuckte mit den Schultern. „Sie können sich vorstellen, was da für Überlegungen aufkommen, insbesondere in Verbindung mit den gefundenen Blutspuren! Die Kripo ist auch schon eingeschaltet und der Leiter der Mordkommission, Kriminalhauptkommissar Deichler, hat bereits Ermittlungen eingeleitet."

„Schön, dann ist die Sache ja in guten Händen. – Noch einmal ... wie kann ich dem Rathaus dabei helfen?"

„Das Verschwinden von Herrn Selig kommt in einem sehr ungünstigen Moment, da wir mitten in einem Bürgerbegehren gegen den Stadtratsbeschluss, den Parkplatz auf der Talavera gebührenpflichtig zu bewirtschaften, stecken. Bei dem Ratsbeschluss ist Herr Selig quasi der Initiator. Er müsste jetzt eigentlich das weitere Verfahren in der Öffentlichkeit moderieren und ist irgendwie untergetaucht ... oder was auch immer. Sie können sich vorstellen, wie das bei den Bürgern aussieht, wenn der zuständige Bürgermeister in einer derart sensiblen Angelegenheit nicht auffindbar ist! Das bietet doch Raum für alle möglichen unerwünschten Spekulationen!"

„Denken Sie an eine Straftat? Meinen Sie gar, Selig wurde entführt?"

„Um Gottes willen, malen Sie nicht den Teufel an die Wand! Es gibt ja militante Gegner unserer politischen Initiative, die, wie wir wissen, auch Sympathisanten im Rathaus haben! Wir müssen Selig so schnell wie möglich auftreiben! Wir dachten halt, Sie haben mehr ... Möglichkeiten, diskret zu ermitteln, und müssen sich nicht so sklavisch an die gesetzlichen Bestimmungen halten."

Aha, so läuft der Hase, dachte Rottmann. „Sie meinen also, ich soll mal ein bisschen herumschnüffeln?"

„Ja, das wäre uns ein großes Anliegen. – Vor allen Dingen schnell! Irgendwelche Unkosten gehen selbstverständlich aufs Rathaus. Wir haben da einen kleinen Reptilienfonds …" Er griff in seine Jackentasche und holte eine Visitenkarte heraus. „Hier haben Sie meine Mobilnummer. Wenn Sie mich bitte direkt anrufen würden, wenn Sie neue Erkenntnisse haben."

Rottmann zuckte mit den Schultern. „Also gut, ich werde mich mal umhören. Versprechen Sie sich aber nicht zu viel von meinen Recherchen."

Damit war der Pressesprecher entlassen. Er bedankte sich überschwänglich bei Rottmann, dann hastete er zurück in Richtung Rathaus. Rottmann blieb auf der Bank zurück und ließ sich die ganze Angelegenheit durch den Kopf gehen. Was er in den vergangenen Jahren nicht schon alles mit diesen Regierenden im Grafeneckart erlebt hatte! Einen verschwundenen Bürgermeister gab es bisher jedoch noch nicht. Er streichelte Öchsle über den Kopf.

„Mein Alter, da müssen wir wohl wieder mal unsere Connection zur Mordkommission spielen lassen." Er griff in seine Joppentasche und setzte seine vorgestopfte Bruyère unter Dampf. Eine dichte Tabakwolke hinter sich lassend, stapfte er in Richtung Sanderstraße.

Es war für den Exkommissar von Vorteil, dass an der Pforte zur Polizeidirektion in der Regel ältere Polizeibeamte eingesetzt wurden, die ihn noch aus seiner aktiven Zeit kannten. Es bestand nach wie vor die Regelung, dass nur Diensthunde mit ins Haus durften. Jetzt gab es natürlich für Rottmann keinen Zweifel daran, dass Öchsle bereits seit vielen Jahren unter diese Kategorie einzuordnen war. Nicht immer sahen das alle Beamten an der Pforte genauso. Da im Haus Rauchverbot herrschte, steckte er seine Pfeife schnell ein. Heute hatte er Glück, der Mann in der Pforte, ein alter Kollege von Rottmann, winkte Erich Rottmann einfach durch.

Wegen Öchsle nahm er die Treppe. Wenig später marschierte er über den Flur des Stockwerks, in dem die Mordkommission mit fünf Büros untergebracht war. An der Tür des hintersten Raumes wies ein Schild mit der Aufschrift *Leiter der Mordkommission, Erster Kriminalhauptkommissar Deichler* auf den Beamten dahinter hin.

„Na, dann wollen wir mal …", nuschelte Rottmann wieder mit Pfeife im Mund und klopfte hörbar an die Tür. Ein vernehmliches „Herein!" war die Antwort und Rottmann trat ein. Damals, als er der Mordkommission als Chef vorstand, war das sein Dienstzimmer. Öchsle, der ja schon unzählige Male den Exkommissar hierher begleitet hatte, huschte ohne Zögern mit über die Schwelle. Sofort eilte er schwanzwedelnd zu dem Mann hinter dem breiten Schreibtisch, der den beiden erstaunt entgegenblickte.

„Ja Öchsle, was machst Du denn hier …", rief Deichler erstaunt und streichelte dem Rüden den Kopf.

„Mahlzeit!", rief Rottmann trotz der bereits fortgeschrittenen Tageszeit. „Ich wollte mal kontrollieren, ob hier auch etwas gearbeitet wird!"

„Servus, Erich", erwiderte Deichler, „das ist aber wirklich ein seltener Besuch!"

Rottmann war sich nicht ganz sicher, ob da nicht ein wenig Ironie mitschwang, weil er ja tatsächlich immer wieder mal hierherkam, um Deichler als Info-Quelle anzuzapfen oder wenn Rottmann wieder einmal glaubte, er müsse die Ermittlungsarbeit seines Nachfolgers „unterstützen". Was allerdings nicht immer auf große Gegenliebe bei dem „Unterstützten" stieß. Er musterte mit einem Seitenblick die Bruyère.

„Na, Erich, wieder mal ordentlich unter Dampf?" Mit einer Handbewegung bot er Rottmann Platz auf einem Besucherstuhl an. Während sich der Exkommissar niederließ, wollte Deichler wissen: „Erich, was kann ich für Dich tun?"

Erich Rottmann musterte ihn gespielt erstaunt. „Kann ich meinem hervorragenden Nachfolger nicht einmal einen Freundschaftsbesuch abstatten …?" Er steckte die Pfeife wieder ein. Öchsle verschwand unter dem Schreibtisch.

„Lieber Erich", erwiderte Deichler und setzte sich wieder in seinen Sessel, „wie viele Deiner Besuche, mit denen Du mich bisher verwöhnt hast, waren reine Freundschaftsbesuche? – Also, sag schon, wo drückt der Schuh?"

Erich Rottmann grinste. „Wenn Du mich schon so drängst …" Er rückte sich auf dem Stuhl zurecht, dann schoss er die erste Frage ab. „Florian, wie ist der Sachstand bei den Ermittlungen in der Causa Bürgermeister Selig?"

Deichler lehnte sich im Bürostuhl zurück und musterte sein Gegenüber scharf. „Aha, daher weht der Wind!"

Erich Rottmann zuckte mit den Schultern. „Im Rathaus gibt es gewisse Sorgen, dass ihm etwas zugestoßen sein könnte. Immerhin steckt er mitten in diesem Parkgebührenkrieg. Es soll da ja von verschiedenen Seiten ordentlich Gegenwind geben."

Deichler schüttelte den Kopf. „Erich, darf ich Dich wieder einmal daran erinnern, dass Du im Ruhestand bist und Ermittlungen jedweder Art vertraulich sind und von uns getätigt werden?! … Und nur von uns! Ich weiß gar nicht, wie oft ich Dir das schon gesagt habe!"

„Schon klar, lieber Florian, aber ich ermittle doch gar nicht … Man hat mich lediglich gebeten, ein paar kleine Recherchen zu tätigen, damit das Rathaus einen gewissen Wissensvorsprung gegenüber der Presse hat. Ich muss Dir doch nicht sagen, dass die Pressegeier bereits kreisen. Der Polizeieinsatz heute vor dem Dom war ja nicht zu verheimlichen."

Er beugte sich nach vorne. „Haben die Presseleute die Geschichte mit dem Blut im Dienstwagen mitbekommen?"

Deichler zuckte mit den Schultern. „Die Kollegen von der Verkehrspolizei, die zuerst am Wagen waren, haben den Tatort zwar abgesperrt, das bedeutet aber nicht, dass nicht ein spitzfindiger Reporter etwas mitbekommen haben könnte."

Rottmann überlegte einen Moment, dann fragte er: „Ich nehme an, ihr werdet das Blut mit der DNA von Selig vergleichen, um festzustellen, ob es von ihm stammt …?"

„Standardvorgehen …", gab Deichler zurück.

„Gibst Du eine Presseerklärung heraus?"

„Zuerst müssen wir mal Klarheit hinsichtlich der Spurenlage haben. Das wird, wie Du weißt, ein paar Tage dauern. Vermutlich werden wir dann die Pressearbeit zusammen mit dem Rathaus durchführen. Ich hoffe aber sehr, dass bis dahin Selig wieder aufgetaucht ist, dann löst sich das alles hoffentlich in Wohlgefallen auf. – Also, Erich, lass uns mal unsere Arbeit machen!" Er erhob sich zum Zeichen, dass das Gespräch aus seiner Sicht beendet war.

Rottmann stand ebenfalls auf. „Na, hoffen wir mal das Beste. Wenn ich ehrlich bin, habe ich ein merkwürdiges Gefühl bei der Sache. – Ich wäre Dir sehr dankbar, wenn Du mich bezüglich Ergebnisses des DNA-Tests auf dem Laufenden halten könntest …"

„Erich, Du weißt doch …"

„Ja, schon gut, Du darfst mir keine Ermittlungsinternas mitteilen … aber Du musst ja nur ja oder nein sagen." Er zwinkerte Florian Deichler verschmitzt zu, dann verließen Herr und Hund das Dienstzimmer. Rottmann wusste, dass Deichler ihn nicht im Stich lassen würde.

Der Leiter der Mordkommission seufzte. Der alte Schlawiner schaffte es doch immer wieder, dass er schwach wurde.

Auf der anderen Seite: Was schadete es, wenn er Rottmann in der Angelegenheit einen kleinen Tipp gab? Es würde sowieso noch ein paar Tage dauern, bis ein Ergebnis da war. Die zuständige Abteilung der Kriminaltechnik war im Augenblick durch brisantere Fälle stark ausgelastet.

Deichler öffnete die Akte, die er gerade studierte, als Rottmann ihn überraschte.

Gewitter im Anmarsch

Die Sommer in Unterfranken wurden seit Jahren kontinuierlich heißer und trockener. Spitzenrekorde um die 40 Grad Celsius brachten die Natur zum Ächzen und alle darin lebenden Kreaturen. Zwischen den Häuserschluchten der Mainmetropole staute sich die Hitze und brachte den Asphalt zum Kochen. Die Stadtmenschen suchten gerne die umliegenden Wälder, Seen und Flussläufe auf, da es hier meistens einige Grade kühler war und sanfte Brisen die Luft etwas durcheinanderquirlten. Die Förster und Waldeigentümer befanden sich in großer Sorge, weil sich die Waldbrandgefahr Tag für Tag massiv erhöhte. Immer wieder entluden sich die geballten Energien der Atmosphäre in unwetterhaften Gewittern, die dann aber nur für kurze Zeit für Abkühlung sorgten. Auch im politischen Würzburg braute sich im übertragenen Sinne ein Unwetter zusammen. Zunächst heimlich, im Stillen, unbemerkt von der Öffentlichkeit, sodass sein Bedrohungspotential und seine soziale Sprengkraft auf den ersten Blick nicht erkennbar war.

Es begann damit, dass eine Frau in einem sehr aufwendig eingerichteten Raum eine männliche Person beobachtete, die sich auf einem runden King-Size-Bett räkelte. Hin und wieder kamen ihr Bedenken und sie fragte sich, wie sie dazu gekommen war, sich auf diese Sache einzulassen.

Es ging weiter an einem entfernteren Ort, wo eine andere Frau mit einer sich deutlich davon unterscheidenden Motivation, aber unter ebenfalls merklicher Anspannung, im Internet den Namen *Erich Rottmann* eingab und eine große Anzahl Treffer erhielt.

Ohne dass ein sachlicher Zusammenhang vorgelegen hätte, diktierte etwa im gleichen Zeitraum in der Schreibkanzlei einer bekannten Würzburger Rechtsanwaltskanzlei die für Mietrecht zuständige Volljuristin einen rechtskonformen Anwaltsbrief. Ein Brief, dessen Inhalt üblicherweise bei den Empfängern mehr oder weniger heftige Reaktionen auslöste.

Und dann war da noch die Frau, die fern von Würzburg sehr nachdrücklich im Netz nach der Telefonnummer einer bestimmten Person fahndete. Bis jetzt war sie noch nicht erfolgreich gewesen, was sie aber eher motivierte als entmutigte.

Diese Ereignisse vermischten sich im Verborgenen zu einer hochbrisanten Melange, einem explosiven Potpourri, einer schwer verträglichen Cuvée, bestehend aus Aggression, Irritation und sozialer Sprengkraft, deren Kumulationspunkt sich unaufhaltsam näherte und mit einer gewaltigen Entladung drohte. Das Problem war: Die kritischen Situationen entwickelten sich jede für sich, fast unbemerkt von der Wahrnehmung jeweiliger Betroffener, die die ersten schwachen seismischen Erschütterungen nicht realisierten.

Die Tatsache, dass all diese Ereignisse von Frauen in Gang gesetzt wurden, ist sicher einer zweiten, nachdenklichen Überlegung würdig, sollte aber auf keinen Fall das biblische, aus dem Sündenfall sich aufdrängende Narrativ bestätigen, dass Ungemach im Allgemeinen und Probleme im Besonderen primär vom weiblichen Geschlecht ausgehen. Dies ist absolut nicht der Fall und hier, wie in ähnlich gelagerten Fällen, wirklich purer Zufall.

Ist Selig schon selig ...?

Oberbürgermeister Merlin Schluckthardt rief am nächsten Morgen zu früher Stunde das Krisenteam des Grafeneckart, bestehend aus der dritten Bürgermeisterin Hörlis, den drei Pressesprechern und dem Ordnungsreferenten, in seinem Dienstzimmer zusammen. Wichtigster und einziger Besprechungspunkt: Das Verschwinden von Bürgermeister Selig – und die sich daraus ergebenden Probleme für die Projekte „Erhöhung der Parkplatzgebühren in der Stadt Würzburg und Bewirtschaftung der Talavera".

„Liebe Kolleginnen und Kollegen, wir leben in äußerst unruhigen Zeiten. Der Widerstand in der Stadt gegen die Parkplatzgebühren wird von Tag zu Tag stärker. Es ist spürbar, dass auch unter den Bediensteten des Rathauses eine Ablehnung schwelt, die nur schwer greifbar ist. Es kam schon zu Schmierereien in verschiedenen Toiletten des Hauses jeglichen Geschlechts, die mit extremen Sprüchen zu massivem Widerstand gegen uns, die Verantwortlichen, auffordern. Wir konnten bis jetzt nicht ermitteln, wer für diese aufwieglerischen Sprüche verantwortlich ist. Unsere Rechtsabteilung hat uns von der Installation von Kameras in diesen Örtlichkeiten dringend abgeraten."

„Das geht aus datenschutzrechtlichen Gründen absolut gar nicht, selbst wenn wir die Gesichter der Toilettenbesuchenden verpixeln", bestätigte der Chef des Ordnungsamtes.

Pressesprecher Schwarz versuchte einen konstruktiven Vorschlag: „Nach meiner Kenntnis erfolgt das Anbringen dieser Parolen zu Zeiten, da der Verkehr in den Toilettenanlagen weitgehend ruht, also vor oder nach Dienstschluss. Man sollte sich überlegen, ob man in diesen Örtlichkeiten nicht in einer Art konzertierten Aktion Toilettenwächterinnen und Toilettenwächter einsetzt, die sich für einige Tage in den kritischen Zeiten dort einschließen und im Ernstfall auf die Schmierfinken zugreifen!"

Der Oberbürgermeister schlug die Hände zusammen. „Mein Gott, Schwarz, wissen Sie, wie viele Toiletten wir im Rathaus haben? Woher sollen wir denn das Personal für eine derartige Überwachung nehmen?"

„Nun ..., ich habe mir überlegt, dass man vielleicht die Damen und Herren Stadträte*innen bitten könnte ... Dann wäre das Sitzungsgeld einmal zweckentsprechend ausgegeben ..." Während seiner Antwort war er allerdings immer leiser geworden, bis er am Ende, unter den Blitze schleudernden Blicken des Stadtoberhaupts verstummte.

„... war ja nur so ein Gedanke ...", brummelte er.

OB Schluckthardt beendete diese Gedankengänge mit einer knappen Handbewegung. „Wir werden auf jeden Fall unseren Facilitymanager beauftragen, einen verstärkten Blick auf die Toiletten zu haben. Mehr können wir im Augenblick nicht leisten. Vielleicht erwischt er durch Zufall jemanden auf frischer Tat."

Er sah kurz auf seine vor ihm auf dem Tisch liegenden Notizen, dann wandte er sich wieder an Pressesprecher Schwarz: „Wie ist denn der Sachstand der Recherchen von diesem Herrn Rottmann? Hat er denn schon etwas über die Blutspuren in Seligs Dienstwagen herausgefunden? Mein Büro hat bereits zahlreiche Presseanfragen abwimmeln müssen. Die Brisanz der Situation, in der wir uns im Augenblick befinden, dürfte ja allen hier bewusst sein. Spätestens dann, wenn in den nächsten Tagen die Stellungnahme von Kollegen Selig zum Bürgerbegehren in einer Pressekonferenz vorgestellt werden soll, muss er anwesend sein!“

Schwarz zuckte mit den Schultern. „Ich habe Rottmann ja erst gestern auf die Angelegenheit angesetzt. Glauben Sie mir, der Mann ist niemand, der sich drängeln lässt. Ich hatte am Ende unserer Unterhaltung das Gefühl, dass ihn die Sache interessiert. Ich denke, er hat angebissen. Ich werde ihn heute Nachmittag mal anrufen. Vielleicht weiß er schon etwas.“

Sie besprachen sich noch kurze Zeit, dann eilten sie, gebeugt von der Verantwortung, die auf ihnen lastete, auseinander.

Schöpf-Kelle, der rasende Reporter der Mainpostille, machte seinem Ruf alle Ehre. Seit gestern stand er den ganzen Tag voll unter Strom! Es war schon geraume Zeit her, dass sein Reporterinstinkt so stark ausgeschlagen hatte, dass er sogar in der Nacht mehrmals aufwachte. Ursache für seine Erregung war die Rathausspitze, die nach dem Fund des Dienstwagens des zweiten Bürgermeisters vor dem Dom sich ausgesprochen zugeknöpft verhielt. Selbst seine speziellen weiblichen Kontakte in die Schaltzentrale Würzburger Kommunalpolitik, die er seit Jahren pflegte, redeten sich mit Nichtwissen heraus. Angeblich wären die Regierenden bei diesem Thema verschlossen wie Austern. Ein Umstand, der bei Schöpf-Kelle sämtliche Antennen vibrieren ließ. Es kostete ihm ein reichhaltiges Mittagsmenü bei MäcRonalds und einen üppigen Eisbecher auf der Juliuspromenade bei *Ice-Cold*, ehe er aus Jule, einer der Sekretärinnen der Presseabteilung des Rathauses, herausgekitzelt hatte, dass sich ihr Chef mit dem ehemaligen Leiter der Würzburger Mordkommission, Erich Rottmann, auf dem Marktplatz getroffen hatte.

Schöpf-Kelle war wie elektrisiert und es bereitete ihm große Mühe, nicht wie ein angeschossenes Wildschwein von seinem Stuhl hochzuschnellen. Das war die Spur, die er brauchte! Erich Rottmann! Wenn der Pressesprecher der Stadt heimlich diesen Mann bei einem konspirativen Treffen kontaktierte, dann tat er dies sicher nicht, weil er ihm auf dem Marktplatz eine „Genickte im Kipf mit Senf" spendieren wollte. Da hatte man ihn höheren Orts geschickt, was wiederum bedeutete, dass da irgendwo im Rathaus die Kacke am Dampfen war! Da gab es für ihn keinen Zweifel, seine Instinkte hatten wieder einmal recht! Jetzt gab es allerdings ein neues Problem! Er musste mit Rottmann Kontakt aufnehmen! Innerlich zog sich bei ihm alles zusammen! Sein Verhältnis zu dem Exkriminalbeamten war ziemlich belastet. Sie waren in den letzten Jahren immer wieder mal frontal zusammengestoßen. Schöpf-Kelle erhob sich spontan und strebte eilig dem Ausgang zu.

„Halt!", schrillte ihm da die Stimme der Sekretärin hinterher, der die Bedienung soeben den *Magnum-Eisbecher Grönland* serviert hatte. „Ich denke, ich bin eingeladen!?"

„Ja, ja, gerne geschehen!", warf ihr der Reporter über die Schulter zu, winkte, dann war er draußen.

„So ein verflixter Windhund", schimpfte die junge Frau, das würde sie sich merken! Dann machte sie sich daran, in ihrem Magen die Eiszeit einziehen zu lassen. Der Eisbecher konnte schließlich nichts dazu.

Christian Schöpf-Kelle eilte unterdessen zur unteren Juliuspromenade, wo er seinen Motorroller abgestellt hatte. Nach einem hastigen Blick auf sein Handy überlegte er. Kurz nach dreizehn Uhr … Im Laufe der Jahre hatte er mitbekommen, wie Erich Rottmanns tägliche Gewohnheiten so ungefähr zeitlich getaktet waren. Stammtisch war jetzt vermutlich vorbei. Wahrscheinlich war er mit seinem Hund in

Richtung Main unterwegs. Irgendwann benötigte diese Töle ja mal einen Baum! Er konnte diesen Köter nicht leiden! Diese Abneigung beruhte aber auf Gegenseitigkeit. Schöpf-Kelle durfte schon des Öfteren Öchsles gefletschte Zahnreihen bewundern. Aber es half alles nichts! Er zog seinen Helm über, schwang sich in den Sattel und startete den Motor. Er spürte es im Urin, wieder einmal einer richtigen Sensation auf der Spur zu sein. Ein Stoff, den ihn die großen Presseagenturen sicher aus den Händen reißen würden! Mit Vollgas trieb er seinen Roller mit einem äußerst fragwürdigen Fahrstil an den Ringparkanlagen vorbei in Richtung Main-Kai. Dabei hielt er immer nach Rottmann und seinem Hund Ausschau.

Erich Rottmann und Öchsle waren im Augenblick tatsächlich auf dem Weg zum Main. Während er noch beim Stammtisch saß, hatte es zwar einen kleinen Gewitterschauer gegeben, der die Temperatur in der Stadt aber kaum abgekühlt hatte. Schwüldampfige Luft herrschte zwischen den Häuserfronten und das Laufen war eine ziemlich schweißtreibende Angelegenheit. Rottmann hatte schon mehrfach darüber nachgedacht, dem Klimawandel Rechnung zu tragen und seine lange Breitcordhose im Sommer gegen eine Kurzbeinversion gleicher Stoff- und Machart auszutauschen. Bis jetzt war er davor zurückgeschreckt, weil durch seine käsigen Beine der starke dunkle Haarwuchs auf ihnen deutlich kontrastierend zur Geltung kommen würde. Er konnte sich die spitzen Bemerkungen Elviras sehr gut vorstellen, wenn er dieses modische Wagnis eingehen würde. Also wischte er sich den Schweiß mit dem Ärmel seines Hemdes von der Stirn und transpirierte mit verkniffener Miene weiter in die Achselhöhle. Er hatte sogar seine Bruyère nicht unter Dampf genommen, da ihm selbst der Pfeifenkopf zu warm war. Er warf einen Blick auf seine Armbanduhr. Wenn er Glück hatte, würde er Deichler noch an seinem Arbeitsplatz erreichen. In Sichtweite entdeckte er vor einer Buschgruppe eine leere Parkbank und ließ sich darauf nieder. Er musste es sich selbst eingestehen, mittlerweile interessierte ihn das Untersuchungsergebnis des Blutes aus Seligs Dienstwagen doch. Seine berühmte Kriminalistennase machte sich durch das berühmte Kribbeln bemerkbar. Er nahm das Handy aus seiner Hosentasche und wählte die eingespeicherte Dienstnummer Deichlers. Beim zweiten Läuten meldete er sich. Sein Display hatte ihm verraten, wer da in der Leitung war.

„Erich, was gibt's denn? Bei der Hitze solltest Du eigentlich mit einem kühlen Schoppen irgendwo im Schatten sitzen und es Dir gut gehen lassen …"

„Florian, sag mir, ob der DNA-Vergleich bezüglich Selig positiv war oder nicht, dann bist Du mich auch gleich wieder los!"

Aus dem Telefon drang ein vernehmlicher Seufzer. „Erich, Du bist eine Nervensäge! Du weißt, dass ich Dir das nicht sagen darf! Wir befinden uns mitten in einem Ermittlungsverfahren!"

„Du sagst Ermittlungsverfahren! Also hat sich der Verdacht bestätigt? Das Blut aus dem Dienstwagen stammt von Bürgermeister Selig? Ihr ermittelt folglich wegen Mordes?"

„Halt! Mal langsam!", kam es da aus dem Lautsprecher. „Erich, jetzt setz mal hier keine Gerüchte in die Welt! Das Blut stammt eindeutig *nicht* von Selig! Trotzdem gehen wir von einer Straftat aus. Wir ermitteln jetzt wegen des Verdachts der Entführung. Nach wie vor wird der Bürgermeister ja vermisst!"

„Sehr interessant! Sehr interessant!", gab Rottmann verhalten zurück. „Habt ihr auch mal darüber nachgedacht, dass der Mann bei dem ganzen Parkplatz-Theater in der Stadt einfach keinen Bock mehr hat und sich ganz diskret auf eine einsame Insel verkrochen hat?“

„Lieber Erich, Du kennst das ja, wir schließen natürlich nichts aus … wenn wir aber nicht mehr weiterwissen, dann rufen wir Dich mit Sicherheit an …“

„Blödmann!“, entgegnete Rottmann, was Deichler allerdings nicht mehr hören konnte, da das Gespräch von diesem unterbrochen worden war. In diesem Augenblick sprang Öchsle, der die ganze Zeit entspannt neben seinem Menschen gesessen hatte, auf die Läufe und begann zu knurren. Verwundert sah Rottmann sich um.

Schöpf-Kelle ratterte wenig später über das Kopfsteinpflaster am Mainufer dahin. Da entdeckte er kurz darauf gute hundert Meter vor sich eine untersetzte Gestalt, die wiegenden Schrittes dahinschlenderte. In ihrer Nähe trottete ein schwarzer Hund.

„Oh yeah!“, entfuhr es Schöpf-Kelle triumphierend. Das war der Gesuchte! Spontan lenkte er sein Zweirad an den Rand der Straße, was einen entgegenkommenden Autofahrer, den er schnitt, zu einem ärgerlichen „Idiot!“ veranlasste. Schöpf-Kelle parkte den Roller hastig an der hohen Kaimauer. Nachdem sein Helm im Sattelkasten verschwunden war, machte er sich an die Verfolgung. Er kam zu einer Treppe, die ihn eine Ebene nach oben auf Höhe des Ludwig-Kais brachte. Er beabsichtigte, Rottmann auf dem höher gelegenen, parallel zum Main verlaufenden Gehsteig zu überholen. Dann, wenn er Rottmann überholt hatte, würde er wieder hinuntersteigen, um ihm dann bei einer „zufälligen“ Begegnung quasi den Weg abzuschneiden. Ihm war klar, dass Rottmann alle Stacheln aufstellen würde, wenn er zu plump vorging. Immer wieder warf er einen prüfenden Blick über die Begrenzungsmauer hinunter auf den Weg am Main. Irgendwann hatte er Rottmann und Hund überholt. Die nächste Treppe, die wieder zum Main führte, nutzte er. Seine Taktik ging auf! Gute hundert Meter vor Rottmann stieß er wieder auf den Weg und schlenderte ihm entgegen. Innerlich wappnete er sich für die Begegnung. Einen Moment später registrierte er, dass sich Erich Rottmann auf einer Parkbank niederließ. Wie es aussah, hielt er ein Telefon in der Hand. Der Hund hatte sich neben ihm niedergelassen. Schöpf-Kelle überlegte kurz: In der jetzigen Recherchesituation wäre es natürlich sehr interessant, zu wissen, warum Rottmann während eines Spaziergangs telefonieren musste. Parallel zu dem Spazierweg verlief ein stark befahrener Radweg, die direkte Verbindung zwischen Würzburg und Randersacker, dem nächsten Weinort. Rottmanns Bank stand vor einer Buschgruppe. Kurz entschlossen wechselte der Reporter auf die Grünfläche hinter der Bank und näherte sich vorsichtig. Wie er gehofft hatte, war Rottmann so abgelenkt, dass er die Annäherung Schöpf-Kelles nicht bemerkte. Hinter den Büschen blieb der Reporter stehen und lauschte angestrengt.

„Sehr interessant! Sehr interessant!“, hörte er den Exkommissar gerade sagen. „Habt ihr auch mal darüber nachgedacht, dass der Mann bei dem ganzen Theater mit den Bürgerentscheiden einfach keinen Bock mehr hat und sich ganz diskret auf eine einsame Insel verkrochen hat?“

Das Herz des Lauschers machte einen Satz! Das war ein Volltreffer! Ein Lottogewinn! Für Schöpf-Kelle bestand kein Zweifel, dass es bei dem Gespräch um den verschollenen Bürgermeister Selig ging. Vor lauter Begeisterung wäre ihm fast Rottmanns Ausruf „Blödmann!“ entgangen, der das Telefonat offenbar beendete. Schöpf-Kelle wollte sich gerade diskret verkrümeln, als plötzlich Rottmanns Hund um die Büsche kam und ihn unfreundlich anknurrte. Für eine Ausrede, mit der er sich aus der Affäre ziehen konnte, war keine Zeit. Plötzlich stand Rottmann vor ihm, um nachzusehen, was Öchsle so aufregte. Beim Anblick Schöpf-Kelles zog Rottmann die Augenbrauen in die Höhe und musterte den Mann scharf.

„Schöpf-Kelle, Sie alte, zum Reporter mutierte Nervensäge!", knurrte er. „Kann mir einer sagen, wieso Sie sich hier hinter den Büschen herumtreiben? Haben Sie sich hier etwa als Wildpinkler betätigt?!"

„Ja, sowas … der Herr Rottmann!", gab Schöpf-Kelle stotternd zurück. „Immer zu einem Scherzchen aufgelegt … Ich habe Sie gar nicht gesehen …" Mit einem besorgten Blick auf Öchsle, der ihn noch immer nicht aus den Augen ließ, erklärte er: „Ach wissen Sie, auch unsereiner muss mal ein bisschen frische Luft schnappen … Ist doch nett, dass wir uns hier zufällig treffen …" Er setzte ein schiefes Grinsen auf. „Wenn Sie ihren … Kampfhund etwas beruhigen könnten … würde ich eigentlich ganz gerne meinen Weg fortsetzen …"

„Öchsle, alles gut", beruhigte Rottmann den Rüden, „es sieht so aus, als hätte der Herr Journalist die Hosen gestrichen voll …"

Schöpf-Kelle eilte kommentarlos davon. Erich Rottmann sah ihm nachdenklich hinterher. Wie lange stand dieser windige Bursche schon hinter den Büschen? Was hatte er von dem Telefonat mitbekommen?

Rottmann war klar, dass er nicht sehr leise gesprochen hatte. Lange konnte es aber nicht gewesen sein, da Öchsle ihn sonst schon früher gewarnt hätte. Der Rüde konnte den Kerl genauso wenig leiden wie sein Herrchen. Erich Rottmann vergewisserte sich, dass er nun keinen weiteren heimlichen

Lauscher befürchten musste, dann wählte er die Nummer des Pressesprechers Schwarz. Mit knappen Worten gab er das Ergebnis der DNA-Untersuchung weiter. Schwarz nahm die Information einerseits mit Erleichterung und andererseits mit Sorge zur Kenntnis. Waren sie doch jetzt der Lösung des Rätsels um das Verschwinden Seligs keinen Schritt nähergekommen.

„Lieber Herr Rottmann, ich weiß, dass es sehr viel verlangt ist, aber könnten Sie vielleicht weiterhin für uns nach Herrn Selig forschen? Uns sitzt die Presse im Nacken!"

Rottmann überraschte diese Bitte nicht. Den Regierenden stand offenbar das Wasser bis Oberkante Unterlippe. Rottmann hatte die soeben erfolgte Begegnung mit Schöpf-Kelle vor Augen. Der würde keine Sekunde Ruhe geben, wenn er eine Story witterte. Er war überzeugt, dass der Kerl bereits eine Fährte aufgenommen hatte. An diese „zufällige" Begegnung hier am Mainufer glaubte er keine Sekunde!

„Also gut", gab er knapp zurück, „ich werde meine Fühler weiterhin ausstrecken. Sie hören wieder von mir. Erwarten Sie aber nicht zu viel …"

Er beendete das Gespräch, dann setzte er seinen Spaziergang fort. Das Verschwinden des zweiten Bürgermeisters weckte langsam sein kriminalistisches Interesse. Er hatte mit zweiten Bürgermeistern so seine Erfahrung. Damals, als Andy Farmer noch dieses Amt bekleidete, war der auch gelegentlich mal „verschütt"gegangen, tauchte aber immer wieder binnen vierundzwanzig Stunden wohlbehalten auf einem Weinfest oder einer Schoppenverkostung auf. Sein kriminalistischer Instinkt sagte ihm aber, bei Selig dürfte der Fall ein wenig anders gelagert sein.

Die Frau in dem gelb ornamentierten Seidenkimono stand in der Ecke eines in schummeriges Rotlicht getauchtes, geräumiges Appartement ihres Etablissements. Mit hochgezogenen Augenbrauen beobachtete sie die schwüle Szene, die sich dort in dem großen, mit glänzendem schwarzem Satin überzogenen runden Kingsize-Bett abspielte. Auf den Laken räkelten sich zwei sehr dürftig bekleidete, mit üppigen Formen ausgestattete Damen, die einen mittelalten Mann einrahmten, der mit nacktem Oberkörper zwischen ihnen regelrecht eingeklemmt wirkte. Er trug eine schwarze Halbmaske über den Augen, die seine Identität aber nur bedingt verbarg. Bei diesen matratzensportlichen Aktivitäten, die fast schon an einen Ringkampf erinnerten, geriet er immer wieder in Kollision mit den besagten Üppigkeiten der beiden Damen.

„Mein lieber Hubertus", wandte sich Ramona, die Chefin des Hauses, an den zweiten Mann im Raum, der sich über eine Kamera beugte, die auf ein Stativ montiert und deren Objektiv auf die Bettszene gerichtet war, „kannst Du mir sagen, wie lange das noch gehen soll? Dieses Appartement ist eines der exklusivsten unseres Etablissements und normalerweise ständig ausgebucht. Du machst Dir keine Vorstellungen, wie hoch unser Verdienstausfall ist, gar nicht zu reden von den Einkommensverlusten der Damen, die üblicherweise in stündlicher Taktung diese Räumlichkeiten nutzen! Dabei darf ich gar nicht daran denken, wenn die Bullen später dahinterkommen, dass er hier unfreiwillig zu Gast war …"

Hubertus verzog das Gesicht. „Liebe Ramona, wir waren uns doch darin einig, dass die vorübergehende Unterbringung dieses Herrn hier bei euch in unserem beiderseitigen

Interesse ist. Das Zeug, das wir ihm gegeben haben, ist eine von mir modifizierte Partydroge, die nicht gesundheitsschädlich ist und auch nicht abhängig macht. Als Apotheker kann ich dir versichern, er schwebt momentan im siebten Himmel und wird sich, wenn wir ihn wieder laufen lassen, an nichts mehr erinnern." Er änderte eine Einstellung an der Kamera, dann fuhr er fort: „Wir werden hier ein wundervolles Erotikfilmchen drehen, bei dem unser Gast den Hauptdarsteller mimen darf. Er steht doch gerne im Mittelpunkt ..."

„Das erkennt doch jeder, dass das hier ein Fake ist!"

„Das würde ich nicht sagen. Du machst Dir keine Vorstellungen, was man mit ein bisschen Technik hier und ein paar Computeranimationen da alles anstellen kann. Außerdem ist das ein Stummfilm, Stimmen sind nicht identifizierbar."

Nach einer Weile schien Hubertus genug Material zu haben. „Cut!", rief er. „Danke, ihr könnt aufhören, das reicht."

„... und was machen wir nun mit ... unserem Gast?", fragte Ramona, während die Darsteller das Bett räumten.

„Löse eine von den Schlaftabletten, die ich Dir gegeben habe, in Schampus auf und sieh zu, dass er ihn trinkt. Er wird dann schlafen, bis wir morgen den nächsten Schritt gehen können."

Sie nickte, sah dabei aber nicht sonderlich glücklich aus.

Es lebe die Pressefreiheit

Am nächsten Morgen erschien die Mainpostille mit einem Aufmacher auf der ersten Seite, dessen überdimensionierte Headline im krassen Gegensatz zum substantiellen Inhalt des betreffenden Artikels stand. „Bürgermeister auf der Flucht?", schrie es den Abonnenten des Blattes am Frühstückstisch entgegen. Zu ihnen gehörte auch OB Schluckthardt, dem der Bissen seines Hörnchens regelrecht im Halse stecken blieb. Hektisch riss er die Seite in die Höhe, so dass ein Teil seines Kaffees aus der ins Wanken geratenen Kaffeetasse schwappte und sich in die Untertasse ergoss.

Selig im Kloster? | *... Wie diese Zeitung unter Nutzung vertraulicher Kanäle in Erfahrung bringen konnte, gibt es Anlass, bezüglich des Verbleibs unseres zweiten Bürgermeisters, Markus Selig, verschiedene Fragen zu stellen: Trifft es zu, wie es von Seiten gewöhnlich gut unterrichteter Kreise kolportiert wird, dass er sich unter dem Druck der in der Öffentlichkeit kontrovers diskutierten Einführung von Parkgebühren auf der Talavera in ein Schweigekloster zurückgezogen hat, um dort in stiller Einkehr einen Kompromissvorschlag zu erarbeiten, der nicht in erster Linie der Stadtkasse, sondern den Würzburgern gerecht werden soll? Bei einer Anfrage dieser Zeitung beim Büro des OB und den Pressesprechern der Stadt konnten wir weder eine Bestätigung noch ein Dementi für diese Informationen erhalten, da im Rathaus schlichtweg niemand erreichbar war. Wir bleiben für unsere Leser auf jeden Fall am Ball! –*
Bericht und Investigation: Christian Schöpf-Kelle!

Der Oberbürgermeister warf die Zeitung wütend neben sich auf den Boden. Solche Schmierereien hatten ihm gerade noch gefehlt! Hastig schnappte er sich sein Telefon und wählte die Handynummer von Schwarz. Als der sich meldete, ließ ihn Schluckthardt gar nicht erst zu Wort kommen. Wütend bellte er ins Telefon: „Schwarz, haben Sie den Mist von diesem Schmierfinken Schöpf-Kelle in der heutigen Mainpostille gelesen? Stimmt es, dass er bei uns angefragt hat und niemand vom Pressereferat erreichbar war? … und warum weiß ich nichts davon? … und wer sind diese *‚für gewöhnlich gut unterrichteten Kreise*‘? Gibt es da im Rathaus jemand, der irgendwelche Dinge an die Presse durchsticht, obwohl es eigentlich nichts durchzustechen gibt? Steckt da vielleicht die Opposition dahinter, um uns Regierenden eine reinzuwürgen?“

Der Pressesprecher nutzte die notwendige Atempause des Rathauschefs aus, um verbal dazwischenzugrätschen. „Entschuldigung, Herr Oberbürgermeister, aber im Pressereferat ist nichts von einer Anfrage der Mainpostille bekannt. Ich wollte Sie gerade anrufen und informieren. Selbstverständlich haben wir den Artikel gelesen und halten eine Stellungnahme für absolut überflüssig, da er nur aus Vermutungen besteht. Das ist doch geistiger Dünnschiss in seiner wässrigsten Form! Ich kann mir beim besten Willen nicht vorstellen, dass hinter diesem primitiven Mist die Opposition steckt …“

„Also darauf würde ich jetzt nicht wetten. Da geht es doch nur um billige Effekthascherei …!“ Er atmete tief durch und fuhr sich langsam runter. „Ich bin in fünfzehn Minuten im Büro, dann müssen wir eine Strategie entwickeln, wie wir auf diese Art Presse reagieren.“ Er legte auf und trank seinen zwischenzeitlich erkalteten Kaffee aus. Vielleicht sollte er in Erwägung ziehen, in die gesamte Problematik die Opposition stärker mit einzubeziehen. Am Ende des Tages würde es möglicherweise notwendig sein, für eine negative Bilanz gewisser politischer Pläne der Öffentlichkeit einen Sündenbock zu präsentieren … Niemand eignete sich für diese Rolle besser als die Damen und Herren der Opposition, die ja grundsätzlich immer alles besser wussten. Ein grimmiges Lächeln zog über sein Gesicht.

Erich Rottmann trat gerade aus dem Haus auf die Rosengasse, um mit Öchsle den allmorgendlichen Routinespaziergang anzutreten, als er aus einiger Entfernung eine männliche Stimme hörte, die nach ihm rief:

„Hallo ...! Hallo, Erich, warte einen Moment ... ich habe was für Dich!"

Rottmann drehte sich um und entdeckte Schorsch Weigand, den altgedienten Briefträger, der seit vielen Jahren in diesem Zustellbezirk die Post austrug. Sie kannten sich und duzten sich schon lange, zumindest seit dem gemeinsamen Besuch des Würzburger Weindorfes vor einigen Jahren, wo sie sich zufällig getroffen hatten und dann ziemlich versackt waren. Wie Rottmann wusste, fieberte Schorsch seinem Ruhestand entgegen. Er war passionierter Hochseeangler und wollte unbedingt so bald wie möglich einige längere Angeltouren nach Norwegen auf die Lofoten machen. Der Postbote brachte sein Elektrofahrrad neben Rottmann zum Stehen.

„Erich, da kann ich Dir den Brief gleich persönlich aushändigen. Ein Einwurf-Einschreiben! Womöglich wichtig." Er griff in seine Posttasche und ergriff einen dickeren Umschlag, den er Rottmann übergab. Dann zog er ein Formular aus der Tasche und füllte es aus. „So, hiermit bestätige ich, dass ich es in Deinen Briefkasten eingeworfen habe! In Ordnung?"

Rottmann brummelte seine Zustimmung, dabei musterte er das Kuvert misstrauisch. Einschreibebriefe bedeuteten in der Regel nichts Gutes.

„Erich, wünsche Dir einen schönen Tag!", grüßte Schorsch, stellte sich auf ein Pedal und rollte zum nächsten Haus.

Rottmann las den Absender: *„Rechtsanwälte Wilderer und Jennerwein, Galgenberg o. Nr., 97074 Würzburg“*. Er zuckte mit den Schultern. Nie gehört. Was konnte diese Anwaltskanzlei wohl von ihm wollen? Plötzlich beschlich ihn ein ungutes Gefühl, dann gab er sich einen Ruck. Entschlossen faltete er den Umschlag einmal zusammen und steckte ihn in seine Hose. Jetzt musste Öchsle erst mal auf die Piste. Den Brief würde er dann auf einer Parkbank öffnen. Rottmann zündete sich seine Bruyère an, dann marschierte er dampfend weiter. Öchsle war ihm schon ein gutes Stück vorausgeeilt.

Elvira Stark stand oben an ihrem geöffneten Wohnzimmerfenster und hatte die Szene mit der Postübergabe auf der Gasse mitbekommen. Es war purer Zufall, dass sie diese Szene beobachtete, nahm sie aber mit einer gewissen Befangenheit zur Kenntnis. War das schon das Ereignis, von dem sie wusste, dass es irgendwann in diesen Tagen geschehen würde? Wenn es das war, was sie vermutete, würden auf Rottmann schwierige Zeiten zukommen. Sie kannte Erich Rottmann gut genug, um zu wissen, freiwillig würde er mit ihr über eventuelle persönliche Probleme nicht sprechen. Auf der anderen Seite war es wichtig, informiert zu sein, schließlich war es möglich, dass gewisse Entwicklungen sich auch auf ihr Leben auswirken würden. Da gab es nur einen Weg, sich Gewissheit zu verschaffen. Elvira kannte Schorsch Weigand natürlich auch so lange, wie sie in der Rosengasse wohnte, und hatte mit ihm schon manches Pläuschchen gehalten. Sie wusste, dass der unbeweibte Postillion immer wieder mal ein Auge auf sie warf, wenn er glaubte, sich unbeobachtet zu fühlen. Sie wartete einen Moment, bis Rottmann außer Sichtweite war, dann schnappte sie sich ihren Hausschlüssel und eilte auf die Gasse hinunter. Sie wusste, dass Schorsch Weigand am Ende der Rosengasse das letzte Haus seiner Tour erreichte und dann umdrehte, um sich in der Kantine der nahegelegenen Regierung von Unterfranken ein zweites Frühstück zu gönnen, wie er ihr schon anvertraut hatte. Sie trat aus dem Haus und schlenderte gemächlich in Richtung Main. Es dauerte keine zehn Minuten, dann sah sie das gelbe Postrad von Schorsch ihr entgegenkommen. Sie blieb einfach stehen.

„Ja, grüß Dich, Elvira, das ist aber schön, dass wir uns wieder einmal sehen." Schorsch bremste und hielt an.

„Stimmt, ist eine Weile her, dass wir uns begegnet sind", erwiderte Elvira Stark freundlich lächelnd. „Wie gehts Dir denn?"

Der Postbote, hochbeglückt, dass Elvira offenbar Lust auf ein Schwätzchen hatte, schob sein Rad auf die Seite und zog es auf den Ständer.

„Ich kann nicht klagen!", gab er zurück, dabei glitt sein Blick bewundernd, aber diskret über die ansprechende Figur der vor ihm stehenden Frau. „Momentan gibt es halt viel zu tun, weil die Menschen zwar weniger Briefe schreiben, aber dafür mehr Päckchen zuzustellen sind. Weißt Du, die kleinen, die noch durch einen Briefschlitz passen."

„Das kann ich mir vorstellen", zeigte Elvira Verständnis. In dem Moment klopfte sie sich mit der Hand gegen die Stirn.

„Jetzt muss ich doch noch einmal heim, weil ich auf dem Küchentisch was vergessen habe." Sie wandte sich wieder in die andere Richtung. „Musst Du nicht auch in diese Richtung?"

Schorsch schnappte sich sein Rad.

„Ja, wenn Du nichts dagegen hast, begleite ich Dich ein Stück. Ich bin für heute mit dem Austragen fertig."

„Gerne", erwiderte Elvira und versuchte wieder an dem letzten Thema anzuknüpfen. „Du hast aber auch einen richtig verantwortungsvollen Beruf", schoss sie eine Vorlage ab, wenn da was verloren geht …"

„Das kannst Du laut sagen! Zum Beispiel so wichtige Briefe wie beispielsweise Einschreiben! Das machen die Menschen dann doch noch nicht elektronisch, weil ich beurkunden muss, dass ich den Brief eingeworfen habe."

Sie hatten mittlerweile fast wieder die Haustür von Elvira Starks Haus erreicht.

„Geht das alles heutzutage nicht per E-Mail ...?"

„Da täusch Dich bloß nicht! Wenn die Absender, beispielsweise Rechtsanwälte, absolut sicher sein wollen, dass ein Brief beim Empfänger auch tatsächlich angekommen ist, dann braucht es meine Unterschrift. Wie vorhin zum Beispiel, da hat der Rottmanns Erich von nebenan auch ein Rechtsanwaltsschreiben per Einschreiben erhalten ..."

Er hatte sich jetzt regelrecht in Fahrt geredet. Plötzlich hielt er abrupt inne und fuhr sich mit der Hand an den Mund.

„Mein Gott! Also Elvira, das hätte ich Dir jetzt eigentlich nicht sagen dürfen ...! Postgeheimnis! Du verstehst? Bitte vergiss es sofort wieder!"

Elvira Stark schmunzelte beruhigend: „Aber lieber Schorsch, Du hast doch nur ein Beispiel genannt. Außerdem interessiert mich die Post von Erich Rottmann nicht die Bohne!"

Schorsch Weigand stimmte in ihr Lachen ein. „Das denk ich mir auch. – Aber was anderes, liebe Elvira, wollen wir nicht mal zusammen einen Kaffee trinken? Mit Dir kann man sich so gut unterhalten!"

Jetzt musste Elvira zusehen, dass sie aus der Nummer wieder herauskam, ohne Schorsch zu brüskieren.

„Gute Idee, Schorsch, wenn wir uns wieder mal treffen, dann machen wir das mal. Jetzt bin ich leider etwas im Stress, weil ich gleich zu einem Termin muss." Sie lächelte den Briefträger freundlich an und legte ihm zum Abschied kurz die

Hand auf den Oberarm. Sie schob ihren Schlüssel ins Schloss und war mit einem Winken im Haus.

In ihrer Wohnung angekommen, sah sie vom Fenster aus gerade noch, wie Schorsch in die Sanderstraße einbog. Ein bisschen ein schlechtes Gewissen hatte sie schon, weil sie die Freundlichkeit des Mannes ausgenutzt hatte. Dann wischte sie ihre Bedenken beiseite. Offenbar hatte Erich Rottmann ein Einschreiben von einem Rechtsanwalt bekommen! Dieses Wissen war für sie essentiell. Stellte sich nur die Frage, wann Erich, der alte Schweiger, ihr etwas erzählen würde.

Ein Schock!

Eine knappe halbe Stunde später hatte Öchsle seine Gepflogenheiten hinter verschiedenen Büschen in den Anlagen in der Nähe der Löwenbrücke erledigt und kam schwanzwedelnd zu Rottmann zurück. Rottmann fühlte nach dem Alibi-Kotbeutel in seiner Hosentasche, den er für eine eventuelle Kontrolle durch die städtischen Kotbeauftragten in der letzten Zeit immer mit sich trug. Da der Rüde seine Hinterlassenschaften aber immer äußerst diskret in praktisch unzugänglichem Buschwerk versteckte, konnte Rottmann den Beutel bedauerlicherweise bisher nicht zum Einsatz bringen.

„Na, alles erledigt?“

Der Exkommissar wertete Öchsles entspannte Körpersprache als Zustimmung und sah sich nach der nächsten Parkbank um. Der Brief drückte jetzt doch spürbar in seiner Hosentasche. Rottmann strich mit dem Daumennagel eine Kante des Kuverts auf seinem Oberschenkel glatt, dann holte er aus der anderen Tasche seinen Pfeifenstopfer und schlitzte es damit auf. Er entnahm ihm ein bedrucktes Blatt, das mit dem Briefkopf der Anwaltskanzlei gekennzeichnet war. Das erste Wort im Betreff des Schreibens sprang ihm regelrecht in die Augen:

Kündigung wegen Eigenbedarfs der Wohnung Würzburg, Rosengasse 23, Dachgeschoss links

Sehr geehrter Herr Rottmann,

unter Versicherung der Bevollmächtigung ***kündigen*** *wir Ihnen im Namen unseres Mandaten, Herrn Rudolf Rodenstock, Dresden, mit diesem Schreiben den Mietvertrag vom 31. Mai 1977 zu o. g. Mietwohnung unter Beachtung der gesetzlichen Kündigungsfrist von* ***neun Monaten*** *zum Ablauf des Monats März nächsten Jahres wegen Eigenbedarfs nach § 573 Abs. 2 Nr. 2 BGB.*
Der Eigenbedarf der betreffenden Wohnung mit zweiundachtzig Quadratmetern wird wie folgt begründet: Überlassung der Wohnung an den Sohn des Eigentümers und Vermieters, Jens Rodenstock, Am Elbufer 3, 01067 Dresden. Herr Jens Rodenstock lebt zurzeit im elterlichen Hausstand. Mit Beginn des Sommersemesters wird Herr Jens Rodenstock in Würzburg ein Medizinstudium beginnen. Immatrikulationsnachweis wird nachgereicht. Da die Wohnraumsituation derzeit in Würzburg äußerst angespannt ist, wird Herr Jens Rodenstock mindestens bis zum Ablauf seines Studiums die o. g. Wohnung in Anspruch nehmen.
Für Rückfragen stehen wir gerne nach Terminvereinbarung zur Verfügung.

Mit freundlichen Grüßen
Unterschrift Rechtsanwältin

Geschockt saß Rottmann mit dem Schreiben auf dem Schoß auf der Bank und starrte wie betäubt in den sonnendurchfluteten Park, ohne die sommerliche Stimmung seiner Umgebung wirklich wahrzunehmen. Kündigung seiner Wohnung! Sein Refugium, seine Heimat, Mittelpunkt seines Lebens mitten in Würzburg! Für ihn war immer klar gewesen, dass er einmal in ferner Zukunft aus seiner Wohnung mit den Füßen voraus herausgetragen werden würde. Diese wenigen Zeilen machten ihn jetzt mit einem Schlag quasi heimatlos! Langsam rutschte das Blatt von seinem Schoß hinunter auf den sandigen Weg. Plötzlich wurde Rottmann ganz schlecht! Er fühlte eine Beklemmung auf der Brust, die ihm fast den Atem nahm. Hastig riss er seinen Hemdkragen auf und fuhr mit der Hand darunter. Öchsle, der die Not seines Menschen fühlte, legte den Kopf auf Rottmanns Oberschenkel und fiepte.

„Ist ja gut, mein Alter", flüsterte Rottmann heiser und zwang sich, tief und gleichmäßig zu atmen. Ganz langsam ließ der Druck etwas nach und das Atmen fiel wieder leichter. Er bückte sich, hob das Schriftstück auf und steckte es in das Kuvert zurück. Mit einem Blick auf die Uhr überzeugte er sich davon, dass bis zum Stammtisch noch etwas Zeit war. Rottmann war im Prinzip ein harter Brocken, den so schnell nichts aus der Bahn warf. Dieses Anwaltsschreiben hatte ihn allerdings völlig kalt erwischt.

Erich Rottmann war ein in diesem Viertel, in der ganzen Stadt verankerter Mensch, seine Wohnung sein unmittelbarer Lebensmittelpunkt. Das Bewusstsein, in einer Mietwohnung zu leben, die irgendjemandem gehörte, hatte er einfach nicht mehr realisiert. Rottmann erhob sich von der Bank. Er musste einen Augenblick stehen bleiben, da ihm etwas schwindelig wurde. Schließlich raffte er sich auf und marschierte in Richtung Innenstadt. Öchsle begleitete ihn dicht bei Fuß. Nachdem er wieder etwas klarer denken konnte, dachte er daran, dass ja zum Stammtisch einige hochklassige Juristen gehörten, die sich bestimmt auch mit dem Mietrecht auskannten und ihm in dieser Angelegenheit zur Seite stehen konnten. Er dachte dabei in erster Linie an Ron Schneider. Der ehemalige Senior einer großen Würzburger Anwaltskanzlei war mit allen juristischen Wassern gewaschen. Als Rottmann die Sanderstraße mit langen Schritten durchmaß, war seine Stimmung schon etwas zuversichtlicher, was man auch an seiner dampfenden Pfeife ersehen konnte. Als er jedoch auf seinem Weg an der Einmündung zur Rosengasse vorbeieilte und einen Seitenblick auf sein Wohnhaus werfen konnte, fühlte er wieder Beklemmung. Rottmann ballte die Hände zu Fäusten. Er dachte nicht im Traum daran, einfach klein beizugeben.

Erich Rottmann war heute am Stammtisch der erste Schoppenbruder. Anni, die Bedienung, hatte ihm gerade seinen Silvaner hingestellt, als Ron Schneider und Horst Ritter gemeinsam das Lokal betraten.

„Na, Erich, senile Bettflucht?“ Ron Schneider stichelte gerne und oft. Er wunderte sich allerdings, dass Rottmann auf seine scherzhafte Bemerkung keine Retourkutsche losließ.

„Ron“, gab der Exkommissar stattdessen sachlich zurück, „kann ich Dich mal kurz sprechen, bevor Du Dich niederlässt? Ich habe da ein kleines Problem …“

„Aber selbstverständlich“, gab Ron Schneider zurück, der natürlich Rottmanns ernste Miene gesehen hatte. Eine Stimmung, die er sonst bei seinem Schoppenbruder nicht kannte. Rottmann erhob sich und die beiden zogen sich ins leerstehende Nebenzimmer zurück. Wortlos drückte Rottmann Ron Schneider den Umschlag in die Hand.

„Ron, lies Dir das bitte durch … und dann sag mir, dass das alles Quatsch ist!“

Schneider zog eine Lesebrille aus der Brusttasche seines Jacketts und setzte sie sich etwas umständlich auf. Während er sich an einem Tisch niederließ, faltete er das Schreiben auseinander und begann zu lesen. Rottmann setzte sich ihm gegenüber und beobachtete jede Reaktion seines Stammtischbruders. Kurz darauf ließ der das Blatt sinken und zog die Brille ab.

„Lieber Erich, formaljuristisch erscheint dieses Schreiben auf den ersten Blick korrekt. Der Eigentümer einer vermieteten Wohnung kann unter bestimmten Voraussetzungen Eigenbedarf geltend machen und kündigen. Wie gesagt, unter bestimmten Voraussetzungen! Ob diese hier gegeben sind, muss man erst mal nachprüfen.“ Er lehnte sich zurück. „Erich, ich sage Dir, da werden von Vermietern oftmals die wildesten Gründe angeführt! Wie ich sehe, hat man die längste Kündigungsfrist gewählt, vermutlich, weil Du die Wohnung schon sehr lange angemietet hast. Wir haben also zunächst einmal Zeit. Trotzdem würde ich Dir raten, auf jeden Fall gegen die Kündigung einmal Widerspruch einzulegen. Damit sind wir schon mal auf der sicheren Seite und versäumen nichts.“

Erich Rottmann stieß pfeifend die Luft aus. „Ich kann Dir sagen, da ist man erst mal geschockt, wenn einem so ein Brief ins Haus flattert. Würdest Du mich bei der Sache anwaltlich vertreten? Ich kann mir keinen Besseren vorstellen.“

Ron Schneider lachte. „Es wird mir eine Freude sein, die Anwaltskollegen am Nasenring durch die Arena zu führen! Also, Erich, jetzt mach Dich mal nicht verrückt!“

Rottmann steckte das Schreiben wieder ein, dann erhoben sich die beiden und gingen hinüber zum Stammtisch, wo sich die Schoppenbrüder mittlerweile vollständig versammelt hatten.

„Na, ihr zwei Turteltäubchen“, stichelte Xaver Marschmann, „habt ihr eure großen Geheimnisse ausgetauscht?“

Rottmann machte eine wegwerfende Handbewegung. „Bevor ihr mir Löcher in den Bauch fragt, ich habe Ron gerade um juristische Hilfe gebeten … weil man mir meine Wohnung gekündigt hat …"

Am runden Tisch trat schlagartig betroffenes Schweigen ein.

„Wie jetzt …?", fragte Xaver Marschmann.

„Na ja, gekündigt halt! Gekündigt wie rausgeschmissen! Wegen Eigenbedarfs … Aber glaubt mir, ein Erich Rottmann lässt sich nicht so mir nix, dir nix auf die Straße setzen!"

Dr. Horst Ritter klatschte mit der flachen Hand auf den Tisch, was andere Gäste veranlasste erschrocken zum Stammtisch zu schauen.

„Erich, wenn Du unsere Unterstützung benötigst, dann stehen wir an Deiner Seite!" Leiser fuhr er fort: „Wenn ich mir vorstelle, dass man meine Frau und mich einfach auf die Straße setzen würde … nicht auszudenken! Noch dazu bei dem angespannten Wohnungsmarkt in Würzburg!"

„Da musst Du Dir wohl keine Sorgen machen. Du erinnerst Dich, das Haus, in dem Du wohnst, gehört Dir? – Es sei denn …" Marschmann grinste leicht. „… Deine Göttergattin setzt Dich vor die Tür."

Die entsetzte Grimasse, die Ritter daraufhin zog, reizte alle zum Lachen und brachte damit den Humor in die Runde zurück. Auch Rottmann schloss erst mal mit dem Thema ab.

Erich, dachte er, noch sitzt Du ja nicht wohnsitzlos unter einer der Würzburger Brücken. Als dann nach kurzer Zeit die von ihm bestellte, tellerüberlappende, zentimeterdicke Leberkäsportion dampfend vor ihm stand, war sein Seelenfrieden fürs Erste wiederhergestellt. Öchsle lag wie immer direkt unter Rottmann unter der Sitzbank und hob die Nase in die Höhe. Der verführerische Duft der Speise umschwebte sein Riechorgan und ließ ihm voller Erwartung das Wasser im Maul zusammenlaufen. Hoffentlich brauchte sein Mensch nicht wieder so lange, bis er ihm einen Happen herunterreichte. Er fiepte leise. – Der Stammtisch nahm unterdessen seinen gewohnten Gang. Erneut stand das Thema rundes Jubiläum auf der Tagesordnung.

Dunkle Wolken ...

Weit nach Mitternacht ballten sich über der Mainmetropole dunkle Wolken zusammen und in der Ferne war herannahender Donner zu vernehmen, Vorboten eines kräftigen Gewitters, das sich nach den Vorhersagen der Meteorologen unter Umständen zu einem Unwetter entwickeln konnte.

Der graue Caddy, der von der Friedensbrücke über den Kranenkai fuhr, näherte sich der Einfahrt zur Markttiefgarage in der Karmelitenstraße. Der Fahrer hielt genau die Geschwindigkeitsbegrenzung ein, da er in der gegenwärtigen Situation alles brauchen konnte, nur keine Polizeikontrolle. Verkehr gab es um diese Uhrzeit kaum. Der Beifahrer saß halb nach hinten gewandt und beobachtete den Mann, der anscheinend schlafend auf dem Rücksitz saß. Der Sicherheitsgurt verhinderte, dass er zur Seite kippte.

„Hubertus, mach mal langsam“, forderte Simon seinen Kumpel am Steuer auf, der das Fahrzeug die Rampe hinunterlenkte, „sonst wacht er früher auf, als wir geplant haben.“

Hubertus betätigte einen Funkgeber, mit dem er die Schranke vor der Tiefgarage öffnen konnte.

„Fahr möglichst nah an den Hintereingang ran. Du kennst ja den Bereich, der von der dortigen Überwachungskamera nicht erfasst wird. Ich habe wirklich keine Lust, unseren zweiten Bürgermeister quer durch die Tiefgarage zu schleppen.“

Hubertus lachte. „Klar, natürlich kenne ich den diskreten Stadtratswechsel. Haben sie ja extra so eingerichtet, dass unsere Volksvertreter, wenn sie nach einer langen Sitzung leicht alkoholisiert den Grafeneckart verlassen, nicht aufgezeichnet werden. Im Übrigen kann ich Dir sagen, sei froh, dass wir es nicht mit seinem Vorgänger im Amt zu tun haben. Da hätten wir zwei definitiv die Segel streichen müssen."

„Verdammt, jetzt laber nicht rum!", gab Simon leicht gereizt zurück, denn der Mann auf der Rückbank begann sich ganz langsam zu regen. „Beeil Dich! Er wird langsam wach!" Dabei griff er in seine Jackentasche und zog sich eine schwarze Skimütze über den Kopf, die nur seine Augen freiließ.

In diesem Moment kam der Caddy zum Stillstand und Hubertus schaltete den Motor aus. Er öffnete die Fahrertür. „Von mir aus könnten wir schon lange fertig sein!"

Simon gab ein Knurren von sich, dann stieg auch er aus und öffnete die Hintertür. Er löste den Gurt des Schlafenden und kommandierte: „Schieb ihn Du von drüben rüber, dann komm hierher, damit wir ihn gemeinsam rausziehen! Zieh Dir aber endlich die Maske über und Handschuhe an! Ich habe wirklich keine Lust, dass er uns erkennt und wir Spuren hinterlassen! Er wird noch früh genug erfahren, mit wem er es zu tun hat!"

Hubertus tat, wie ihm geheißen. Gemeinsam griffen sie dann Markus Selig unter die Arme und zogen ihn vom Rücksitz. Keuchend versuchten sie ihn auf die Beine zu stellen, was aber nur schwer gelang, da sie wie aus Gummi schienen. Sein Kopf hing haltlos nach vorne. Leise lallte er vor sich hin. Sie packten ihn an den Seiten, wobei sie ihre Arme hinter seinem Rücken verschränkten und sie seitlich am Gürtel einhakten. Mit den freien Händen hielten sie ihn an der Hemdbrust fest, damit er nicht nach vorne kippte.

„Zugleich!!!“, kommandierte Simon und gemeinsam schleppten sie den laschen Bürgermeister in Richtung Hintereingang und Aufzug. Durch die Bewegung schien der Kreislauf des Mannes langsam wieder in Schwung zu kommen. Im Lift konnte er schon ein wenig mit den Beinen unterstützen. Dabei versuchte er immer wieder den Kopf zu halten.

„Höchste Zeit, dass wir ihn loswerden!“, stellte Hubertus flüsternd fest. Vom Aufzug bis zu dem anvisierten Büro waren es nur wenige Meter. Licht kam von der automatischen Flurbeleuchtung, die ausgelöst durch die Bewegung der Männer angesprungen war. Hubertus zog einen Generalschlüssel, den er sich vor einiger Zeit organisiert hatte, aus der Tasche und öffnete die Tür. Sie machten kein Licht an. Das Büro des zweiten Bürgermeisters wurde aber ein wenig von der Flurbeleuchtung erhellt, so dass sie sich orientieren konnten.

„Wir setzen ihn in den Bürostuhl und schieben ihn nahe an den Schreibtisch, so dass er nicht herunterkippen kann“, flüsterte Hubertus kaum hörbar, „er wacht eh langsam auf … Leg die Nachricht auf die Tastatur, dann kann er sie nicht übersehen!“

Bürgermeister Selig gab wieder lallende Laute von sich und begann seine Gliedmaßen zu bewegen.

Nachdem alles erledigt war, huschten die beiden aus dem Büro. Wenige Minuten später saßen sie wieder im Caddy und verließen die Tiefgarage. Die Bombe war gelegt und scharf! Jetzt kam es nur darauf an, ob man sie tatsächlich hochgehen lassen musste.

Er war völlig orientierungslos. Um ihn herum herrschte Dämmerung, das wenige Licht drang duch das hohe Fenster an der Schmalseite des Raumes. Sein Gehirn wurde von totaler Verwirrung dominiert. Das Erste was er deutlich wahrnahm, waren rasende Kopfschmerzen. Langsam bewegte er sich und registrierte, dass er halbwegs aufrecht saß. Die nächste Empfindung, die zu ihm durchdrang, war ein extrem trockener Mund. Er hatte das Gefühl, seine Zunge wäre ein pelziger Fremdkörper, dem der Raum im Mund erheblich zu klein war. Er versuchte zu schlucken, was sofort einen trockenen Husten auslöste, der ihn zum Würgen reizte. Als sich der Anfall legte, musste er sich einen Augenblick erholen. Diese körperlichen Missstände trugen auf der anderen Seite dazu bei, dass er immer schneller klar wurde. Er konnte immer deutlicher die Konturen seiner Umgebung wahrnehmen. Vor ihm stand ein Schreibtisch mit der Skyline des EDV-Equipments. Einzelheiten kamen ihm bekannt vor. Wie es aussah, befand er sich in seinem Büro im Rathaus. Ihm gegenüber stand ein Aktenschrank, an dessen Türen er die kindlichen Gemälde seines Nachwuchses erkennen konnte, die er dort angeheftet hatte. Mit den Füßen stieß er sich vom Boden ab und sein Bürostuhl rollte ein Stück zurück. Sich auf den Armlehnen abstützend, stemmte er sich hoch, um auf die Füße zu kommen. Ein heftiger Schwindelanfall warf ihn aber sofort wieder in die Polster. Der Stuhl rollte zurück bis an die Wand.

„Oh Mann“, stöhnte er, „ist mir schlecht!“ Er blieb sitzen und wartete ein wenig. Es war ihm unerklärlich, warum er so schlecht drauf war. Den Kopf an die Stütze des Stuhls angelehnt, versuchte er die Übelkeit in den Griff zu bekommen. Die Räder in seinem Gehirn begannen sich zu drehen. Was war seine letzte Erinnerung? Automatisch griff er nach rechts und öffnete eine Schublade des Schreibtisches. Dort stand eine angebrochene Flasche Mineralwasser. Er schraubte den Verschluss ab, führte sie an den Mund und ließ es laufen.

Glucksend trank er, bis die Flasche leer war. Schlagartig ging es ihm besser. Erneut machte er einen Versuch, auf die Füße zu kommen. Diesmal gelang es einigermaßen. Der Schwindel war deutlich schwächer und beherrschbar. Er wollte kein Risiko eingehen und ließ sich wieder nieder. Den Kopf gegen die Kopfstütze gelehnt, sammelte er sich. Seine letzte Erinnerung führte ihn zu der Vernissage im Künstlergarten des Kunsthauses Michel in der Semmelstraße. Eine sehr schöne Veranstaltung, die er ziemlich spät in Begleitung einer netten jungen Frau – wie hieß sie doch gleich? Annalena oder so … – verlassen hatte. Sie waren ein Stück zusammen gelaufen. Die junge Frau wollte zum Bus, er hatte darüber nachgedacht, seinen Dienstwagen zu holen, den er in der Fußgängerzone geparkt hatte, weil er vor dem Besuch der Vernissage noch einen Arzttermin in einer Röntgenpraxis in der Nähe wahrgenommen hatte. Da der Aufenthalt beim Arzt länger dauerte als erwartet, hatte er seinen Dienstwagen einfach stehen lassen und war direkt zur Vernissage gelaufen. Er hatte über den Abend verteilt einige Gläser Sekt getrunken und war sich seiner Fahrtüchtigkeit nicht mehr so sicher. Gerade hatte er entschieden, den Wagen stehen zu lassen, als er sich von einem plötzlich aufgetauchten Mann körperlich bedrängt fühlte, dann war schlagartig die Erinnerung wie ausgeknipst. Wie viel Zeit zwischen dem Überfall und seinem Erwachen hier verstrichen und was in der Zwischenzeit geschehen war, war wie ausgelöscht. Zögernd hob er die linke Hand und sah auf das Display seiner digitalen Uhr. Heute war Sonntag! Es fehlten ihm also fast zwei Tage! Was war in der Zwischenzeit geschehen? Langsam beugte er sich über den Schreibtisch und tastete nach der Schreibtischlampe. Der plötzliche grelle Lichtschein zwang ihn, kurz die Augen zu schließen. Er hörte ein leises klapperndes Geräusch. Etwas war zu Boden gefallen. Die Lampe beleuchtete einen abgegrenzten Bereich der Schreibtischplatte, das Licht fiel auf eine weißes Blatt Papier, das hinter die Tastatur gerutscht war. Die schwarzen Buchstaben einer ausgedruckten Nachricht hoben sich deutlich vom Papier ab. Er nahm etwas zögernd das Blatt auf und las den Text:

> *Du solltest Dir die Kopie eines interessanten Films auf dem beigefügten USB-Stick sehr genau und vor allen Dingen ALLEINE ansehen! Noch haben wir ihn nicht im Netz hochgeladen … Du wirst von uns hören! Bis dahin: keine falschen Reaktionen! – #FFFFB*

Irritiert ließ er den Blick über den Schreibtisch gleiten. Da war kein Stick! Es fiel ihm das Geräusch von gerade eben ein. Er rollte mit dem Stuhl ein Stück zurück und entdeckte den kleinen Computerstick, den er offenbar vorhin hinuntergeworfen hatte. Als er sich bückte, um den Stick aufzuheben, erfasste ihn ein heftiger Schwindelanfall. Schnell richtete er sich wieder auf, lehnte sich zurück und wartete mit geschlossenen Augen, bis der Ansturm wieder abklang. Er öffnete die Hand und betrachtete misstrauisch das kleine schwarze Medium. Wie es aussah, ein ganz normaler USB-Speicherstick einer gängigen Marke. Selig zögerte, den Stick in den USB-Board seines Dienstrechners einzuführen, da der ja in das bestehende Rathausnetz eingebunden war. Was, wenn er sich damit eine Schadsoftware hochlud? Er öffnete eine Schublade seines Schreibtisches und holte einen Laptop heraus, den er bei Sitzungen benutzte und der im Augenblick nicht ins Netz eingebunden war. Schnell fuhr der Laptop hoch, dann steckte er den Stick entschlossen in eine der beiden USB-Buchsen. Er leuchtete grün auf zum Zeichen, dass er angeschlossen war.

Sofort erschien unten rechts auf dem Display eine Mitteilung, dass ein neues Medium vom Betriebssystem erkannt worden war. Eine Sekunde später las er, dass es nunmehr benutzt werden konnte. Bis jetzt sah alles ganz normal aus. Selig betrachtete das einzige Icon, das sich darauf befand, eine Film-Datei. Angespannt klickte er sie an. Sofort wurde die Eingabe eines Kennworts verlangt. Was für ein Kennwort? Er hatte keine Ahnung! Er griff sich die Nachricht und drehte das Blatt herum. Nichts. Plötzlich hatte er eine Idee. Er gab #FFFFB ein. Sofort öffnete sich das auf dem Laptop befindliche Standardfilmprogramm und ein Video startete. Schlagartig wurde das gesamte Display von einer Szene beherrscht, die ihn derart schockte, dass es ihm den Atem verschlug. Er blickte in ein rötlich beleuchtetes Zimmer, darin ein großes, rundes Bett, darauf eine gelinde gesagt erotische Szene mit zwei fast nackten Frauen, die in ihrer Mitte einen ebenfalls nur dürftig bekleideten Mann körpernah verwöhnten. Die Gesichter der zwei Frauen waren so verpixelt, dass man sie nicht erkennen konnte. Dafür bedurfte es lediglich einer weiteren Sekunde, bis ihm klar wurde, dass der männliche Protagonist dieses Films er selbst war! „Oh mein Gott!“, entfuhr es ihm. Trotz der Augenlarve war er deutlich zu erkennen! Wie war dieses Machwerk entstanden? Er hatte keinerlei Erinnerung! Schweiß brach ihm aus. Er drückte ESC und stoppte damit die Vorführung. Die Szene erstarrte zum Standbild. Es gab keinen Zweifel, der Mann, um den sich die beiden Damen bemühten, war er, Markus Selig! … Und er konnte sich wirklich an nichts erinnern! Endlich fasste er Mut und ließ das Video weiterlaufen, dabei konzentrierte er sich auf seine Person. Wenn er genau hinsah, stellte er fest, dass alle Aktivitäten im Prinzip von den beiden Frauen ausgingen. Sie bewegten sich so gekonnt, dass es aussah, als wäre er bei dem Spiel aktiv beteiligt. Sein Gesicht war nicht sonderlich nah aufgenommen, aber er konnte erkennen, dass er ziemlich dümmlich dreinschaute, so als wäre er betrunken. Sein Verstand arbeitete mittlerweile wieder einigermaßen rund. Natürlich, das musste es sein! Sie hatten ihn betrunken gemacht, um ihn dann entsprechend in Szene zu setzen. Er schüttelte den Kopf. Aber dermaßen betrunken sah er in dem Film gar nicht aus. Da müssten doch mindestens ein paar Erinnerungsfetzen sein. In einem plötzlichen Wutanfall hieb er mit der Hand auf die Armlehne seines Stuhles. Er erhob sich und tigerte durch sein Büro. Die Schocktherapie hatte dafür gesorgt, dass sein Blutdruck in die Höhe geschossen war und sein Kreislauf wieder auf Touren lief. Der Schwindel war verschwunden. Sein erster zorniger Impuls war, zum Telefonhörer zu greifen und die Polizei anzurufen. Man hatte ihn in gewisser Weise sexuell missbraucht und zum Schluss auch noch bedroht. Sein Blick fiel wieder auf die Nachricht. Sollten diese Verbrecher ihre Drohung wahrmachen und diesen Film ins Netz stellen, war er ruiniert, seine politische Karriere am Ende und seine Ehe bedroht! Er setzte sich an den Schreibtisch zurück, zog den Stick aus dem USB-Board und steckte ihn in seine Jackentasche. Es blieb ihm nichts anderes übrig, als im Augenblick die Füße stillzuhalten, bis sich diese Gruppe wieder meldete. Er sperrte den Laptop wieder weg, dann löschte er die Schreibtischlampe. Die Helligkeit draußen hatte bereits zugenommen. Bevor er irgendetwas unternahm, musste er sich mit dem OB absprechen. Sie mussten jetzt taktisch klug vorgehen, um den Schaden zu begrenzen. Wenig später verließ er das leere Rathaus und eilte durch Nebenstraßen zu seinem Haus. Unter der Dusche dachte er darüber nach, was man in der Öffentlichkeit als Begründung für sein Verschwinden angeben könnte.

Elvira Stark hatte ein ausgesprochenes Talent, zufällige Begegnungen mit Erich Rottmann zu organisieren. Befördert wurden diese Begegnungen auch durch die Tatsache, dass Erich Rottmann ein Mann mit festen Gewohnheiten war. Selbstverständlich unter Berücksichtigung von Öchsles Bedürfnissen. Es war also nicht allzu schwierig, bei Bedarf eine seiner täglichen Routen an einer geeigneten Stelle „zufällig" zu kreuzen. Die Erfahrung hatte sie gelehrt, dass immer dann, wenn sich Erich Rottmann einige Zeit unsichtbar machte, irgendetwas in der Luft lag, was gerade für sie als „Freundin" von Interesse war.

Montagnachmittag war ihr bei ihrer Tätigkeit auf der Chefetage im Rathaus zufällig Andy Farmer über den Weg gelaufen. Der ehemalige zweite Bürgermeister kam aus dem Sekretariat der Pressesprecher. Sie wunderte sich nicht, dass Andy Farmer immer wieder mal auf der Regierungsetage anzutreffen war, schließlich war sein Rat nach wie vor gefragt. In den letzten Tagen hatte sich seine Besuchsfrequenz allerdings deutlich erhöht, was ihrer Meinung nach mit einer gewissen Grundnervosität im Hause einherging. Irgendetwas war hier im Busch! Es summte im Haus wie in einem Bienenstock.

„Grüß Gott, Herr Bürgermeister", rief sie ihm entgegen und lehnte ihren Kehrbesen gegen den Putzwagen, „wieder in Amtsgeschäften unterwegs … Zurzeit ist ziemlich viel los hier im Haus …" Sie klopfte etwas auf den Busch in der Hoffnung, dass Andy Farmer seinem Mitteilungsbedürfnis freien Lauf ließ. Heute war er aber merkwürdigerweise ziemlich verschlossen. Zumindest schien ihm die Thematik unangenehm, denn er wechselte schlagartig das Thema. Ein Manöver, das ihm nur deshalb gelang, weil der neue Gesprächsstoff Elvira mindestens genauso interessierte.

„Ja, tatsächlich herrscht zurzeit auch am Stammtisch eine gewisse Grundnervosität. Nehmen wir nur mal die Tatsache, dass man dem guten Erich Rottmann die Wohnung gekündigt hat! Das muss man sich einmal vorstellen! Wohnt seit gefühlten Ewigkeiten in diesem Haus ... und dann ... einfach auf die Straße gesetzt. Wirklich keine sehr erfreuliche Angelegenheit!"

Elvira Stark hielt sich schockiert die Hand vor den Mund. „Einfach so ... auf die Straße gesetzt?"

„Na ja, ganz so dramatisch ist es jetzt noch nicht. Gekündigt ja, aber da er ja schon zig Jahre dort wohnt, hat er eine ziemlich lange Kündigungsfrist. Aber trotzdem, irgendwann muss er dann raus." Er sah die Betroffenheit in Elviras Gesicht. „Schwierig, schwierig! Vor allen Dingen bei der Wohnungssituation in Würzburg ..." Er legte ihr beruhigend seine Hand auf den Arm. „Wir werden schon was für ihn finden. Da hilft der ganze Stammtisch zusammen." Er verabschiedete sich und dackelte mit einem freundlichen Winken davon.

Elvira sah ihm hinterher. Was im Rathaus los war, hatte sie zwar jetzt nicht erfahren, aber das andere Thema war ja mindestens genauso spannend. Wann ihr Erich Rottmann von der Wohnungskündigung erzählen würde? Es war höchste Zeit, dass sie ihm wieder einmal „zufällig" über den Weg lief. Die nächste passende Gelegenheit wäre wohl beim Gassigehen mit Öchsle vor dem Stammtisch. Heute beendete sie ihren Job sehr pünktlich, sperrte den Putzwagen in die Besenkammer und verließ das Rathaus. Sie stieg an der Alten Mainbrücke hinunter zum Mainkai und eilte am Uferweg entlang in Richtung Mainkuh. Für gewöhnlich liefen

Rottmann und Öchsle von der Löwenbrücke kommend hinunter zum Main, wo der Rüde für seine verdauungshygienischen Zwecke den Uferbewuchs besuchen konnte. Kurz bevor die gepflasterte Straße in den Mainrad- und -wanderweg überging, ließ sie sich auf einer Bank im Schatten einer Trauerweide nieder. Heute schien die Sonne zwar unverändert heiß vom Himmel, wurde aber durch sanft dahintreibende Kumuluswolken etwas ausgebremst. Elvira machte sich so ihre Gedanken. Wie sie wusste, blickte Rottmanns Stammtisch dieses Jahr auf ein rundes Bestehen zurück. Für sie bedeutete dies aber auch, dass Rottmann und sie auf einen ähnlichen Zeitraum ihrer … ja, wie sollte sie es nennen … Beziehung zurückblicken konnten. Sie war sich ziemlich sicher, nur sie dachte daran. Erich Rottmann machte sich darüber sicher keine Gedanken. Es war höchste Zeit, mal ernsthaft über ihrer beider Zukunft nachzudenken. Vielleicht war diese Wohnungskündigung ein Anlass für ihn, einmal darüber nachzudenken, was er wollte. Sie war sich sicher, dass er noch einige Schubser benötigte, damit er dieses Thema für sich aufgriff. Elvira verfügte diesbezüglich über wesentlich mehr Klarheit als der alte Sturkopf. Ihre Tätigkeit für das Rathaus war für Elvira Stark eigentlich mehr ein bezahlter Zeitvertreib, der ihr die Möglichkeit gab, am politischen Geschehen der Stadt und am Leben insgesamt teilzunehmen. Sie wusste aber, dass sie demnächst gehen musste, da sie die Rentenaltersgrenze erreicht hatte. Finanziell blickte sie in eine gesicherte Zukunft. Seit ihrer überraschenden Erbschaft vor einigen Jahren, die ihr mehrere hunderttausend Euro eingebracht hatte, musste sie sich um ihr Auskommen keine Sorgen machen. Das Geld war gut angelegt und brachte selbst bei der derzeit bestehenden Niedrigzinsphase noch Ertrag. Allerdings erwog sie, demnächst eine weitere Investition zu tätigen. Zumindest riet ihr der Berater ihrer Bank dazu. Sie würde in den nächsten Tagen wieder einmal einen Termin mit ihrem Banker machen.

Sie sah auf ihre Armbanduhr. Jetzt saß sie schon seit einer guten halben Stunde hier auf der Bank und weder von Rottmann noch von Öchsle war etwas zu sehen. Hatten die beiden heute einen anderen Weg genommen? Sie schüttelte den Kopf. So war das mit Erich Rottmann, der Bursche war nie hundertprozentig berechenbar! Sie erhob sich und schlenderte zurück in die Stadt. Aufgeschoben war nicht aufgehoben.

Dieser Montag war in vielerlei Hinsicht für verschiedene Menschen in Franken von Bedeutung. So fasste sich Agnes, eine ledige, in den besten Jahren befindliche, schlanke, sportliche Frau, in der oberfränkischen Stadt Lichtenfels nach langen Überlegungen endlich ein Herz und griff zum Telefonhörer. Dieser Entscheidung waren wochenlange Recherchen vorausgegangen, die sich alle um einen Namen drehten: Erich Rottmann. Im Internet gab es eine Fülle von Informationen über diesen Mann, den sie nun endlich persönlich kontaktieren wollte. Sie hatte keine Ahnung, wie er ihren Anruf aufnehmen würde. Solange sie aber keine Kontaktaufnahme wagte, würde diese Frage für immer ungeklärt bleiben und ihr keine Ruhe lassen. Es hatte lange gedauert, ehe sie es übers Herz brachte, sich die Tagebücher ihrer vor einem Dreivierteljahr verstorbenen Mutter Barbara zu Gemüte zu führen. In ihren letzten Tagen hatte ihre Mutter ihr nahegelegt, diese Aufzeichnungen gründlich zu lesen, da sie darin Antworten auf die eine oder andere ungeklärte Frage ihres Lebens finden würde. Es war wirklich erstaunlich, aber ihre Mutter hatte tatsächlich viele Jahre lang, wenn auch in unregelmäßigen

Abständen, über viele teils triviale, teils bedeutende Ereignisse in ihrem Leben Aufzeichnungen geführt. So war ein kleiner Koffer mit diversen Schulheften zusammengekommen, den sie, wie von ihrer Mutter beschrieben, in einem Winkel ihres Kellers vorgefunden hatte. Ordentlich datiert und zu kleinen Bündeln zusammengefasst, niedergeschrieben in der exakten Handschrift ihrer Mutter. Die Hefte begannen in den sechziger Jahren des vergangenen Jahrhunderts. Zuerst vom Stil her jugendlich-schwärmerisch, dann mit der Zeit immer gereifter und geprägt von den Erlebnissen und Eindrücken eines langen Lebens. Durch diese Aufzeichnungen lernte sie ihre Mutter ein Stück weit neu kennen und auch verstehen. Diese Tagebücher enthielten aber auch Antworten auf Fragen, die sie beschäftigten, die sie ihrer Mutter aber zu Lebzeiten nie gestellt hatte, ohne zu wissen warum. Seitdem sie diese Aufzeichnungen gelesen hatte, war fast kein Tag vergangen, an dem ihr nicht der Name Erich Rottmann durch den Kopf ging.

Endlich griff sie zum Telefonhörer und wählte mit zittrigen Fingern die Telefonnummer, die sie nach einigen Recherchen herausgefunden hatte. Sie hatte sich einige Sätze überlegt, mit denen sie sich Erich Rottmann vorstellen wollte. Sie hatte sich den Text aufgeschrieben, ihn immer wieder geändert, durchgestrichen und ergänzt. Letztlich war sie mit keiner Version zufrieden. Irgendwie würde sie die Kontaktaufnahme spontan über die Bühne bringen müssen.

Es läutete. Nach fünfmaliger Wiederholung sprang der Anrufbeantworter an. Fasziniert lauschte sie der sonoren Stimme des Mannes, der zukünftig in ihrem Leben eine Rolle spielen könnte. Als der Piep ertönte, nachdem sie aufgefordert wurde, eine Nachricht aufzusprechen, unterbrach sie die Leitung. Alles in ihr sträubte sich, ihre Worte einem Tonband anzuvertrauen. Sie würde es später wieder versuchen. Es dauerte eine Weile, bis die Spannung, die sich in ihr vor dem Telefonat aufgebaut hatte, wieder von ihr wich. Sie trat ans Fenster und sah hinaus auf die einige Kilometer entfernte bewaldete Erhebung mit dem Kloster Banz, dessen massige Kirchtürme wie zwei mahnende Finger in den sonnigen blauen Himmel zeigten. Sie setzte sich zurück an den Tisch und nahm eine kleine Glasphiole in die Hand, in der die Reste einiger blonder Haare zu erkennen waren. Sie hatte das Gefäß zwischen den Tagebüchern gefunden. Ausführlich hatte ihre Mutter in einem Tagebucheintrag auf die Bedeutung dieser Haare hingewiesen. Zum wiederholten Male nahm sie das Kuvert mit dem Gutachten in die Hand, das sie vor wenigen Tagen erhalten hatte. Darin wurde festgestellt, dass der Besitzer der eingesandten Haare mit 99,99%er Wahrscheinlichkeit mit der Person, die die Vergleichsprobe eingeschickte hatte, verwandt ist. Sie hatte dieses Gutachten heimlich über einen befreundeten Laboranten anfertigen lassen, da die gesetzlichen Voraussetzungen für eine offizielle Feststellung nicht gegeben waren. Die Untersuchung war auch nur möglich, da sich an den Haaren teilweise noch die Wurzeln befanden. Sie erhob sich und ging in die Küche, um sich eine Tasse Kaffee zu machen. Dabei kam sie im Flur an einem hohen Spiegel vorbei und sah hinein. Gab es eine Ähnlichkeit mit ihrem Erzeuger? Ihre Augen waren blau, die Frisur ehemals blond, changierte ins Aschblonde hinein. Es gab im Internet eine ganze Reihe von Presseartikeln über Rottmann, die auch durch farbige Fotos ergänzt wurden. Sie lächelte ihr Spiegelbild an, dann zog sie eine Grimasse. Auf Anhieb konnte sie keine Ähnlichkeit mit diesem Mann feststellen … bis auf die blauen Augen. Es war ihr klar, dass sie in das Leben dieses Mannes wie ein Naturereignis einbrechen würde. Wie sie den schriftlichen Ausführungen ihrer Mutter entnommen hatte, wusste er nichts von ihrer Existenz. Auch sie selbst befand sich in einer sehr speziellen Situation. Wie sagte man einem Mann, dass er von einem Moment auf den anderen Vater geworden war?

„Hallo, Vater, Papa, Daddy, ich bin Deine Tochter!"

Sie schüttelte den Kopf. Es war gut, dass das mit dem Telefonat nicht geklappt hatte. Sie musste das persönlich tun! Durch ihre Recherchen wusste sie, dass Erich Rottmann offenbar nicht verheiratet war und als Pensionist in Würzburg lebte. Sie fuhr ihren Computer hoch und suchte sich in Würzburg ein Hotelzimmer. Nachdem sie sich ab dem späten Nachmittag des gleichen Tages für eine Woche eine Unterkunft reserviert hatte, packte sie eine Reisetasche. Eine Stunde später fuhr sie ihren kleinen Sportwagen aus der Garage und lenkte ihn auf die A 73. Sie war wild entschlossen, endlich das Geheimnis ihrer Existenz zu lüften. Der zukünftige Kindsvater hatte keine Ahnung, was da auf ihn zukam.

Ebenfalls an diesem Montag, genau genommen, die Nacht von Sonntag auf Montag, etwa drei Uhr, saß die Witwe Amanda Schreck im ehemaligen Kinderzimmer ihrer Wohnung und betrachtete mit besorgter Miene ihre Pudelhündin Mausi. Diese lag in einem geräumigen, gut ausgepolsterten Weidenkorb auf der Seite und durchlebte heftig hechelnd ihre schwere Stunde. Die Eröffnungsphase hatte sich mehrere Stunden hingezogen, bis endlich der erste Welpe geboren wurde. Es dauerte eine gute Stunde, bis der zweite Welpe herausflutschte. Zwei hamstergroße, nasse Welpen lagen auf der Unterlage und wurden von der Hündin, nachdem sie die Nabelschnur durchgebissen hatte, von den Resten der Fruchtblase durch Ablecken befreit, danach fraß Mausi die jeweilige Plazenta. Amanda Schreck trocknete die beiden Welpen ab und legte sie nahe an den Körper der Hündin. Mit einem Blick informierte sie sich darüber, dass es zwei Mädchen waren. Nach etwa dreißig Minuten zeichnete sich die Geburt des dritten Welpen ab, nach einer weiteren Zeitspanne flutschte Nummer vier aufs Tuch. Mausi war offenbar eine vorbildliche Mutter, denn sie leckte ihren Nachwuchs hingebungsvoll trocken und regte damit die Atmung und die Verdauung der Kleinen an. Amanda Schreck sprach ihrer Hündin beruhigend zu und legte die Welpen zusammen auf einen Haufen. Bisher war bei dem Wurf nur ein Rüde vertreten. Weitere Welpen folgten nicht. Mit gerunzelter Stirn betrachtete die Witwe den Nachwuchs. Alle Welpen waren schwarz, besaßen aber teilweiße weiße Pfoten, bis auf den kleinen Rüden, den als Einzigen auf dem Kopf eine weiße Blesse zierte. Die Welpen gaben leise graunzende Laute von sich. Amanda Schreck lockte die Mutter aus dem Wurfkorb und führte sie auf die Veranda hinaus, damit sie sich im Garten lösen konnte. Am Wassernapf trank die Hündin ausgiebig, dann drängte sie aber sofort wieder zurück zu ihren Welpen. Witwe Schreck hatte mittlerweile schnell das Laken im Korb entfernt und durch ein sauberes ersetzt. Mausi legte sich zu ihrem Nachwuchs und schubste die kleinen Fellnasen in Richtung ihrer Milchbar, welche die Winzlinge schnell fanden und bestimmungsgemäß gierig in Anspruch nahmen. Nachdem sechs Anschlussstellen vorhanden waren, gab es für jeden Welpen reichlich Milch. Amanda Schreck sah zufrieden auf das Idyll hinab. Der Nachwuchs war aber auch wirklich allerliebst, was sie bei ihrer Mausi auch nicht anders erwartet hatte. Sie würde die Familie jetzt erst einmal alleine lassen. Kaum hatten die Welpen getrunken, schliefen sie auch schon ein. Mausi gab sich ebenfalls der Erholung hin.

Amanda Schreck ging ins Wohnzimmer und goss sich einen Schnaps ein. Sie war froh, dass alles so gut über die Bühne gegangen war. Sie runzelte die Stirn. Ihr Entschluss stand fest, sie würde selbstverständlich den Hundepapa beziehungsweise dessen Besitzer zur Alimentation heranziehen. Amanda dachte einen Moment kritisch darüber nach, dass ihre Mausi im entscheidenden Moment dem Ruf der Gosse gefolgt war. Aber das sollte ja in den besten Familien vorkommen. Jetzt würde auch sie erst mal eine Mütze voll Schlaf nehmen. Sie legte sich auf die Couch und kuschelte sich in eine Decke. Beim Einschlafen hatte sie ein deutliches Bild des Rüden vor Augen, der ihrer Mausi quasi die Unschuld geraubt hatte: schwarz, rauhaarig und immer ohne Leine. Ein Bursche, der immer, wenig kontrolliert von seinem Herrchen, in den Grünanlagen herumstromerte und Mausis vorübergehendes Interesse an engeren zwischenhundlichen Kontakten gnadenlos ausgenutzt hatte. Amanda Schreck hatte den Vergewaltigungsakt per Video dokumentiert. Da der Rüde häufig in den Anlagen unterwegs war, würde es keine Schwierigkeiten geben, den Besitzer dieses ruchlosen Verführers unschuldiger Hundejungfrauen zu ermitteln. Das war ein Vagabund, eine Bordsteinmischung, ein Straßenköter, kurz gesagt, ein Senfhund, zu dessen biologischer Existenz Generationen von vierläufigen Outlaws ihren hormonellen Senf dazugegeben hatten!

Konspirative Treffen ...

Markus Selig betrat seine Wohnung, ohne dass ihm auf dem Weg hierher oder im Hausflur jemand begegnet wäre. Er konnte nicht behaupten, dass er sich wieder vollständig wohl fühlte. Noch immer litt er etwas unter den

Nachwirkungen der Droge, die man ihm verabreicht haben musste. Im Flur stand das Telefon mit dem Anrufbeantworter. Das Gerät blinkte hektisch und das Display zeigte zwanzig neue Nachrichten an, war also voll. Mit Sicherheit war da auch eine Mitteilung seiner Frau dabei, bei der er sich jetzt zwei Tage nicht gemeldet hatte. Er würde sie später anrufen, wenn er sich etwas beruhigt hatte. Er war innerlich viel zu aufgewühlt, um sich die ganzen Mitteilungen anzuhören. Es gehörte nicht viel Fantasie dazu, zu erraten, wer sich hier verewigt hatte. Sein erster Weg führte ihn ins Bad, wo er sich aus dem Medikamentenschrank eine starke Kopfschmerztablette holte und diese sofort schluckte. Anschließend ging er in die Küche und warf den Kaffeeautomaten an. Er brauchte dringend einen Anschub für den Kreislauf. Mit der Tasse in der Hand setzte er sich im Wohnzimmer auf die Couch und stierte gedankenverloren auf die gegenüberliegende Wand. Ihm war klar, dass er umgehend eine Erklärung für seine Abwesenheit finden musste, die für jedermann nachvollziehbar sein würde. Das hing natürlich wesentlich davon ab, wie weit die Nachforschungen nach seiner Person schon gediehen waren. Es standen im Rathaus wesentliche Entscheidungen über die Einführung des neuen Parkplatzkonzepts an, das er als treibende Kraft umsetzen wollte. Er wusste, dass hinter dem gegnerischen Bürgerbegehren für eine freie Talavera starke Kräfte standen, die eine Bewirtschaftung dieses Parkplatzes verhindern wollten. Der Widerstand formierte sich bis in den Stadtrat. In der ganzen Stadt gab es eine Gegnerschaft, die sich auf weite Teile der Bürgerschaft erstreckte. Wie man an dem Beispiel seiner Entführung sah, war man auch zu militanten Aktionen bereit. Er tastete nach dem Stick in seiner Jackentasche. Dieses Video war natürlich Sprengstoff und konnte ihm politisch schwer schaden.

„Sieh einer an", werden die Leute sagen, „erst rühmt er sich damit, dass er überall in Würzburg seinen Dienstwagen kostenlos parken kann, und dann treibt er sich in zweifelhaften Etablissements herum, während im Rathaus Arbeit wartet." Mit einem Schluck trank er seine Tasse leer. Es half alles nichts, er musste mit dem Oberbürgermeister reden … und das umgehend. Einen Augenblick der inneren Sammlung gab er sich noch, während er über ein halbwegs glaubhaftes Narrativ nachdachte. Wie konnte er nur in einen derartigen Mist hineingeraten?

Oberbürgermeister Schluckthardt hatte schlecht geschlafen. Bereits um fünf Uhr saß er ziemlich zerknittert im Schlafanzug am Küchentisch und trank einen Hallo-wach-Kaffee der stärksten Art. Langsam entfernte er das schwarze Haarnetz, das er nächtens immer trug, um sicherzustellen, dass seine Frisur im Schlaf keine unkontrollierten Wellen schlug.

Es war ja in gewisser Weise beruhigend, dass das Blut in Seligs Dienstwagen nicht von Selig selbst stammte, trotzdem blieb die Frage, wo sein Stellvertreter abgeblieben war. Natürlich hatte man intern versucht, die letzten Schritte Seligs nachzuvollziehen. Wie er von einer Mitarbeiterin aus dem Bürgerbüro erfahren hatte, besuchte Selig am vergangenen Freitag eine Vernissage, zu der auch sie eingeladen war. Auf dem Heimweg waren sie angeblich eine Strecke gemeinsam gegangen, dann hatten sie sich getrennt und die Spur des zweiten Bürgermeisters verlor sich in der Nacht. Anrufe seines Sekretariats im Bekanntenkreis Seligs ergaben keine Ergebnisse. Man musste mit Nachforschungen extrem vorsichtig sein, weil in der derzeitigen politischen Situation irgendwelche Gerüchte zu ungeahnten Folgen führen konnten. Die Presse lauerte nur darauf! Für den Stadtsäckel war es lebensnotwendig, die geplante Erhöhung der Parkgebühren durchzusetzen. Wobei für den OB die ökologischen Aspekte im Augenblick sekundär waren – die Stadt brauchte Geld! Der Kämmerer trug schon im übertragenen Sinne schwarzen Trauerflor am Jackett, weil man den Zustand des Haushalts durchaus als prekär bezeichnen durfte. Einige Planungen waren auf dem besten Weg, den berühmten potemkinschen Dörfern Konkurrenz zu machen. Das wussten aber nur Selig, der Kämmerer und er. Ein ständiger warmer Regen aus den Einnahmen für die Bewirtschaftung der Talavera-Parkplätze konnte hier wie ein Rettungsschirm wirken. Als das Telefon in seinem Arbeitszimmer schrillte, schreckte er hoch. Anrufe um diese Uhrzeit hatten in der Regel negative Ursachen. Schluckthardt eilte barfuß zu seinem Schreibtisch, riss das Mobilteil an sein Ohr und meldete sich hastig. „Schluckthardt."

Eine Sekunde war nur heftiges Atmen zu hören, dann leise: „Guten Morgen, Merlin … hier ist Markus."

Dem Oberbürgermeister verschlug es für einen Moment die Sprache, dann schrie er mit sich überschlagender Stimme: „Mein Gott, Markus! Um Gottes willen, wo steckst Du? Ganz Würzburg sucht Dich! – Geht es Dir gut?"

Es entstand eine Pause, in der Schluckthardt nur das Rauschen der Verbindung hören konnte. Dann kam es stockend: „Merlin, das ist nichts fürs Telefon. Wir müssen uns treffen. Sofort. Geheim. Ohne Öffentlichkeit!"

„Ja, selbstverständlich. Sag, wo …?"

„Sagen wir in einer halben Stunde, oben an der Frankenwarte, an dem dortigen Spielplatz … In der Nähe der großen Kinderrutsche. Pass auf, dass Dich niemand verfolgt!"

„Markus, kannst Du mir eine Andeutung machen …" Aber das Gespräch war bereits unterbrochen. Wieso sollte ihn jemand verfolgen? Das klang ja wie eine Verschwörung! Der Oberbürgermeister gab sich einen Ruck. Wenn er in dreißig Minuten an der Frankenwarte sein wollte, musste er sich beeilen. Er stürmte ins Bad. Er hatte das Gefühl, dass sich hier eine sehr ungute Entwicklung anbahnte. Ein derartiges konspiratives Treffen zwischen zwei Bürgermeistern irgendwo am Rande der Stadt war mehr als außergewöhnlich.

Schöpf-Kelle stieß einen Fluch aus, als sein Handy, das er direkt neben seinem Ohr auf dem Kopfkissen liegen hatte, schrill die Eurovisionsfanfare anstimmte. Wütend stopfte er sein Kissen darauf, bis ihm schlagartig einfiel, dass er ja bewusst das Mobiltelefon auf volle Lautstärke gestellt hatte, um einen bestimmten Anruf nicht zu überhören.

„Ja!", krächzte er ins Telefon. Beiläufig warf er einen Blick auf den Wecker und schwang sich dabei aus dem Bett, wobei er den rechten Schenkel von Rita, seiner Gespielin dieser Nacht, etwas unsanft zur Seite schob, da sie ihn quer über seine Beine gelegt hatte. Das löste bei ihr kurzen, knurrenden Protest aus, dann rollte sie sich wieder zusammen, zog sich das Kissen über den Kopf und schlief sofort weiter.

Die Stimme der jungen Volontärin Maggi, die er für seine Recherchezwecke eingespannt hatte, kam wispernd aus dem Lautsprecher, so dass er sie kaum verstehen konnte.

„Ich glaube, dieser Selig ist gerade heimgekommen! Jedenfalls ist ein Typ, auf den Deine Beschreibung zutrifft, gerade ins Haus hineingehuscht. Kurz darauf ist dann in der Wohnung, die Du mir gezeigt hast, das Licht angegangen."

Schöpf-Kelle war mit einem Schlag von null auf hundertfünfzig. Wäre ein Vampir an ihm dran gewesen, hätte er jetzt die Chance gehabt, bei ihm pures Adrenalin abzusaugen! „Maggi, Du bleibst, wo Du bist!", befahl der rasende Reporter, während er seine herumliegenden Klamotten zusammenraffte und sich kurz orientierte, wo in Ritas Wohnung gleich wieder das verdammte Bad war. „Ich bin in fünfzehn Minuten vor Ort! Lass das Haus keine Sekunde aus den Augen!"

Einige Minuten später hastete Schöpf-Kelle ins Freie. Die Einsatztasche mit seinem Reporterequipment trug er am Riemen über dem Rücken. Er schwang sich auf seinen Motorroller und bretterte kurz darauf mit knatterndem Motor durch die noch stillen Straßen von Würzburg. Er war sich wieder einmal sicher, einer Sensation auf der Spur zu sein.

Maggi hatte den kleinen E-Smart so geparkt, dass sie die Zielwohnung gut einsehen konnte, aber unter den anderen dort parkenden Fahrzeugen nicht auffiel. So wie der Reporter ihr vor dem Einsatz sagte, hatte sie die beiderseits der Türen angebrachten Magnettafeln, die den Wagen als Dienstfahrzeug der Mainpostille auswiesen, entfernt. Sie lagen in dem Mini-Kofferraum des Smart. Schöpf-Kelle zog seinen Roller in einer kleinen Parklücke dahinter auf den Ständer und näherte sich mit dem Helm auf dem Kopf dem Smart von hinten auf der Beifahrerseite.

„Gott, hast Du mich jetzt erschreckt!", entfuhr es dem jungen Mädchen, das hinter dem Steuer saß. Sie hatte ihre rötlichen Haare zu einem Zopf zusammengebunden und warf dem Reporter einen verstörten Blick zu, als er unvermutet die Beifahrertür öffnete. Mit einer schnellen Handbewegung warf Schöpf-Kelle eine fast leere Chipstüte und ein Behältnis aus Pappe, das ehemals einen Burger beinhaltet haben mochte, in den Fußraum und ließ sich schnell auf den Sitz gleiten. Er nahm den Helm ab und hielt ihn zusammen mit seiner Tasche auf dem Schoß. Womit das Raumvolumen des Smart fast verbraucht war.

„Los, erzähl! Was ist passiert? Hat sich noch einmal was getan?“

Sie schüttelte den Kopf, dabei schob sie ihre Brille ein Stück höher auf ihre kleine Nase.

„Seitdem er rein ist, war nichts mehr los. Das Licht in der Wohnung brennt aber immer noch.“ Sie wies auf die beleuchteten Fenster im ersten Stock. Plötzlich lehnte sie den Kopf nach hinten und gähnte vernehmlich. „Brauchst Du mich eigentlich noch? Ich bin ziemlich müde.“

„Danke, Du kannst gehen. Ab hier übernehme ich. Das war wirklich tolle Recherchearbeit von Dir! Du hast das Zeug zu einer hervorragenden Journalistin.“

Über ihr Gesicht glitt ein erfreutes Lächeln.

„Es macht Dir sicher nichts aus, wenn Du nach Hause läufst. Den Wagen benötige jetzt ich.“

„Okay, alles klar“, gab sie zurück, es war ihr aber anzumerken, dass ihr die Aussicht, jetzt eine längere Strecke durch Würzburg laufen zu müssen, nicht besonders verlockend erschien. Auf derartige Befindlichkeiten konnte Schöpf-Kelle aber keine Rücksicht nehmen. Sie stieg aus und marschierte davon. „Lass Dich nicht ansprechen!“, rief ihr der Reporter noch nach, dann rutschte er hinüber auf die Fahrerseite und legte seinen Helm und seine Tasche auf den Beifahrersitz. Mit wenigen Handgriffen stellte er den Sitz und das Lenkrad so ein, dass es für ihn passte. Er startete den Elektromotor und überprüfte kurz die Displayanzeigen. Der Akku war fast voll, so dass ihm ausreichend Reichweite zur Verfügung stand. Er rechnete nicht damit, dass Selig gleich zu einer längeren Fahrt aufbrechen würde, aber bereit sein war alles. Er schaltete den Antrieb wieder ab und machte sich auf eine längere Überwachungszeit gefasst. Er hatte keine Ahnung, was ihn erwartete, vertraute aber seinem Instinkt, der ihm sagte, dass sich nach der Rückkehr des zweiten Bürgermeisters irgendetwas ereignen musste. Das hatte er als investigativer Journalist einfach im Urin! Er lehnte sich gegen die Kopfstütze und musterte die Umgebung. Langsam begann das Viertel zu erwachen und vermehrt waren Menschen auf der Straße. Die Volontärin hatte das Fahrzeug so geschickt geparkt, dass es jenseits der Wohnbebauung an einem schmalen Gehsteig stand, der sich an einem breiten Grünstreifen entlangzog. Die Hecken und Büsche hingen teilweise so weit in den Gehsteig hinein, dass die Menschen den Fußweg auf der anderen Seite bevorzugten. So blieb Schöpf-Kelle praktisch unbeachtet. Geduldiges Warten war noch nie Schöpf-Kelles Stärke gewesen. Nach einer halben Stunde machte sich langsam Müdigkeit breit. Die Nacht mit Rita forderte jetzt ihren Tribut. Plötzlich riss es ihn in die Höhe. In der Ausfahrt der Tiefgarage des überwachten Hauses tastete sich Scheinwerferlicht ins Freie. Sicherheitshalber startete er den Motor des Smart. Seine Müdigkeit war wie weggewischt, als er den Privatwagen des Bürgermeisters durch die Schranke fahren sah. Zügig fuhr er an dem Smart vorbei, wobei Schöpf-Kelle eindeutig das Gesicht Seligs identifizieren konnte. Selig nahm ihn nicht zur Kenntnis. Der Reporter lenkte seinen Wagen aus der Parklücke, drehte dank des engen Wendekreises des kleinen Wagens auf der Straße und machte sich an die Verfolgung. Er ließ dem Auto des Bürgermeisters einen entsprechenden Vorsprung, damit der seinen Verfolger nicht bemerkte. Bei dem schnell zunehmenden Verkehr war dies allerdings unwahrscheinlich. Sehr schnell stellte sich heraus, dass Selig nicht das Rathaus ansteuerte. Der Bürgermeister lenkte den Wagen über die Löwenbrücke, bog dann scharf nach links ab und kurz darauf nach rechts in Richtung Frankenwarte.

Die Spannung seines Verfolgers stieg. Was hatte das zu bedeuten? Schöpf-Kelle ließ sich weit zurückfallen. Er kam gerade noch rechtzeitig, um zu sehen, dass Selig an der Frankenwarte parkte und den Wagen verließ. Ohne Zögern betrat er die parkähnlichen Grünanlagen, die bergab in Richtung Käppele den Weg säumten. Offenbar fühlte er sich so sicher, nicht verfolgt zu werden, dass er sich nicht einmal umsah. Nach mehreren hundert Metern betrat er eine der Wiesen und durchmaß sie diagonal in Richtung der nahen Fahrstraße. Schöpf-Kelle wusste, dass sich dort ein großer Spielplatz befand. War er das Ziel? Einen Augenblick später verschwand Selig zwischen den Sträuchern und war außer Sicht. Der Reporter wartete einen Moment, dann folgte er nach. Dabei gab er sich große Mühe, immer einen breiten Heckenstreifen zwischen sich und dem Spielplatz zu lassen. Der Verfolger war sich sicher, dass hier ein geheimes Treffen stattfinden sollte. Mit wem auch immer. Was sonst sollte ein Bürgermeister früh um sechs Uhr auf einem Kinderspielplatz suchen? Langsam zwängte sich Schöpf-Kelle durch das dichte Grün und schlug sich dabei mit dornenbewehrten Buschwindröschen herum, die sich verärgert über den Eindringling an seine Kleidung hefteten und ihn nur mit Gewalt freigaben. Irgendwann war er so weit vorgedrungen, dass nur noch wenige Büsche seine Sicht auf den Platz behinderten. Erschrocken fuhr er zurück, als er nur einen Steinwurf weit von sich entfernt Oberbürgermeister Schluckthardt und Bürgermeister Selig bei einer Kinderrutsche zusammenstehen sah, beide intensiv in ein Gespräch vertieft. Anscheinend hatte Selig Schluckthardt bereits vor Schöpf-Kelles Eintreffen einiges mitgeteilt, was den OB sehr erregte, denn das Stadtoberhaupt ließ auf seinen Vertreter heftig gestikulierend einen regelrechten Wortschwall los.

„Das ist ja der helle Wahnsinn! Das ist ja eine Räuberpistole, wie sie sich der verrückteste Schriftsteller nicht ausdenken kann! Ist man schon mit einer Forderung an Dich herangetreten? Diese Aktion muss doch irgendeinen Sinn haben! Hast Du eine Ahnung, wer dahinterstecken könnte? Selbst die Opposition ist nicht verrückt genug, um so etwas durchzuziehen!"

Selig wedelte mit den Händen, um die Lautstärke des OB zu mäßigen, dabei sah er sich aufmerksam um. Schöpf-Kelle duckte sich tief in die Büsche. – „Sie haben mir nur mitgeteilt, dass sie sich wieder melden würden."

Schöpf-Kelle stand still wie ein Denkmal und stellte die Lauscher, um möglichst viel von dem Gespräch mitzubekommen. Seine Tarnung durch den Blätterwald war ideal.

„Fakt ist, dass die Polizei wegen Verdachts auf eine Straftat ermittelt hat, weil man in Deinem Dienstwagen Blutspuren gefunden hat. Allerdings wissen sie zwischenzeitlich durch DNA-Vergleich, dass das Blut nicht von Dir stammt. Wir müssen auf jeden Fall eine drohende politische Katastrophe abwenden. Wenn Du plötzlich wieder auftauchst, wird das zu vielen Fragen führen, die man ja im Moment nicht ehrlich beantworten kann. Die Presse sitzt uns auch im Nacken! Wie wollen wir also Dein Verschwinden glaubhaft begründen? Wir müssen auf jeden Fall umgehend eine Presseerklärung herausgeben!"

„Das habe ich mir natürlich auch überlegt. Dabei bin ich auf eine simple und glaubhafte Lösung gekommen, die man in Form einer Presseerklärung kommunizieren könnte. Damit wäre auch eine Strafermittlung wegen meines Verschwindens vom Tisch …"

„Da bin ich jetzt aber wirklich gespannt!", entgegnete der Oberbürgermeister mit großen Augen. Eine Empfindung, die der Lauscher in der Hecke teilte.

„Für die Öffentlichkeit habe ich Dir heute telefonisch mitgeteilt, dass ich in der Nacht nach der Vernissage einen heftigen Fieberanfall bekommen habe und völlig platt war. Ein Corona-Selbsttest, den ich durchgeführt habe, war positiv. Ich habe mich natürlich sofort in Isolation begeben. Mir ging es so schlecht, dass ich nicht telefonieren konnte. Das ist für die Öffentlichkeit doch ein plausibler Grund, weswegen ich plötzlich von der Bildfläche verschwunden bin. Und ich werde noch eine Woche in Quarantäne bleiben müssen, wodurch ich weiterhin von der Bildfläche verschwunden bleibe."

Schluckthardt legte den Finger an den Mund und überlegte einen Moment, dann erwiderte er: „Geniale Idee! Dann kannst Du zuhause bleiben und wir werden versuchen herauszufinden, wer hinter dieser Entführung steckt …"

Schöpf-Kelle stieß leise die Luft aus. Entführung war ein Begriff, der ihn elektrisierte. Sofort war er wieder hoffnungsfroh, doch seine heiße Story zu bekommen. Dafür war es jetzt aber notwendig, weitere Recherchen zu betreiben. Von der Polizei hatte er nichts zu erwarten, weil für die ja alle Fragen geklärt sind. Für einen kurzen Moment hatte er schon befürchtet, dass seine Hoffnungen auf eine Sensationsgeschichte von den Winden des Nikolausbergs hier oben verweht werden würden. Schöpf-Kelle hatte jetzt genug gehört. Er musste verschwinden, damit ihn die beiden zu guter Letzt nicht doch noch bemerkten. Ganz vorsichtig zog er sich gegen die sich sträubenden Dornenhecken aus seinem Versteck zurück. Wenig später war er mit dem Smart auf dem Weg zurück in die Stadt. Er parkte den Wagen in der Nähe der Stadtredaktion und gab den Schlüssel ab. Danach machte er sich mit dem Helm unter den Arm auf den Weg, um seinen Roller abzuholen. Er hatte insgeheim eine Entscheidung getroffen. Viele Umstände an dieser Geschichte waren nach wie vor äußerst suspekt, da er anfänglich nicht das gesamte Gespräch mitbekommen hatte. Da gab es noch einiges aufzuklären. Wenn die Pressestelle später die Erklärung mit der Corona-Infektion herausgeben würde, würde er zunächst einmal darauf eingehen und einen entsprechenden Artikel veröffentlichen. Im Hintergrund würde er aber weiter ermitteln, weil er die Wahrheit herausfinden wollte. Dazu musste er einmal mehr seine vertraulichen Kanäle anzapfen. Vereinzelte Mitglieder der kleinen Parteien im Stadtrat waren durchaus einem Freischoppen nicht abgeneigt. Dabei konnte man sich wunderbar unterhalten … vertraulich … ohne Nennung der Quelle … versteht sich.

Durch seinen Rückzug bekam Schöpf-Kelle nicht mit, wie sich die beiden Bürgermeister ins Seligs Wagen zurückzogen, wo Schluckthardt das Video auf dem Handy vorgeführt bekam. Der OB war entsetzt und mit Selig einer Meinung, dass es sich dabei um politischen Sprengstoff handelte. Das Video durfte auf keinen Fall in falsche Hände geraten! Die beiden Politiker tauschten sich noch einige Zeit über das weitere Vorgehen aus. Selig vereinbarte mit dem Oberbürgermeister, sich in den nächsten Tagen so zu verhalten, als wäre er tatsächlich infiziert. Offizielle Stellungnahme: Der zweite Bürgermeister arbeitete im Homeoffice. Er durfte in der Öffentlichkeit auf keinen Fall Misstrauen erwecken! Er war sich sicher, dass seine Entführer sich bald melden würden, um ihre Forderungen zu stellen. Dann wollte er sich mit dem OB neu abstimmen.

Schluckthardt verabschiedete sich und erklärte, er würde so schnell wie möglich durch Schwarz ein Statement für die Presse ausarbeiten lassen, um die brodelnden Gerüchte in der Stadt einzudämmen. Es gab zurzeit schon mehr als genug Unruhe unter den Bürgern. Er hatte von Anfang an kein gutes Gefühl gehabt, als Selig den Antrag auf Bewirtschaftung des Talavera-Parkplatzes in den Rat eingebracht hatte. Nachdem der Stadtrat aber dafür stimmte, war er als Stadtoberhaupt verpflichtet, die Entscheidung durchzusetzen. Prompt kam ein gegnerisches Bürgerbegehren! Daraufhin mussten die befürwortenden Parteien, um politisch glaubhaft zu bleiben, ein entsprechendes Ratsbegehren einreichen. Die Entscheidung über diese beiden Begehren würde demnächst in einer Wahl durch die Bürger fallen. Wenn die Gegner des Stadtratsbeschlusses siegen würden, sähe die Stadtregierung – wieder einmal – ziemlich alt aus … Schluckthardt war sich schon lange darüber im Klaren, dass diese Stadt praktisch nicht regierbar war.

Selig war froh, dass sie die Irritationen, die durch sein Verschwinden entstanden waren, durch die erfundene Corona-Erkrankung zumindest für einige Tage auf Sparflamme reduziert und damit etwas Zeit gewonnen hatten. Seine persönliche innere Unruhe bestand aber fort, weil er nicht wusste, mit welchen Forderungen die #FFFFB auf ihn zukommen würde. Wenig später parkte er seinen Pkw wieder in der Tiefgarage seines Wohnhauses. Er trat im Flur seiner Wohnung die Schuhe von den Füßen, dann betrat er die Küche und bereitete sich in der Mikrowelle ein Glas warme Milch zu. Für ihn ein bewährtes Beruhigungsmittel. Jetzt musste er unbedingt seine Familie anrufen, die sich sicher schon Gedanken machte, warum er sich nicht meldete. Seine Frau hatte Verständnis dafür, dass er in seiner derzeitigen angespannten Situation nur hin und wieder zum Telefonieren kam. Danach schlurfte er in sein Wohnzimmer und legte sich auf die Couch. Es dauerte geraume Zeit, ehe sein aufgewühlter Geist die vielfältigen Gedankenströme sortiert hatte und er die erforderliche Ruhe fand.

Erich Rottmann betrachtete nach dem Frühstück das Display seines Telefons. In der Nacht hatte er es auf lautlos gestellt. In dringenden Fällen war er für seine Stammtischbrüder und Bekannten auch in der Nacht über sein Handy erreichbar. Das Gerät hatte einen internen AB und zeichnete auch die Nummern von Anrufern auf, die nicht auf den Anrufbeantworter sprachen, sondern vorher auflegten. Jetzt hatte er schon zwei derartige Anrufe von derselben Nummer verzeichnet. Es handelte sich um eine Nummer aus dem Würzburger Vorwahlbereich. Beim zweiten Anruf wurde eine Nachricht aufgesprochen. Rottmann drückte auf die Wiedergabe. Es meldete sich laut und sehr deutlich die strenge Kommandostimme einer Frau:

„Herr Rottmann, ich habe ihre Telefonnummer mühsam über eine Bekannte ermittelt. Nach meiner Kenntnis sind Sie der verantwortungslose Besitzer eines Rüden, einer schwarzen Promenadenmischung, die Sie verantwortungslos in den Grünanlagen seine hormongesteuerten Triebe ausleben lassen. Sie und Ihr … Köter stellen eine permanente Bedrohung aller unschuldigen Hundedamen in Würzburg dar! – Es ist jetzt 6.30 Uhr morgens. Rufen Sie mich noch heute zurück! Meine Nummer sehen Sie auf Ihrem Telefon. Ansonsten werde ich gegen Sie eine Anzeige beim Ordnungsamt der Stadt Würzburg einreichen. – Mein Name ist Amanda Schreck!“

Völlig verdutzt presste Rottmann den Wiederholungsknopf und hörte sich die Nachricht mit gerunzelter Stirn noch einmal an.

„Was ist denn das für ein hanebüchener Schwachsinn!“, knurrte er. Nach kurzem Nachdenken warf er Öchsle, der etwas verschlafen aus seinem Korb herausblinzelte, einen prüfenden Blick zu. „Mein Freund", brummelte er, „könnte es sein, dass Du mir etwas zu sagen hast?" Als Antwort drehte sich Öchsle einmal um die eigene Achse, plumpste wieder in seinen Korb und setzte sein Nickerchen fort. Drei Punkte bei dem Anruf gingen dem Schoppenfetzer, unabhängig von dem unsinnigen Schuldvorwurf, gehörig die Nase hoch. Das war zum einen der Befehlston! Gegen eine derartige Tonalität war Erich Rottmann grundsätzlich allergisch. Die Bezeichnung von Öchsle als Köter war mindestens genauso ungehörig wie die Behauptung, er würde eine Bedrohung für Hündinnen darstellen. Zunächst würde er den Anruf einfach mal ignorieren. Diese komische Tante konnte ihm erst mal den Buckel runterrutschen, jedenfalls würde er sie nicht zurückrufen. Sollte sie ihn doch anzeigen!

Rottmann sah auf die Uhr. Bis zum morgendlichen Stammtisch war auf jeden Fall noch so viel Zeit, dass er wieder einmal eine Waschmaschine befüllen konnte. Er ging ins Bad und schüttete den Inhalt seiner Wäschebox in die Badewanne. Ein leicht muffiger Geruch mit einer dominanten Tabaknote machte sich breit. Die Teile lagen schon eine ganze Weile zusammengepfercht in der Box und befanden sich wohl bereits am Beginn eines leichten Gärungsprozesses. Rottmann öffnete die Klappe der Waschmaschine und stopfte ziemlich willkürlich einen Haufen Klamotten hinein, wobei er allerdings darauf achtete, seine von Rot dominierten Holzfällerhemden auszusortieren. Am Anfang seiner Karriere als Hausmann hatte er einmal nicht auf diese Merkmale geachtet mit dem Ergebnis, dass seine gesamte weiße Unterwäsche beim Waschen einen stark rosa Touch bekommen hatte. Einige Zeit später hatte ihn dann seine Nachbarin Elvira Stark diskret auf diese Feinheiten hingewiesen, als sie durch Zufall die rosa Feinrippunterhosen sah, die er in seiner Wohnung zum Trocknen aufgehängt hatte. Er gab die erforderliche Menge Waschmittel dazu und startete das Programm für pflegeleichte Sportkleidung.

Während er sich noch eine zweite Tasse Kaffee aus der Maschine laufen ließ, geriet er ins Nachdenken. Es stimmte ja, dass er Öchsle in den Grünanlagen alle nur erdenklichen Freiheiten ließ. In der Regel führte Rottmann nicht einmal eine Leine mit sich. Der Rüde ging nicht weit weg und war spätestens nach fünfzehn Minuten wieder bei seinem Herrchen. Natürlich interessierte sich Öchsle auch für andere Hunde, auch für Hündinnen. Es war ihm aber noch nicht aufgefallen, dass er gezielt amouröse Kontakte suchte. Der Rüde war mittlerweile in einem Alter, wo das Interesse für das weibliche Geschlecht weniger in hormonellen Stürmen bestand. Öchsle zog es vor, ein paar Meter spielerisch mit der jeweiligen Dame herumzuflitzen, zog aber dann sehr schnell wieder die Bremse an. Erich Rottmann dachte einige Wochen zurück, konnte sich aber nicht erinnern, Öchsle irgendwie auf Freiersfüßen gesehen zu haben. Sicher die Hirngespinste einer überspannten Besitzerin einer Hündin, an der Öchsle möglicherweise mal geschnuppert hatte. Rottmann hakte die Angelegenheit ab.

Bevor er zum Stammtisch ging, musste er noch seine Mietunterlagen suchen, weil Ron Schneider danach verlangt hatte. Rottmann stellte fest, dass sich der Ordner mit den entsprechenden Unterlagen bereits unterm Dach befand. Er trank seine Tasse leer, dann schnappte er sich den Schlüssel für den Dachboden. Da er im obersten Stock wohnte, musste er nur ein paar Stufen hinaufsteigen, um in sein Dachabteil zu kommen, das mit Dachlatten von den Abteilen anderer Mieter abgegrenzt war. Er öffnete einen alten, staubigen

Schrank, in dem er eine Reihe von Aktenordnern verwahrte. Schnell fand er den entsprechenden Ordner. Er blies eine leichte Staubschicht weg und begann darin zu blättern. Den leicht vergilbten Mietvertrag fand er schnell. Seine Ränder waren leicht ausgefranst. Das Formular war teilweise mit einer Schreibmaschine, aber auch mit handschriftlichen Einträgen ausgefüllt. Beträge waren noch in DM bezeichnet. Die damalige Miete war geradezu lächerlich gegenüber heute. Der Vertrag trug seine Unterschrift, auf der Vermieterseite hatte eine *Erbengemeinschaft Huber* unterschrieben. Wie er aus nachfolgend abgehefteten Schriftstücken, die als Ergänzung des Mietvertrags bezeichnet waren, ersah, gab es im Laufe der Zeit bei der Immobilie drei Eigentümerwechsel, die ihm mitgeteilt worden waren, die sich aber auf das Mietverhältnis nicht auswirkten. Rottmann musste schmunzeln, als er den Brief in Händen hielt, mit dem ihm der damalige Eigentümer die Hundehaltung genehmigte. Da war Öchsle zu ihm gekommen. Die letzte Ergänzung lag neun Jahre zurück. In einem Schreiben wurde ihm mitgeteilt, dass das Anwesen in der Rosengasse, das er bewohnte, in Eigentumswohnungen umgewandelt worden sei und er seine Wohnung im Rahmen eines Vorkaufsrechts erwerben könne. Davon hatte Rottmann allerdings keinen Gebrauch gemacht, was ihn heute im Nachhinein ärgerte, dann hätte er heute die Probleme mit der Kündigung nicht. Wenig später erfuhr er schriftlich, dass seine Wohnung von einem Rudolf Rodenstock aus Dresden erworben worden war. Der neue Eigentümer und Vermieter hatte sich nie bei Rottmann sehen lassen. Schriftverkehr erfolgte über die Anwaltskanzlei, die ihm nun auch die Kündigung hatte zukommen lassen. Rottmann hatte immer brav seine Miete gezahlt und damit war für ihn alles gut. Für diesen Rudolf Rodenstock war die Eigentumswohnung offenbar eine reine Kapitalanlage gewesen, an die er sich offensichtlich erst jetzt wieder erinnerte, als sein Sohn in Würzburg studieren wollte und eine Wohnung benötigte. Schöner Mist! Erich Rottmann entnahm dem Ordner alle relevanten Schriftstücke und stellte ihn wieder in den Schrank. In seiner Wohnung zurück, steckte er die Papiere in einen Umschlag und nahm ihn mit zum Stammtisch, wo er ihn eine Stunde später Ron Schneider übergab.

„Ich habe mich schon mal mit den Kollegen in Verbindung gesetzt und ihnen mitgeteilt, dass ich Deine anwaltliche Vertretung übernehme", erklärte Schneider. „Du musst mir bitte noch diese Vollmacht unterschreiben, dann läuft zunächst mal alles über mich."

Er schob Erich Rottmann vor Beginn des Stammtisches ein dicht beschriebenes Formular und einen Kugelschreiber hin.

„Du, ich lese dieses Kleingedruckte jetzt aber nicht alles durch", erklärte Rottmann und ergriff den Kugelschreiber.

„Ich freue mich richtig, mal wieder Leute juristisch ärgern zu können", gab Ron Schneider grinsend zurück und steckte die Vollmacht ein.

Horst Ritter lenkte die Unterhaltung wieder auf ihr Jubiläum. „Was haltet ihr davon, wenn wir bei der Stadt den Antrag stellen, im Wappensaal des Rathauses eine Feier durchzuführen? Dabei könnte man doch einige Politikerinnen und Politiker einladen, denen wir in den letzten Jahren mit Rat und Tat zur Seite gestanden haben."

Erich Rottmann, der gerade getrunken hatte, hätte sich fast an seinem Silvaner verschluckt, als er das hörte.

„Glaubt ihr wirklich, dass sich die Regierenden gerne vorhalten lassen, dass wir seit vielen Jahren vom Stammtisch aus quasi die Stadt regieren? Das glaubt ihr doch selbst nicht!"

„Ach, das sehe ich nicht so eng“, warf Xaver Marschmann ein, „wenn es genügend Freischoppen gibt, sind die Frau- und Herrschaften sicher dabei. Außerdem haben wir uns doch nicht in alles eingemischt … beim Anstrich der Toiletten haben wir uns zur Farbgebung nicht geäußert.“

„Andy, was meinst Du?“, wandte sich Rottmann an den ehemaligen zweiten Bürgermeister. „Du hast doch die besten Beziehungen in die Rathausverwaltung.“

„Spaß beiseite“, versuchte Andy Farmer der Diskussion einen seriösen Touch zu verschaffen, „mit dem Wappensaal bin ich nicht sehr zuversichtlich. Wir sind doch eine jugendlich dynamische Herrenvereinigung, die auch einen entsprechenden Rahmen benötigt, der das widerspiegelt. Es erscheint mir sehr fraglich, ob der historische Wappensaal diesen Geist erkennen lässt.“

Wieder einmal erzielten die Herren keine Einigkeit über ihr Vorhaben und man verlor sich in Diskussionen über Alternativen. Kurz nach dreizehn Uhr brachen die Schoppenbrüder dann langsam auf. Einzelne hatten von ihren Ehefrauen Einkaufslisten mitbekommen, die sie nun abarbeiten mussten, damit sie rechtzeitig zum Abendstammtisch damit fertig waren. Rottmann musste Rücksicht auf die körperhygienischen Notwendigkeiten seines Rüden nehmen und schlug zusammen mit Xaver Marschmann die Richtung zum Marienplatz ein.

Öchsle war wie immer einen Steinwurf weit voraus, als plötzlich mitten auf der Maulhardgasse eine schlanke ältere Dame im Kostüm, mit lila-grau gefärbten Haaren, gestützt auf einen Spazierstock, aus einer Hofeinfahrt auftauchte und sich ihnen in voller Größe in den Weg stellte. Sie musterte Öchsle und die beiden nachfolgenden Schoppenbrüder mit zorniger Miene, dann schimpfte sie mit schriller Stimme laut durch die Gasse: „Da ist ja dieser verruchte Vergewaltiger mit seinem Komplizen! Habe ich Sie endlich erwischt!"

Sie hob drohend ihren Spazierstock und wedelte damit in der Luft herum. Jetzt um die Mittagszeit war auf der Maulhardgasse reichlich Publikumsverkehr, da sie gerne als direkte Verbindung zwischen Fußgängerzone und Marktplatz genutzt wurde. Die meisten Menschen kümmerten sich zwar nicht um die Szene und eilten weiter, einige Passanten blieben allerdings neugierig stehen.

Hier schien sich etwas Interessantes anzubahnen.

„Herr Rottmann, ich bin Amanda Schreck und ich habe Sie gewarnt! Sie haben sich trotz meiner Aufforderung nicht bei mir gemeldet. Dieser total unerzogene, verwilderte Hund strolcht durch die Grünanlagen von Würzburg und stürzt sich auf arme Hündinnen, die sich gerade in ihrer weiblichsten Phase befinden und daher zu keiner Abwehr fähig sind!"

Der Kreis der Gaffer erweiterte sich.

„Ach Gott, die habe ich total vergessen!", flüsterte Rottmann seinem Schoppenbruder zu. „Xaver, geh ruhig weiter. Ich befürchte, die ... Dame wird jetzt ziemlich aufdrehen."

„Erich, bist Du sicher, dass Du klarkommst?" Marschmann war etwas besorgt.

„Das krieg ich schon hin ...", gab Rottmann zurück und Xaver Marschmann marschierte weiter, wobei er der Frau einen schrägen Seitenblick zuwarf.

Amanda Schreck merkte, dass sie Publikum hatte, und legte nun richtig los. Mit ausgestrecktem Spazierstock deutete sie auf Rottmann und Öchsle, der wieder zu seinem Menschen zurückgekommen war.

„Dieser vierbeinige Vagabund, der jetzt so treuherzig schaut, als könne er kein Wässerchen trüben, hat meine jungfräuliche Pudelhündin aus hochdekorierter Zucht, *Mimose vom hohen Eck*, ruchlos geschändet! Hat sie in einer schwachen Minute in ein Gebüsch gelockt und dort zur Mutter gemacht!"

Aus dem Publikum kamen Reaktionen, die von Gelächter bis Verärgerung reichten. Die Anzahl der Neugierigen hatte sich mittlerweile verdoppelt.

„Gute Frau Schreck …", versuchte Rottmann einen Einwand.

„Ich bin keinesfalls Ihre gute Frau Schreck!", unterbrach sie ihn sofort. „Ich bin bestenfalls die schreckliche Frau Schreck, das werden Sie noch merken! Wenn Sie nicht zu den Schandtaten ihres … Wüstlings stehen, werde ich Sie auf Unterhalt verklagen! Zuhause bei mir liegen seit gestern vier kleine Welpen, die von meiner Mausi vorbildlich versorgt werden, und dieser Herr und sein Hund weigern sich zu ihrer Verantwortung zu stehen. Wo gibt's denn so etwas?!" Sie hatte mittlerweile einen hochroten Kopf. Vereinzelt ertönte Applaus, aber auch Pfiffe.

In diesem Augenblick schoben sich eine Frau und ein Mann durch die Menge. An ihren schwarzen Uniformen und entsprechenden Aufnähern waren sie als Mitglieder des städtischen Ordnungsdienstes zu erkennen.

„Darf ich fragen, was hier los ist?", wollte die Frau wissen.

Ehe Rottmann den Mund zu einer Erklärung öffnen konnte, schimpfte Frau Schreck schon los: „Gut, dass Sie gekommen sind! Ich habe hier einen Vergewaltiger gestellt, der sich seiner Verantwortung entziehen will!"

Die beiden Ordnungskräfte sahen sich ernst an, dann erklärte der männliche Part, dessen Namensschild ihn als Herr Pfister auswies: „So, meine Herrschaften, Sie gehen jetzt mal schön weiter, hier gibt es nichts zu sehen …!"

Vereinzelt murrend zogen die Passanten weiter. Sie hätten schon gerne erlebt, wie die Sache weiterging.

„… und Sie beide kommen mal mit uns etwas zur Seite, damit wir klären können, was hier Sache ist."

Amanda Schreck warf Rottmann einen giftigen Blick zu und stellte sich in einen Torbogen. Rottmann rief Öchsle und gesellte sich in einigem Abstand dazu. Frau Kleider, so hieß die weibliche Ordnungskraft, musterte Amanda Schreck und erklärte: „So, jetzt sagen Sie uns mal zivilisiert und in aller Ruhe, wie Sie dazu kommen, diesen Herrn als Vergewaltiger zu bezeichnen. Das ist ja ein strafrechtlich relevanter Vorwurf!"

Frau Schreck zog die Augenbrauen in die Höhe. „Ich meine doch nicht diesen Herrn Rottmann, sondern seinen Hund. Er hat meine Mausi gegen ihren Willen zur Mutter gemacht und sein Besitzer weigert sich, dafür einzustehen!"

Die beiden Uniformierten warfen sich einen Blick zu.

„… und was haben Sie dazu zu sagen?", wollte Frau Kleider von Rottmann wissen.

„Diese Frau hat mir heute schon den AB vollgequatscht und ähnliche Behauptungen aufgestellt. Es gibt für sie keine Beweise. Im Übrigen ist Öchsle hier schon ein ziemlich alter Herr und ich bezweifle, dass er überhaupt noch in der Lage ist … Sie wissen schon …"

„Stopp! Sie haben wohl noch nichts vom Johannistrieb gehört? Bei einem so reizvollen Mädchen, wie meine Mausi ist, kann so ein alter Knacker, ich meine … Hund durchaus noch einmal jugendliche Gefühle bekommen! Ich habe hier auf meinem Handy ein Beweisvideo, das die Schandtat belegt!" Sie begann in ihrer Handtasche zu kramen.

Rottmann schüttelte nur den Kopf.

Herr Pfister sah seine Kollegin an, dann meinte er: „Also, wir sehen uns jetzt mal dieses Video an und dann werden Sie sich beide wie vernünftige Bürger aufführen und sich miteinander einigen und hier keinen Auflauf provozieren."

Amanda Schreck hatte ihr Handy gefunden und fummelte aufgeregt auf dem Display herum, dann drehte sie es triumphierend um und hielt es den beiden Ordnungshütern und Rottmann vor die Gesichter. Auf dem Video sah man eine Pudelhündin und, eindeutig zu erkennen, Öchsle, die spielend hintereinander über eine Wiese rannten. Eine Sekunde später verschwanden sie dann in einem dichten Gebüsch und man sah einige Zeit ein paar Zweige wackeln.

„Sehen Sie …, schauen Sie hin …, eindeutig dieser Hund hier und ohne Zweifel eine Vergewaltigung!“, rief Amanda Schreck mit rotem Kopf.

„Also … ich kann hier nur zwei spielende Hunde sehen und ein Gebüsch, das wackelt. Das kann alles Mögliche sein! Fakt ist, dass die beiden Hunde nicht angeleint waren, was aber für Vierbeiner dieser Größe in den Anlagen vorgeschrieben ist. Man könnte auch unterstellen, dass sie in dem Gebüsch ihr Geschäft erledigt haben, wofür wiederum ein Ordnungsgeld fällig wäre! Aber darüber sehen wir mal hinweg …“

„Das ist eine Unverschämtheit! … und was glauben Sie, wovon meine Mausi schwanger geworden ist?“

Frau Kleider zuckte mit den Schultern, dann machte sie eine abschließende Handbewegung. „Frau Schreck, Herr Rottmann, wir beide müssen jetzt weiter. – Sie beenden auf der Stelle Ihren Streit in der Öffentlichkeit und setzen sich bitte privat auseinander. Wenn Sie meine Meinung hören wollen, dann war das keine Vergewaltigung … sondern schlimmstenfalls ein … Verkehrsunfall.“ Sie hatte Mühe ernst zu bleiben.

Amanda Schreck war sichtlich geschockt.

„Das war alles …? Mehr machen Sie nicht? Sie müssten den Mann doch verhaften!“

Die beiden winkten freundlich und marschierten weiter. Frau Schreck sah ihnen fassungslos hinterher.

Rottmann überlegte, wie er die Wogen glätten konnte. Theoretisch war es schon denkbar, dass Öchsle, der alte Filou ... Irgendwie tat ihm die alte Dame ein bisschen leid.

„Frau Schreck", erklärte er mit sanfter Stimme, „ich werde Sie in den nächsten Tagen mal anrufen. Versprochen. Dann können wir uns mal in Ruhe unterhalten. Ich hätte mir auch gerne mal die Welpen angesehen ... wenn Sie nichts dagegen haben."

Sie sah ihn zunächst misstrauisch an, dann meinte sie etwas schnippisch: „Nun ja, miteinander reden schadet ja nicht. Vor allen Dingen über Alimente!"

Rottmann gab auf. Ohne Formalitäten trennten sie sich. Rottmann marschierte weiter in Richtung Unterer Markt, Frau Schreck hatte das dringende Bedürfnis, in der Cafeteria von *Galeria Kaufhof* eine Tasse Früchtetee zu trinken, um langsam wieder runterzukommen. Anschließend musste sie wieder nach Hause, denn Mausi und ihr Nachwuchs bedurften ihrer Betreuung.

Agnes

Agnes Feldmann verließ das Hotel *Würzburger Hof* am Barbarossaplatz, wandte sich nach links und folgte der Juliuspromenade, wo sie kurz darauf an der nächsten Ecke das Echter-Haus erreichte. Sie wechselte auf die gegenüberliegende Straßenseite, um besser an seiner Fassade hochblicken zu können. Dort im dritten Stock lag ihr ehemaliger Arbeitsplatz. Während ihrer Anstellung im Verlag wohnte sie in Würzburg. Erinnerungen kamen in ihr hoch.

Vor neunzehn Jahren arbeitete Agnes in dem Haus als Außendienstmitarbeiterin, besuchte in dem Job regelmäßig

Buchhandlungen in ganz Bayern und fuhr in der Zeit ausgezeichnete Verkaufserfolge ein. Sie war stets freundlich, entgegenkommend und wurde von den Geschäftspartnern sehr geschätzt. Das ging so lange gut, bis eines Tages der Geschäftsführer des Verlags, eigentlich ein schüchterner, introvertierter Katzenliebhaber, an einer plötzlichen Testosteron-Überfunktion litt. Die Folge war, dass er ihr in ständig steigendem Maße nachstellte, weil er, wie er ihr am Rande einer Konferenz gestand, ihrer erotischen Ausstrahlung total verfallen war. Ihr Gang erinnerte ihn so sehr an das Schleichen seiner Lieblingskatze, die er sogar in *Agnes* umbenannt hatte. Aber Agnes wies ihn gnadenlos ab, da sie sich zu dieser Zeit in einen gestandenen Bibliothekar der Stadtbücherei Würzburg verknallt hatte, der in ihr – unter anderem – die Liebe zum Frankenwein erweckte. Die ihr bis heute erhalten geblieben ist.

Da der Geschäftsführer von Agnes nicht erhört wurde, flüchtete er sich tragischerweise in den exzessiven Genuss von *Liebfrauenmilch*, wodurch das Ausmaß seines bedauernswerten Zustandes überdeutlich sichtbar wurde.

Agnes sah, dass nur ihre Kündigung aus diesem Dilemma herausführen konnte. Da in diesem Zeitraum auch ihre Mutter kränklich wurde und sie zukünftig näher bei ihr sein wollte, ergriff sie eine sich bietende Gelegenheit und übernahm in Lichtenfels, Oberfranken, die gut gehende Buchhandlung *Leseratte*. Der Abschied von ihrem Bibliothekar fiel ihr schwer, er verfiel daraufhin für einige Zeit in Schwermut, konnte sich aber mit Silvaner selbst therapieren.

Wie sie später hörte, fristete der Geschäftsführer nach wie vor in dem Verlag sein Dasein.

Agnes wandte sich von dem Anblick der Fassade ab. Sie hatte kein Interesse daran, dass sie jemandem begegnete, der sie kannte. Gemütlich schlenderte sie durch die Stadt. Am

Sternplatz setzte sie sich in den Außenbereich einer Wirtschaft und bestellte sich eine Brotzeit und einen Schoppen. Nachdem sie sich etwas Mut angetrunken hatte, bezahlte sie und folgte schließlich den Straßenbahnschienen in Richtung Sanderau. Ihr Ziel war die Rosengasse.

Elvira Stark hatte im Supermarkt in der Domstraße einige Einkäufe erledigt und war nun auf dem Heimweg. Als sie in die Rosengasse einbog, wurde sie auf eine gutaussehende Frau mittleren Alters aufmerksam, die vor ihrem Haus stand und sich offensichtlich mit dem Klingelschild beschäftigte. Elvira trat näher.

„Entschuldigung, kann ich Ihnen helfen? Suchen Sie jemand?“

Die Frau war so konzentriert, dass sie die Annäherung Elviras nicht bemerkte. Sie erschrak etwas und richtete sich auf.

„Ja … ja … das können Sie bestimmt. Ich suche einen gewissen Erich Rottmann …“

Dieses Stichwort veranlasste Elvira Stark, sich die jüngere Frau etwas näher zu betrachten. Sie war vermutlich jenseits der Fünfzig, durchaus gutaussehend und machte einen sympathischen Eindruck. Sie trug, den Temperaturen angemessen, ein leichtes, knielanges Sommerkleid, dessen blumiger Stoff ihre schlanke Figur umschmeichelte. Ihr Blick war offen und freundlich. Die kurze Musterung fiel ausgesprochen positiv aus. Für Elviras Geschmack etwas zu günstig. Stellte sich ihr die Frage, was diese Frau von Erich Rottmann wollte. Sie trug eine kleine Handtasche, die sicher nicht als Aktentasche geeignet war. Insgesamt machte sie nicht den Eindruck, als wäre sie geschäftlich unterwegs. Verwandtschaft? … oder gar eine … Bekannte, von der Elvira nichts wusste? Sie stellte ihre Einkaufstasche auf den Boden. Innerlich spürte sie eine leichte Anspannung.

„Ich bin hier zuhause. Herr Rottmann wohnt im Nachbarhaus.“ Sie deutete zum Gebäude nebenan, dann warf sie einen Blick auf ihre Armbanduhr. „Ich kenne Erichs Gewohnheiten eigentlich ganz gut … im Augenblick hat er wohl seinen Stammtisch beendet und ist nun mit Öchsle … seinem Hund … in den Ringparkanlagen Gassi. Wenn ich ihn nachher sehen sollte, soll sich ihm etwas ausrichten?“

Womit sie der Unbekannten rein vorsorglich, auf typisch weiblich subtile Weise, klargemacht hatte, dass sie selbst in einem imaginären Ranking um eine eventuelle Bekanntschaft mit Rottmann an vorderster Stelle einzuordnen war.

„Oh, das ist sehr freundlich, aber nicht notwendig. Ich bin unangemeldet hier und Herr Rottmann weiß nicht, dass ich komme. Ich werde es zu einem anderen Zeitpunkt nochmals versuchen. Werde ihn dann aber vorher anrufen. Herzlichen Dank!“

Sie lächelte Elvira Stark freundlich an, dann wandte sie sich ab und schlenderte in Richtung Main davon. Elvira hob die Einkaufstasche hoch und schloss ihre Haustür auf. Mit einem letzten Blick auf das bunte Kleid trat sie ins Haus. Sie hatte plötzlich ein ganz merkwürdiges Gefühl in der Magengegend. Elvira, sei wachsam!, dachte sie. Auch ein alter Kater schlabbert ab und zu mal gerne frische Milch!

In geheimer Mission …

Florian Deichler schlenderte immer wieder mal zur Entspannung in der Mittagspause ein Stück am Mainufer entlang. Gelegentlich traf er dann zufällig auf Erich Rottmann, wenn er Öchsle dort Gassi führte. Wobei man feststellen muss, dass so manche Zufallsbegegnung beiderseits arrangiert war.

Heute war das Zusammentreffen aber wirklich purer Zufall. Öchsle entdeckte den Leiter der Mordkommission zuerst, da er wie immer ein Stück seinem Menschen voraustrottete. Rottmann war in eine Wolke von Pfeifenrauch gehüllt und ziemlich in Gedanken versunken, da es aktuell für ihn reichlich Stoff gab, über den er nachdenken musste.

„Na, Erich, heute so geistig abwesend? Pass nur auf, dass Du niemand umrennst!"

Rottmann kehrte in die Gegenwart zurück und sah seinen Nachfolger im Amt überrascht an.

„Es wundert mich, dass Du es Dir leisten kannst, hier am Main zu lustwandeln, wenn Du eigentlich mit der Suche nach einem verschollenen Bürgermeister beschäftigt sein solltest ..."

Deichler schüttelte verwundert den Kopf. „Jetzt bin ich aber platt, dass Du offenbar mal nicht auf dem Laufenden bist!"

Erich Rottmann sah ihn fragend an. „Du sprichst in Rätseln, mein Freund."

Deichler wies auf eine Parkbank in der Nähe und beide ließen sich nieder. Öchsle bemerkte, dass offenbar Pause angesagt war, und kam herbei, um sich neben der Bank ins Gras fallen zu lassen.

„Gestern erhielt ich einen Anruf aus dem Rathaus, bei dem man mir mitteilte, dass sich Bürgermeister Selig gemeldet hat. Er sei ziemlich plötzlich von einer heftigen Corona-Infektion ereilt worden und habe sich mit hohem Fieber ins Bett gelegt. Da seine Frau und seine Kinder derzeit in den USA sind, war er kurzfristig nicht in der Lage, jemand zu bitten seine Erkrankung dem Rathaus mitzuteilen. Das hat sich mit dem Fund des Dienstwagens überschnitten, den er nicht mehr aus der Fußgängerzone, wo er ihn abgestellt hatte, entfernen konnte. Daraus hat sich dann irgendjemand die Geschichte mit seiner Entführung zusammengereimt."

„Ja, da schau her!", sinnierte Rottmann laut. „Typisch Rathaus! Immer gleich alle Gäule scheu machen!" Dann fiel ihm noch etwas ein. „Was ist mit dem Blut im Wagen? Das hat die Entführungsgeschichte ja erst so richtig angeheizt."

„Dafür haben wir allerdings noch keine Erklärung. Der Wagen muss von irgendjemand von seinem ursprünglichen Parkplatz in der Eichhornstraße zum Dom bewegt worden sein. Diese Person ist wahrscheinlich für die Blutspuren verantwortlich. Da ermitteln wir noch. Ich glaube aber nicht, dass wir die oder den erwischen werden. Wie mir scheint, liegen die Schlüssel zu den Dienstfahrzeugen ziemlich unbeaufsichtigt herum. Damit weitet sich der verdächtige Personenkreis auf alle Rathausmitarbeiter. Kann man vergessen!"

„So, so, Corona hat ihn also erwischt. Da muss er sich doch längere Zeit isolieren und kann nicht arbeiten. Ich habe gehört, dass die Krankheit tatsächlich unterschiedlich schwer verlaufen kann und einem richtig die Füße wegziehen kann. Damit hat sich die Problematik, die die Regierenden im Grafeneckart so in Wallung gebracht hat, in Wohlgefallen aufgelöst."

Rottmann erhob sich und Öchsle sprang auf die Läufe. Es schien weiterzugehen. Der Exkriminaler klopfte seine Pfeife am Kopf des Sitzes aus und steckte sie ein.

„Dann werde ich mal meine heimischen Gefilde aufsuchen und einige Zeit meine Couch genießen … solange ich das noch kann …"

Florian Deichler wurde hellhörig und hob den Kopf.

„Was soll das heißen ‚solange ich das noch kann'? Ist irgendetwas? Muss ich mir Sorgen machen?"

Rottmann blieb stehen und drehte sich noch einmal um.

„Ach, habe ich Dir das noch nicht erzählt? … Mir haben sie die Wohnung unter dem Hintern weggekündigt! Einfach so! Wahrscheinlich wohne ich in einigen Monaten unter einer der Würzburger Brücken …"

Rottmann marschierte wieder los und ließ einen völlig sprachlosen Florian Deichler zurück.

Erich Rottmann war nur noch knapp hundert Meter von seinem Wohnhaus entfernt, als in seiner Joppentasche sein Handy vibrierte. Etwas ärgerlich legte er die Stirn in Falten. Eigentlich hatte er jetzt kein Interesse an irgendwelchen Telefonaten und wollte nur noch seine Ruhe.

„Rottmann!", meldete er sich daher sehr knapp und abweisend.

„Ah, Herr Rottmann, schön, dass ich Sie gleich erreiche!", ertönte die Stimme des Pressesprechers Schwarz mit sehr aufgesetzt wirkender Fröhlichkeit aus dem Gerät. „Hier ist Schwarz, Presseabteilung. Ich muss Sie leider mit einem weiteren Anliegen belästigen. Könnten wir uns bitte zeitnah nochmals treffen?!"

„Was ist denn jetzt schon wieder los?", erwiderte Rottmann. Seine Verärgerung war ihm deutlich anzuhören.

„Lieber Herr Rottmann, das ist wirklich nichts fürs Telefon! … Wie sieht es in einer halben Stunde am Unteren Markt aus? Gleiche Stelle?"

Rottmann machte die Hitze zu schaffen und hatte sich auf seine Couch in seiner kühlen Wohnung gefreut. Langsam kam er sich als Verfügungsmasse fürs Rathaus vor. Das ging ihm ziemlich gegen den Strich! Im Prinzip war nichts so eilig, dass es nicht noch ein wenig Zeit für ein Schläfchen gehabt hätte.

„In zwei Stunden. Sagen wir 15.30 Uhr. Vorher habe ich keine Zeit!"

Aus dem Hörer kam ein sehr zögerliches „Okay …". Rottmann unterbrach das Gespräch und schloss die Haustür auf.

Zehn Minuten später lag er auf der Couch und Öchsle in seinem Körbchen.

Als Erich Rottmann kurz nach halb vier den Unteren Markt betrat, konnte er den Pressesprecher bereits auf der bekannten Bank sitzen sehen. Schwarz war bereits aus der Entfernung seine Nervosität anzusehen. Immer wieder drehte er den Kopf in alle Himmelsrichtungen auf der Suche nach Rottmann. Als er den Exkommissar schließlich entdeckte, ging ein erleichtertes Lächeln über sein Gesicht.

„Ah, Herr Rottmann, herzlichen Dank, dass Sie sich die Zeit nehmen …" Er rutschte etwas zur Seite, damit sich Rottmann niederlassen konnte.

Nachdem der Schoppenfetzer tief und fest geschlafen hatte, war er nunmehr etwas besserer Laune. Was das Rathaus wohl schon wieder von ihm wollte?

„Lieber Herr Rottmann, ich möchte mich kurzfassen, um nicht mehr als nötig Ihre Zeit in Anspruch zu nehmen."

Rottmann winkte ab. „Geschenkt! – Was gibt's?"

„Morgen wird der OB eine Presseerklärung herausgeben, in der er den Würzburgern mitteilt, dass Herr Selig seit zwei Tagen an einer heftigen Corona-Infektion leidet und er sich daher in häusliche Isolation begeben hat. Er wird während der Dauer der Quarantäne keine öffentlichen Termine wahrnehmen. Die von einer fehlinformierten Presse geäußerten Spekulationen bezüglich der Motive für Seligs plötzliches Verschwinden aus der Öffentlichkeit werden sich damit erklären."

„Das ist mir bereits bekannt", erklärte Rottmann knapp. „Schließlich hat man seine Informationskanäle …"

„Genau, das ist es", erklärte Schwarz lebhaft, „Ihre guten Beziehungen zu allen möglichen Institutionen dieser Stadt, die ja bis ins Rathaus hineinreichen." Er sah sich nach allen

Seiten um, wie um sich zu vergewissern, dass sie alleine waren. „Diese Connections und Ihre Diskretion benötigen wir, um einen Anschlag auf unsere Rathausspitze zu verhindern beziehungsweise aufzuklären. Wir können aus bestimmten Gründen nicht den offiziellen Weg gehen, wie Sie gleich verstehen werden."

Warum redet der Mann aber auch immer so geschwollen um den heißen Brei herum?, dachte Rottmann, übte sich aber in Geduld. Wenn er ihn jetzt unterbrach, würde es noch länger dauern, bis er auf den Punkt kam.

„Die von mir erwähnte Presseerklärung enthält leider nicht die Wahrheit!" Schwarz ließ diese Nachricht erst einmal wirken.

Rottmann war über diese Aussage aber nicht sonderlich überrascht, da Presseerklärungen des Rathauses gar nicht so selten in den Bereich moderner Märchenerzählungen einzuordnen waren. Rottmann wartete schweigend, dabei kraulte er Öchsles Kopf.

„Leider ist es so, dass Bürgermeister Selig tatsächlich vor einigen Tagen entführt wurde!"

Jetzt hatte er Rottmanns volle Aufmerksamkeit. Mit gesenkter Stimme fuhr er fort: „Dahinter steckt nach unseren Kenntnissen eine militante Gruppierung, die sich *#FFFFB, Freie Fahrt Für Freie Bürger*, nennt. Womit aber nicht Fahrräder, sondern Autos gemeint sind. Diese Gruppierung ist meines Erachtens zumindest latent kriminell und versucht mit extremistischen Mitteln, die Pläne der Stadt hinsichtlich Einführung von Parkgebühren auf der Talavera zu verhindern. Es besteht der Verdacht, dass diese Organisation bis tief in den Verwaltungsapparat des Rathauses hineinreicht und auch Teile der Opposition beteiligt sind. Wir vermuten, dass Bürgermeister Selig das Hauptziel dieser Terroristen ist, weil er gewissermaßen die Galionsfigur der Erhöhungskampagne für das Parken in Würzburg ist. Es soll wohl verhindert werden, dass er sich weiterhin engagiert, was man mit einem widerlichen Erpresservideo zu erreichen versucht."

Jetzt war Erich Rottmanns Neugierde geweckt. „Ein Video? Was ist denn da drauf?"

Schwarz verzog das Gesicht. Es war offensichtlich, diese Frage war ihm unangenehm. „Herr Rottmann, das ist ziemlich heikel ... Bis jetzt kennen nur wenige Menschen den Inhalt ... und das soll nach Möglichkeit auch so bleiben ... denn sie Sache ist wirklich brisant und geeignet, den zweiten Bürgermeister in der Öffentlichkeit schwer zu diskreditieren!"

Erich Rottmann sah ihn prüfend an „Mein lieber Schwarz, wenn ich etwas für Sie vertraulich ermitteln soll, müsste ich schon wissen, in welche Richtung ich forschen soll ... Hat er Steuergelder missbräuchlich ausgegeben? Lebt er heimlich in einer polyamourösen Beziehung? ... Sie können sich darauf verlassen, dass Schöpf-Kelle, dieser nervige Reporter der Mainpostille, früher oder später irgendetwas mitbekommt und das dann in aller Breite ausposaunt."

Schwarz nickte ergeben. „Sie haben recht, ich muss mich darauf verlassen können, dass Sie über das, was ich Ihnen jetzt anvertraue, schweigen."

„Sie haben mein Wort ...", erwiderte Rottmann, „... solange ich keine strafbaren Handlungen vertuschen muss."

„Auf dem Video, das eine ganze Minute dauert, ist ein Mann, der Bürgermeister Selig zum Verwechseln ähnlich sieht, in einer ... erotisch sehr freizügigen Szene mit zwei sehr leicht bekleideten Damen beim ... Liebesspiel zu sehen. Die Aufnahme wurde offenbar heimlich in einer Art Bordell gemacht, wie man aus der Kulisse schließen kann."

„Wie konnte das denn arrangiert werden? Irgendwie musste Selig doch dazu gebracht werden, da mitzumachen ..."

„Ich sagte doch, er wurde entführt! Er war auf einer Vernissage und auf dem Heimweg wurde er dann verschleppt. Man hat ihn betäubt, daran kann er sich aber nicht mehr erinnern. Ebenso wenig an diese Filmaufnahmen. Totaler Filmriss! Er ist erst wieder in seinem Büro im Rathaus zu sich gekommen. Auf dem Schreibtisch lag eine Mitteilung von dieser Gruppe #FFFFB, dass man sich bei ihm wieder mit Forderungen melden würde. Dabei befand sich ein Datenstick mit diesem bewussten Video. – Seitdem hat er nichts mehr gehört.

Nachdem in der Öffentlichkeit schon merkwürdige Fragen gestellt wurden, warum Bürgermeister Selig nicht auffindbar war, haben wir das Narrativ der Corona-Infektion erfunden. Wir hoffen, dass dadurch etwas Ruhe eintritt … und wir beziehungsweise Sie die Chance erhalten, herauszufinden, wer hinter diesem Anschlag steckt. Sie werden verstehen, dass wir damit nicht die Polizei befassen können. Sie, lieber Herr Rottmann, können mit wesentlich subtileren Methoden Ermittlungen betreiben."

Schwarz sah Erich Rottmann erwartungsvoll an.

„Mein Gott, da tun sich ja Abgründe auf!", regte sich Rottmann auf. „Dieses Rathaus ist ja ein richtiges Schlangennest!"

Schwarz ging über diese Bemerkung hinweg. „Kann ich das so verstehen, dass Sie uns bei der Aufklärung helfen?"

Erich Rottmann klatschte sich mit der Hand auf den Oberschenkel. „Gut, ich werde mal meine Fühler ausstrecken. Ich gehe davon aus, dass ich innerhalb des Rathauses freie Hand habe und befragen kann, wen ich will? Meinen Hund nehme ich dabei natürlich mit."

„Selbstverständlich! Ich möchte Sie nur bitten, mir zwischendurch immer den Sachstand zu berichten."

Die beiden verabschiedeten sich und Rottmann blieb noch sitzen. Nachdenklich sah er dem Pressesprecher hinterher. Dieses Rathaus war das reinste Tollhaus! Dem Exkriminaler war klar, dass er diese Recherchen nicht ohne Elvira Stark durchführen konnte. Sie war überall im Rathaus unterwegs, jeder kannte sie und wenn sie mal Fragen stellte, würde sich keiner darüber wundern, denn ihre Neugierde war amtsbekannt. Erich Rottmann hatte dabei nur ein Problem: Er musste das mit Elvira privat besprechen, sich also mit ihr treffen. Bis jetzt hatte er ihr ja noch nichts von seiner Kündigung erzählt. Es führte aber kein Weg daran vorbei, dass er dies tun musste, bevor sie das durch Zufall von dritter Seite erfuhr. Da wäre sie mit Sicherheit beleidigt und ihre Unterstützung bei den jetzt anstehenden Ermittlungen im Rathaus konnte er dann vergessen! Rottmann sah auf die Uhr. Am besten blieb er gleich hier sitzen, weil seine Nachbarin im Laufe der nächsten Stunde auf dem Weg zur Arbeit hier vorbeikommen musste. Erich Rottmann erhob sich und schlenderte zum Bratwurststand an der Marienkapelle. Er spürte ein leichtes Rumoren im Magenbereich. Ein kleiner Snack zwischendurch war Nervennahrung. Für die bevorstehende Unterhaltung eine wichtige Grundlage. Nachdem er sich eine „Geknickte mit", eine durchgebrochene Bratwurst im Brötchen mit Senf, erstanden hatte, ließ er sich wieder auf der Bank nieder und ging in Warteposition. Öchsle saß neben ihm und begleitete jeden Bissen, den Rottmann in den Mund schob, mit hypnotischen Blicken. Neben Leberkäs und Wienerchen stand Bratwurst im Öchsle-Gutti-Ranking an dritter Stelle.

„Du alter Fresssack!", seufzte Erich Rottmann und brach dem Rüden ein kleines Stückchen ab, welches Öchsle ohne eine Kaubewegung hinunterschlang. Rottmann merkte seine innere Anspannung. Eigentlich hatte er im Augenblick ja genug Probleme. Da war einmal das runde Jubiläum des Stammtisches. Als Gründungsmitglied musste er sich verstärkt einbringen. Im Augenblick hatte er da noch keinen Plan! Dann, sehr schlimm, diese verdammte Wohnungskündigung! Wie ein Erdbeben erschütterte sie sein Gemüt und sein Pensionistendasein. Völlige Planlosigkeit stand diesbezüglich auf seiner Agenda. Irgendwie hatte er das Gefühl, dass sein Stammtischbruder Ron Schneider vielleicht doch nicht so viel für ihn ausrichten konnte. Dazu kam diese nervige Sache mit Frau Schreck, die sich einbildete, sein Öchsle hätte ihre Hündin geschwängert. So wie sich diese Dame aufgeführt hatte, war die Geschichte noch nicht erledigt. Momentan schob er diese Sache aber beiseite. Das musste sie Öchsle erst einmal beweisen! Rottmann schüttelte den Kopf. Lächerlich! Er und sein Hund waren eiserne Junggesellen, die kinderlos durchs Leben gingen …

Schon wieder ein Brief …

Elvira Stark verließ ihre Wohnung und marschierte in Richtung Sanderstraße. Dabei sah sie sich um, von Rottmann war weit und breit nichts zu sehen. Mit einem Blick hinauf zu seiner Wohnung stellte sie fest, dass alle Fenster geschlossen waren. Vermutlich war er unterwegs. Bevor sie im Rathaus ihre Arbeit antrat, wollte sie auf dem Unteren Markt in einem Café noch ein Tässchen Kaffee trinken und eine Kleinigkeit zu sich nehmen. Sie hatte die Rosengasse gerade verlassen, als unbemerkt von ihr, Agnes vom Mainkai kommend, die Gasse betrat. Sie hatte sich in den letzten Stunden ihre Vorgehensweise noch einmal gründlich durch den Kopf gehen lassen. An der Haustür zu klingeln und

Rottmann unvorbereitet mit ihrer Person zu konfrontieren, erschien ihr zwischenzeitlich keine gute Idee. Deshalb hatte sie sich in ihrem Hotelzimmer an den kleinen Schreibtisch gesetzt und auf dem hoteleigenen Briefpapier eine Nachricht verfasst. Es bedurfte allerdings einiger Ansätze, ehe sie eine Fassung zustande gebracht hatte, die ihr akzeptabel erschien. Der Brief bestand zum Schluss aus gut zwei Seiten und endete mit der Bitte, Erich Rottmann treffen und kennenlernen zu dürfen. Über seine Rückmeldung würde sie sich freuen. Sie gab ihre Hoteladresse und ihre Handynummer an, damit er Kontakt aufnehmen konnte. Damit hatte sie die Initiative Rottmann überlassen. Schließlich schob sie den Brief in ein Hotelkuvert und klebte ihn zu. Als Adressat schrieb sie *„Herrn Erich Rottmann – persönlich –"* vornedrauf, als Absender vermerkte sie auf der Rückseite des Umschlags: *Agnes Feldmann*. Es war ihr klar, dass er mit diesem Namen nichts anfangen konnte. Ihre Mutter Barbara kannte er nur unter ihrem Mädchennamen, wenn er sich überhaupt noch an sie erinnerte. Sie steckte den Umschlag in ihre Handtasche und verließ erneut das Hotel. Wegen der hochsommerlichen Temperaturen trug sie noch immer ihr leichtes blumiges Kleid, hatte aber zum Schutz gegen die Sonne eine Sonnenbrille aufgesetzt. Sie schlenderte durch die Theaterstraße, betrachtete erstaunt den Neubau des Theaters und spazierte an der Residenz vorbei, über die Balthasar-Neumann-Promenade am modernen Justizzentrum vorbei, bis sie die Ringparkanlagen erreichte. Sie hatte es nicht eilig, das brisante Schreiben loszuwerden. Unterschwellig hatte sie das Gefühl, den Briefeinwurf absichtlich hinauszuzögern, denn wenn er einmal im Postkasten von Erich Rottmann gelandet war, nahm das Schicksal seinen Lauf und sie hatte auf die nächsten Schritte keinen Einfluss mehr.

In der Rosengasse traf sie auf keinen Menschen. Insgeheim hoffte sie, dass Rottmann plötzlich vor die Haustür trat und so ein Zusammentreffen unausweichlich wurde. Leider war das nicht der Fall. Sie stand vor der Eingangstür und musterte mit klopfendem Herzen den auf Messing eingravierten Namen „Rottmann". Die Briefkästen der Bewohner befanden sich offensichtlich innerhalb des Hauses im Flur. Sie hatte sich überlegt, einfach irgendwo zu läuten, „Werbung" zu rufen, den Brief einzuwerfen und sich möglichst schnell aus dem Staub zu machen. Während sie noch überlegte, legte sie ihre Hand auf den Türknauf. Fast erschrak sie. Die Tür bewegte sich, denn die Falle des Schlosses war offensichtlich nicht richtig eingerastet! Was für ein Glücksfall!, dachte sie, öffnete und zog dabei den Umschlag aus ihrer Handtasche. Kühlere Luft schlug ihr entgegen, es roch leicht nach Keller. Am Briefkasten Rottmanns befand sich ein identisches Messingschild wie an der Klingel. Mit einer schnellen Bewegung warf sie das Kuvert durch den Briefschlitz. Jetzt war die Sache nicht mehr rückgängig zu machen. Hastig sah sie zu, dass sie wieder nach draußen kam. Es kam ihr fast wie eine Flucht vor. Draußen auf der Gasse atmete sie mehrmals tief durch, dann beeilte sie sich, die Rosengasse zu verlassen. Sie beschloss, sich in der Stadt mit einem Eisbecher für ihren Mut zu belohnen. Ein bisschen Zucker als Nervennahrung konnte nicht schaden. Am Rand des Unteren Marktes blieb sie stehen und ließ nach so langer Zeit wieder einmal den beeindruckenden Anblick der Marienkapelle auf sich wirken. Ein sakrales Bauwerk, das sie schon früher immer beeindruckt hatte. Langsam schlenderte sie über den Platz und betrachtete dabei die von Tilman Riemenschneider geschaffenen Figuren von Adam und Eva über dem Seitenportal. Wenig später setzte sie sich in den Außenbereich einer Eisdiele in der Spiegelstraße und grübelte über die denkbaren Reaktionen Erich Rottmanns nach, wenn er ihren Brief las. Langsam löffelte sie den großen Eisbecher.

Ein paar Minuten vorher erreichte Elvira Stark den Unteren Markt durch die Langgasse. Eigentlich hatte sie vorgehabt, sich im Außenbereich eines Cafés niederzulassen, entschied sich aber spontan um, als sie feststellen musste, dass alle Plätze besetzt waren. Würde sie halt die paar Schritte zu einem der Cafés in der Eichhornstraße machen, dort würde sie schon ein Plätzchen finden. Fast war sie am Obelisken vorbei, als sie einen leisen Schreckenslaut von sich gab, weil sie von einer kalten Hundeschnauze angestoßen worden war. Vor ihr stand schwanzwedelnd Öchsle und freute sich, sie zu sehen.

„Öchsle, jetzt hast Du mich aber erschreckt", stellte sie lachend fest, dann sah sie sich um. Wo Öchsle war, konnte Rottmann nicht weit sein. Ein Zufall, der ihr sehr entgegenkam. Da sah sie Rottmann schon auf der Bank sitzen und ihr zuwinken.

„Du kommst mir gerade recht!", brummelte sie leise und steuerte auf Rottmann zu. Zum Glück hatte sie noch etwas Zeit.

„Du kommst mir gerade recht!", brummelte Rottmann unhörbar und rutschte auf seiner Bank ein Stück zur Seite, um ihr Platz zu machen.

„Schön, Dich zu sehen", erklärte Elvira, während sie sich setzte, „in der letzten Zeit sieht man Dich ja kaum noch?"

„Das Kompliment kann ich ungenutzt zurückgeben", entgegnete Rottmann. „Bei mir ist zurzeit die Hölle los, mit dem Stammtisch und so …", erklärte er, „… von wegen beschauliches Pensionistendasein!"

„Ja, auch bei mir ist ganz schön was los. Wie Du weißt, steht mein Eintritt in die Rente vor der Tür. Dann habe ich mehr Zeit für alles … und … jeden."

Bei „… für alles und jeden" begannen bei Rottmann im Kopf ganz zart die Ketten zu klirren.

Unwillkürlich lief ihm ein Schauer über den Rücken, denn er wusste genau, was sie meinte. Diese Problematik musste er aber im Augenblick nach hinten verdrängen. Ihr Treffen war eine gute Gelegenheit, ihr sein Anliegen nahezubringen.

„Elvira, schön, dass wir uns hier zufällig treffen. Ich hätte Dich morgen früh sowieso mal kontaktiert, weil ich in einer Angelegenheit Deine Hilfe benötige …"

Elvira sah ihn mit gerunzelter Stirn an. War das nur ein Ablenkungsmanöver? Immer, wenn sie auf ihre kommende Verrentung zu sprechen kam, wechselte Erich Rottmann das Thema.

„Also, das Problem ist Folgendes …", fuhr er fort, „… im Rathaus scheint es unter den Stadträten und den Bediensteten eine geheime Gruppierung zu geben, die sich *#FFFFB* nennt, das bedeutet *Freie Fahrt Für Freie Bürger*. Hast Du davon schon mal was mitbekommen?"

Elvira schüttelte den Kopf. „Noch nie gehört. Was soll das sein?"

„Das ist so eine Art rebellische Freiheitsbewegung, die unter allen Umständen die von einer Mehrheit des Stadtrats geplante Einführung von Parkgebühren auf der Talavera und die Verdrängung des Autoverkehrs aus der Innenstadt verhindern will."

„Na ja, da gibt es natürlich gewichtige Argumente dafür und dagegen."

„Stimmt! Allerdings scheinen Mitglieder dieser Gruppe in jüngster Zeit Mitgliedern der Stadtregierung gegenüber gewaltbereit aufgetreten zu sein, was natürlich überhaupt nicht geht!"

„Aha, davon habe ich ja gar nichts mitbekommen. Wundert mich, wo doch im Grafeneckart fast nichts geheim bleibt.“

„Also, langer Rede kurzer Sinn, der Pressesprecher des Oberbürgermeisters hat mich gebeten, diskret zu ermitteln, wer hinter dieser Gruppe steckt. Da habe ich sofort an Dich gedacht. Du kriegst doch immer mit, was so im Rathaus abgeht. Ich wäre Dir wirklich sehr dankbar, wenn Du mich da etwas … unterstützen könntest.“

„Ich soll also Spionin spielen?“

„So krass würde ich es jetzt nicht ausdrücken“, erwiderte Rottmann beschwichtigend. „Ich kann leider keine Einzelheiten nennen, aber da gab es einen … Vorfall, den man durchaus als kriminell bezeichnen muss.“

Elvira war für einen Augenblick verstummt und betrachtete etwas geistesabwesend die Menschen auf dem Platz. Für eine Sekunde glaubte sie die Frau zu sehen, die sich vor ihrer Haustür nach Erich Rottmann erkundigt hatte. Jedenfalls meinte sie in der Menschenmenge vor der Marienkapelle ein blumiges Sommerkleid gesehen zu haben. Sie schüttelte den Kopf, sicher täuschte sie sich. In diesen heißen Sommertagen trugen viele Frauen derartige Kleider.

Erich Rottmann münzte ihr Kopfschütteln auf sein Anliegen. „Bitte, Elvira, Du würdest mir … und natürlich der Stadt … sehr helfen, wenn Du ein wenig Augen und Ohren offenhalten könntest.“

„Ja, das kann ich schon machen“, erklärte sie knapp. „Wenn ich etwas erfahre, informiere ich dich.“

Erich Rottmann wollte sich bei ihr bedanken, doch sie winkte ab. Plötzlich erhielt ihr Ton eine spürbare Schärfe.

„Erich, weil wir zwei gerade so gemütlich beisammensitzen“, erklärte sie spitz, „wann wolltest Du mir eigentlich erzählen, dass man Dir die Wohnung gekündigt hat?“

Rottmann riss überrumpelt die Augen auf. Dieser plötzliche Themenwechsel traf ihn völlig unvorbereitet.

„Was … woher … ich meine …“

„Ich muss Dir ehrlich sagen, dass es mich schwer getroffen hat, davon auf dem Flur des Rathauses zu erfahren! Wann wolltest Du mir das denn sagen?“

„Wer hat …?“

„Das ist doch piepegal! So etwas Wichtiges einer Freundin zu verschweigen, ist wirklich eine Beleidigung!“ Sie hatte bewusst Freundin gesagt, ohne auf Rottmanns Gefühle Rücksicht zu nehmen. Sie hatte das Getue langsam gründlich satt! Zwischen den beiden trat eine beklommene Pause ein. Schweigend saßen sie auf der Bank und jeder blickte in eine andere Richtung.

„Was willst Du jetzt machen?“, fragte Elvira nach einiger Zeit. Es nützte ja alles nichts.

Rottmann zuckte mit den Schultern. „Ron Schneider übernimmt meine juristische Vertretung. Er wird der Kündigung widersprechen, dann sehen wir, was der Vermieter macht. Er hat wegen Eigenbedarf gekündigt, weil sein Sohn in Würzburg studieren will und er die Wohnung nutzen will. … Zum Glück lebe ich schon geraume Zeit in der Wohnung und habe dadurch eine ziemlich lange Kündigungsfrist …“

„… und wann musst Du dann endgültig raus?“

„In neun Monaten … wenn Rons Widerspruch keinen Erfolg hat.“

„Die Zeit vergeht sehr schnell“, sinnierte Elvira. „Wird bei Dir im Haus in dieser Zeit etwas frei?“

Rottmann schüttelte den Kopf. „Kann ich mir nicht vorstellen. Das sind alles Eigentumswohnungen, die überwiegend von ihren Eigentümern bewohnt werden. Meine und eine andere sind nach meiner Kenntnis allerdings reine Kapitalanlagen und schon seit Jahren vermietet. Da geht keiner freiwillig raus. Die Mieten sind günstig, noch dazu mitten in der Stadt …"

„Also, Erich, Deine Heimlichtuerei hat mich schon sehr, sehr gekränkt. Ich kann zwar verstehen, dass Du den Schock erst einmal verdauen musstest … aber trotzdem." Nach einer kurzen Pause fuhr sie fort: „Ich sage nur so viel, wenn alle Stricke reißen, kannst Du selbstverständlich bei mir einziehen. … Du weißt, ich habe Platz … und Öchsle würde auch nicht aus seiner gewohnten Umgebung herausgerissen."

Erich Rottmann musste sich gewaltig am Riemen reißen, damit sie seine betroffene Miene nicht wahrnahm. Schnell beugte er sich über Öchsle und kraulte ihn hinter den Ohren.

„Elvira … vielen Dank … ich weiß Dein großzügiges Angebot wirklich zu schätzen … Aber Du weißt ja, wie das ist, wenn man alte Bäume versetzen will … Im Augenblick verstehen wir uns doch sehr gut, wahrscheinlich, weil wir eine gewisse … gesunde Distanz pflegen. Jeder von uns hat seine vier Wände, seine Unabhängigkeit und seine Freiheit. Ich hoffe halt, dass ich irgendwo in der Nähe was Passendes finden werde."

Unwillkürlich rieb er sein rechtes Ohr. Er konnte nicht verstehen, dass Elvira, die ja dicht bei ihm saß, das laute Klirren der Ketten nicht hören konnte. Er bei Elvira einziehen? Da konnte er gleich seine Freiheit an der Eingangstür abgeben! Für einen kurzen Moment zog eine dunkle Wolke über sein Gemüt und er sah sein Schicksal wie im Zeitraffer in düsteren Farben vor sich liegen. Diese Anwandlung verflog aber schnell wieder. Elvira bemerkte natürlich seine Reaktion. Sie kannte Erich lange genug, um zu wissen, was im Moment in ihm vorging. Ihr Vorschlag stand im Raum und musste jetzt reifen. Sie wechselte das Thema.

„Also gut, Erich, ich werde mal im Rathaus Augen und Ohren offenhalten. Vielleicht kann ich was herausfinden. Oftmals sind die Menschen in meiner Gegenwart recht offen, weil sie eine Reinemachefrau, die um sie herumwuselt, gar nicht richtig zur Kenntnis nehmen."

Rottmann, froh, dass sie das schwierige thematische Terrain verließ, atmete tief durch.

„Da bin ich Dir wirklich sehr dankbar. Du weißt ja, wie Du mich erreichen kannst." Er erhob sich langsam. „Ich werde mit Öchsle noch eine kleine Runde drehen. Dann mach's gut." Er winkte und ging los.

Elvira sah ihm hinterher. Sie wusste, dass sie da noch eine harte Nuss zu knacken hatte, ehe sie gewisse Planungen umsetzen konnte. Es war aber allerhöchste Zeit, in ihr und Erichs Leben eine gewisse gemeinsame Struktur zu bringen, solange sie noch fit und aktiv waren. Ihr war klar, sie musste das in die Hand nehmen, von Erich Rottmann war diesbezüglich keine Initiative zu erwarten. Der war schon einige Schritte weitergegangen, als ihr noch etwas einfiel.

„Erich, warte mal eine Sekunde!" Er blieb stehen und drehte sich um. „Ich habe völlig vergessen, Dir zu sagen, dass ich heute in der Rosengasse vor meinem Haus eine gutaussehende Frau mittleren Alters getroffen habe, die sich ganz konkret nach Dir erkundigte. – Ich hatte das Gefühl, sie wollte Dich besuchen."

Rottmann blieb stehen, drehte sich noch einmal um und überlegte, dann erwiderte er: „Also, absolut keine Ahnung, wer das sein soll. Ich kenne keine Frau mit dieser Beschreibung … Trotzdem danke für die Info."

Er wandte sich wieder um und marschierte über den Marktplatz davon. Elvira hatte den Eindruck, dass er sich etwas weniger dynamisch bewegte als sonst. Sie konnte sich gut vorstellen, was ihm gerade durch den Kopf ging und welche Sorgen ihn belasteten.

Für einen gemütlichen Kaffee war nun leider keine Zeit mehr. Sie erhob sich und betrat wenig später das Café gegenüber, wo sie sich einen Kaffee to go kaufte. Dann betrat sie das Rathaus.

Als sie an der Verwaltungsabteilung vorbeikam, dachte sie daran, dass der Kämmerer, der in Personalunion auch Personalchef war, sie vor zwei Tagen zu sich hatte kommen lassen. Nachdem sie am Besprechungstisch Platz genommen hatte, erklärte er: „Frau Stark, wie Sie ja wissen, dauert es nicht mehr lange und Sie sind Rentnerin. Sie sind eine verdiente Mitarbeiterin, die sich bei den Bürgermeistern, den Stadträten und den Bediensteten des Hauses großer Beliebtheit erfreut. Wir würden Ihnen gerne einen angemessenen Abschied bereiten. Der Vorsitzende des Personalrats hat mich gebeten, Sie zu fragen, was Sie sich als Abschiedsgeschenk vorstellen können. Ihre Verabschiedung wollen wir natürlich gerne in einem angemessenen feierlichen Rahmen gestalten."

Elvira war nervös auf ihrem Sitz herumgerutscht. „Machen Sie doch bitte kein solches Aufsehen! Ich habe doch nur meinen Job gemacht …"

„Nein, nein, Ehre, wem Ehre gebührt. Da kommen Sie nicht drum herum. Machen Sie sich doch bitte ein paar Gedanken, wen von Ihren Kollegen, Freunden und Bekannten Sie bei der Verabschiedung dabeihaben wollen. Den Rest organisiert die Verwaltung."

Jedes Mal, wenn sie seither den Grafeneckart betrat, musste sie an diese Worte denken. Die Aushändigung der Entlassungsurkunde konnte man ihrer Meinung nach im kleinen Rahmen im Rathaus vollziehen. Ein Sektempfang mit dem Personalreferenten, dem Personalratsvorsitzenden, ein paar Kollegen und Kolleginnen aus dem Facilitymanagement und natürlich Erich Rottmann und Öchsle. Erich würde zwar wieder Zicken machen, aber auf seine Anwesenheit würde sie bestehen. Für die richtige Sause würde sie dann den Maulaffenbäck reservieren und den ganzen Stammtisch einladen, das hatte sie sich vorgenommen. Wahrscheinlich würde Rottmann auch da wieder zusammenzucken, aber das war ihr egal, da musste er durch.

Rottmann stiefelte unterdessen über den Residenzplatz und betrat den Hofgarten. Unter dem dichten Blätterdach des alten Baumbestandes war es schattig und etwas kühler. Rottmann setzte seine Bruyère unter Dampf, verschränkte die Hände hinter dem Rücken und schlenderte vor sich hin sinnierend durch den Garten. Als Leiter der Mordkommission war immer er es gewesen, der die Hauptverdächtigen vernahm. Es war ihm fast immer gelungen, eine Art Vertrauensverhältnis zu diesen Menschen aufzubauen, die sich ja in der Regel in einer psychischen Ausnahmesituation befanden und oftmals froh waren, wenn sie sich den Druck von der Seele reden konnten. Jetzt ermittelte er allerdings nicht wegen eines Mordes oder dergleichen. Er hatte es auch nicht mit einem Täter, sondern einem Opfer zu tun. Wie es aussah, hatte es eine Art Entführung gegeben. Verwunderlich war, dass das Opfer, Bürgermeister Selig, sich offenbar sehr bemühte, die Dinge zu verschweigen. Das alles roch nach einer politischen Verschwörung, bei der es um Macht und Einfluss in der Stadt ging. Anscheinend hatte er in Abstimmung mit dem OB eine andere Begründung für sein Verschwinden erfunden. Die Frage blieb, warum? Wäre es nicht das Normalste von der Welt gewesen, die Polizei einzuschalten? So ein Sexfilmchen konnte einen biederen Bürgermeister doch nicht derart diskreditieren, dass er erpressbar wurde.

Rottmann ließ sich neben einer steinernen Putte auf einer Bank nieder. Elvira würde sicher versuchen, etwas herauszufinden, was zur Aufklärung beitragen konnte. Aber es war nicht seine Art, die Hände untätig in den Schoß zu legen und die Arbeit andere machen zu lassen. Warum nicht Bürgermeister Selig befragen? Bis jetzt hatte er immer Auskünfte, Meinungen und Vermutungen aus zweiter Hand bekommen. Das würde er jetzt ändern. Er griff zum Handy und wählte die Nummer von Schwarz. Schon nach einmaligem Läuten ging er dran.

„Rottmann hier. – Geben Sie mir doch bitte mal die private Adresse und Telefonnummer von Markus Selig."

Am Telefon trat kurz Ruhe ein, dann fragte Schwarz: „Wofür benötigen Sie die? Ich habe Ihnen doch alles gesagt, was Sie wissen müssen."

„Wenn ich weiter ermitteln soll, muss ich auch mit Selig sprechen. Vielleicht gibt es den einen oder anderen wichtigen Aspekt, den Sie nicht als solchen beurteilen können. – Oder gibt es damit ein Problem?"

„Nein, nein", bemühte sich der Pressesprecher eilig, „selbstverständlich können Sie mit Herrn Selig sprechen. Ich werde ihn auf Ihren Besuch vorbereiten und ihn fragen, ob er etwas dagegen hat, wenn ich seine privaten Daten an Sie herausgebe. Sobald er sich geäußert hat, schicke ich Ihnen eine Nachricht auf Ihr Handy. Vergessen Sie aber nicht, dass er sich offiziell in Corona-Isolation befindet und ein Besuch nicht möglich ist."

Rottmann bedankte sich und erhob sich. Jetzt würde er erst mal ganz langsam in die Stadt zum Stammtisch gehen. Wenn er ehrlich war, verspürte er kräftigen Appetit auf Leberkäse und einen erheblichen Schoppendurst.

Schöpf-Kelle nahm die Presseerklärung bezüglich des Verbleibs von Bürgermeister Selig zur Kenntnis. Er sorgte dafür, dass eine entsprechende Randnotiz abgedruckt wurde. Der Reporter glaubte von der Behauptung, Selig sei wegen Corona in Isolation und deswegen aus der Öffentlichkeit verschwunden, kein Wort. Für ihn war das eine Schutzbehauptung, um die wahren Hintergründe seiner Abwesenheit zu verschleiern. Er hatte das Bild des Treffens zwischen OB und Selig genau vor Augen. Vielleicht kam er auf eine Spur, wenn er die letzten Momente durchleuchtete, in denen Seligs Aufenthalt noch bekannt war. Sehr schnell kam er durch Befragung verschiedener Quellen im Rathaus dahinter, dass Selig zuletzt bei einer Vernissage in der Semmelstraße gesehen wurde. Ein Vögelein aus der Würzburger Kunstszene rund um das Atelier Michel zwitscherte ihm bei einem Glas Champagner, dass Selig zu später Stunde mit einer jungen Frau namens Annamaria, die, soweit sie wusste, im Würzburger Bürgerbüro tätig war, die Vernissage verlassen hatte. Ab da verlor sich die Spur des Bürgermeisters. Jetzt hatte Schöpf-Kelle einen Ansatzpunkt! Die Frage, ob der Bürgermeister etwa aus persönlichen Gründen untergetaucht sein könnte, hatte er sich bis jetzt noch gar nicht gestellt! Kurz entschlossen eilte er ins Rathaus. Im Fundbüro arbeitete ein Mann, der für die Mainpostille gelegentlich kleine Artikel schrieb, um sich ein Zubrot zu verdienen. Als er die Räumlichkeiten betrat, war außer ihm kein Besucher da. Er verzog das Gesicht, denn die geruchliche Vielfalt dieser Lagerstätte verlorener Gegenstände stach ihm sofort in die Nase. Zwischen den vollen Regalen kam ein bärtiger Typ hervor, der einen grauen Staubmantel trug. Darunter lugten seine nackten Waden hervor. Hier unter den hohen Regalen herrschte eine sehr unangenehme Hitze.

„Servus Heinzi", begrüßte Schöpf-Kelle den Mann, der ihn erfreut über die Abwechslung, die der Besuch des Reporters mit sich brachte, angrinste.

„Hi Schöpfi, was führt Dich denn in meine heiligen Hallen?" Schöpfi war Schöpf-Kelles Spitzname, der in seinem Bekanntenkreis gang und gäbe war. „Hast Du Deine Rolex verloren?"

Schöpf-Kelle winkte ab. „Bei unseren Honoraren reichts doch höchstens für eine Sonnenuhr." Beide lachten. „Heinzi, Du hast doch bei den Frauen hier im Rathaus beste Chancen! … Hab ich mir jedenfalls sagen lassen."

Heinzi fühlte sich durch diese Aussage sichtlich geschmeichelt, wehrte aber bescheiden ab.

„Na ja, man kennt die eine oder andere, aber da wird natürlich viel übertrieben …"

„Jetzt nicht so bescheiden!" Er lehnte sich etwas über den Ausgabetresen, um ein Klima der Vertraulichkeit zu erzeugen. „Ich habe da im Rahmen einer Recherche für einen Artikel über das Bürgerbüro mal eine Frage."

„Schieß los!", gab Heinzi zurück und rückte ebenfalls etwas näher.

„Man hat mir empfohlen, mich mit einer Annamaria zu unterhalten, die im Bürgerbüro arbeitet. Kannst Du mir da weiterhelfen?"

Heinzi machte eine wegwerfende Handbewegung. „Nichts einfacher als das. Das kann nur die Annamaria Breitfeld sein. Übrigens ein richtiger Feger, kann ich Dir sagen. Scharfe Figur … und so …" Er deutete mit beiden Händen eine kurvige Frauengestalt an und stieß dabei einen leisen Pfiff aus.

„Da bist Du aber gleich in das gehobene Angebot der Weiblichkeit des Rathauses eingestiegen. Ich habe bei der auch mal Interesse gezeigt … bin aber so was von abgeblitzt."

Schöpf-Kelle schüttelte den Kopf. „Heinzi, was Du Dir wieder einredest! Ich habe selbstverständlich nur berufliches Interesse!"

Heinzi richtete sich auf und zwinkerte Schöpf-Kelle verschwörerisch zu.

„Selbstverständlich! – Nur beruflich. Da kann ich nur sagen: Waidmannsheil!"

„Danke Dir auf jeden Fall", erwiderte der Reporter und wandte sich in Richtung Ausgang. „Weiterhin gute Geschäfte!"

Wenig später betrat Schöpf-Kelle das Bürgerbüro. Im Wartebereich saßen zahlreiche Menschen, die alle fasziniert auf einen von der Decke hängenden Monitor starrten, auf dem die Zahlenreihen der Wartenummern zu sehen waren, die die Besucher zuvor zugeordnet bekommen hatten. Neben der Bearbeitungsnummer stand die Platzbezeichnung des jeweiligen Sachbearbeiters, der für die Bearbeitung des jeweiligen Anliegens eines Bürgers beziehungsweise einer Bürgerin zuständig war. Nur die Schalternummer, keine Namen, dachte Schöpf-Kelle, dabei warf er einen Blick in die Schalterhalle. Nebeneinander standen zahlreiche Bildschirme aufgereiht, hinter denen Frauen und Männer Bürger bedienten. Der Reporter lief langsam an den Arbeitsplätzen vorbei und las die neben den Bildschirmen stehenden Namensschilder. Am dritten Platz las er Breitfeld. Das Problem war nur, der Arbeitsplatz war nicht besetzt.

„Mist!", fluchte er leise, dann wandte er sich an einen vorbeieilenden Mann, seinem gesamten Gehabe nach ein Bediensteter. „Entschuldigung, ich müsste Frau Breitfeld etwas nachreichen …"

„Sie ist zu Tisch gegangen. Wenn Sie Unterlagen haben, können Sie sie auch bei mir lassen. Ich werde sie ihr aushändigen. Schreiben Sie einfach Ihren Namen auf einen Umschlag …"

„Das ist sehr freundlich", erwiderte Schöpf-Kelle, „aber das möchte ich schon persönlich machen. Wann wird sie wieder zurückkommen?"

„Keine Ahnung. Aber eine Stunde müssen Sie schon noch rechnen."

Schöpf-Kelle bedankte sich und verließ das Rathaus. In der Domstraße ließ er sich im Außenbereich eines Italieners nieder und genehmigte sich einen Eiskaffee. Wenn er einmal auf einer Fährte war, fiel es ihm immer schwer, sich zu gedulden.

Markus Selig lümmelte in seinem Wohnzimmer auf der Couch und zog sich aus der Mediathek einen Krimi rein. Obwohl er erst wenige Tage zuhause eingesperrt war, ging ihm diese „Quarantäne" gehörig auf den Geist. Draußen, quasi um ihn herum, lief alles auf wesentliche Entscheidungen zu und er war hierher verbannt. Als mitten in einer spannenden Schlüsselszene sein Telefon klingelte, drückte er den Pausenknopf und sah auf das Display. Es war die Nummer des Pressesprechers. Selig verspürte plötzlich einen unangenehmen Druck im Magen. Hoffentlich bedeutete das nicht wieder Ärger! Er nahm das Gespräch an. „Schwarz, was liegt an?"

Der Pressesprecher klärte den zweiten Bürgermeister darüber auf, dass man den pensionierten ehemaligen Leiter der Würzburger Mordkommission, Erich Rottmann, um seine Unterstützung gebeten hatte, um den Verschwörern auf die Spur zu kommen. Dieser habe um die Kontaktdaten von Selig gebeten, um mit ihm kommunizieren zu können. Dies wäre für seine Ermittlungen unumgänglich.

Selig schwieg einen Augenblick, dann erwiderte er: „Meinen Sie, dass das eine gute Idee ist? Wir waren uns doch darin einig, dass wir die Polizei aus dem Spiel lassen wollten!"

„Keine Sorge, Herr Rottmann ist schon lange pensioniert und agiert nur als Privatermittler. Wir kennen ihn aus anderen Zusammenhängen und wissen, er ist diskret und wird die Polizei nicht informieren."

Obwohl Selig nicht ganz überzeugt war, erklärte er sich mit einem Anruf einverstanden.

„Gut, dann werde ich Rottmann informieren. Rechnen Sie bitte damit, dass er in der nächsten Zeit mit Ihnen Kontakt aufnehmen wird …" Schwarz unterbrach das Gespräch.

Wenig später erhielt Erich Rottmann eine SMS auf sein Handy, die er zur Kenntnis nahm, kurz bevor er den Maulaffenbäck betrat. Er würde später oder morgen früh Selig kontaktieren, jetzt hatte der Stammtisch erst einmal Vorrang.

Schöpf-Kelle betrat erneut das Bürgerbüro. Langsam schritt er an den einzelnen Arbeitsplätzen vorbei. Annamaria war tatsächlich wieder am Platz. Allerdings saß bereits ein Bürger vor ihr und sie waren in ein Gespräch vertieft. Der Reporter hatte wirklich keinen Bock zu warten, bis die Frau frei war. Daher näherte er sich und gab ein lautes Räuspern von sich.

„Entschuldigung …", erklärte er und hob den Finger, um die Aufmerksamkeit auf sich zu lenken. Die Bedienstete hob stirnrunzelnd den Kopf.

„Sie sehen doch, dass ich im Gespräch bin! – Wenn Sie bitte eine Nummer ziehen und vorne im Wartebereich abwarten, bis Sie aufgerufen werden!"

„Aber ich hätte da nur eine kurze Frage …" Schöpf-Kelle ließ sich nicht abwimmeln.

„Auch Fragesteller müssen eine Nummer ziehen!", gab sie leicht gereizt zurück.

„Aber … ich bin von der Presse …"

„Mein Gott, was ist denn daran so schwer zu verstehen …?" Die Dame, die gerade bedient wurde, fuhr verärgert auf ihrem Stuhl herum und fuhr fort: „Auch die Presse muss warten, bis sie drankommt! Wo kämen wir denn da hin! Ich habe über eine Stunde gewartet und Sie stellen sich gefälligst auch hinten an!"

„Dumme Ziege …!", knurrte Schöpf-Kelle in seinen Bart, drehte sich um und marschierte verärgert in den Wartebereich. Er zögerte kurz, dann ging er zu einem der aufgestellten Automaten und zog eine Nummer. Wie er sehen konnte, wurde ihm die Nummer 874 zugeteilt. Er warf einen Blick auf den Monitor. Im Augenblick war gerade die Nummer 537 aufgerufen worden. Unten erschien ein Hinweis:

„Die aktuelle durchschnittliche Wartezeit beträgt ca. 38 Minuten. Alle Nummern, die über 720 liegen, können heute nicht mehr bedient werden. Wir müssen Sie leider auf die Bürozeiten morgen verweisen. Die Nummern gelten weiter. Wir danken für Ihr Verständnis."

„Verdammte Scheiße!", entfuhr es Schöpf-Kelle. Auf diese Weise kam er jetzt nicht mehr an die Frau ran. In dem Augenblick sah er die Kundin, die gerade von Annamaria betreut worden war, aus dem Bürgerbüro herauskommen. Sie warf Schöpf-Kelle im Vorbeigehen einen strengen Blick zu, dann marschierte sie in Richtung Ausgang. Der Reporter schaltete blitzschnell, das war seine Chance. Hastig eilte er an den Bildschirmen vorbei zu Annamaria Breitfelds Platz. Da war aber niemand mehr! Schöpf-Kelle stieß einen Fluch aus. Mitten auf dem Schreibtisch stand ein Schild:

„Nicht besetzt".

Sie war weg! Annamaria Breitfeld musste ziemlich hastig nach ihrer letzten Kundin auf und davon sein, wie es schien. Es war ein Fehler gewesen, sich als Pressemensch vorzustellen! Offenbar wollte sie nicht mit ihm sprechen. Aber warum? Ihre Reaktion fachte seine Neugierde jetzt erst recht an. Er würde sie sich schon noch schnappen!

Annamaria hatte sich tatsächlich nach dem Vorfall mit diesem Journalisten per Telefon bei ihrem Abteilungsleiter mit starken Kopfschmerzen entschuldigt. Sie hatte genügend Überstunden, um ein paar davon abfeiern zu können. Nachdem sie sich auf dem Weg zu einem Seitenausgang des Grafeneckart vergewissert hatte, dass der Typ nicht zu sehen war, machte sie sich schleunigst auf den Heimweg. Das Gespräch mit einem Pressemenschen war im Augenblick wirklich das Letzte, was sie brauchen konnte

Vater ... Papa ... Daddy ...

Der Dauerbrenner rundes Jubiläum des Stammtisches und dessen Feier nahm wieder einmal in der Unterhaltung der Schoppenbrüder breiten Raum ein. Langsam kristallisierte sich ein Trend heraus, dem sich der überwiegende Teil der Stammtischmitglieder anschloss. Der Wappensaal im Grafeneckart blieb trotz Andy Farmers Bedenken als Location der Favorit. Wobei noch keiner eine konkrete Vorstellung davon hatte, wie man die Rathausspitze davon überzeugen konnte, diesen Saal zur Verfügung zu stellen.

„Wir müssen ganz einfach einen Anlass finden, der auch den Stadtvätern wichtig erscheint", warf Xaver Marschmann ein. „Irgendetwas Soziales oder von politischer Tragweite …“, ergänzte Dr. Horst Ritter.

„Also Freischoppen und Mampf für alle drei Bürgermeister, die Referenten und unsere fünfzig Stadträte …“, warf Ron Schneider ein. „Wenn das nicht sozial wäre und politisch … Na ja, ein wohl genährter Stadtratender ist ja auch irgendwie … politisch … oder so.

Erich Rottmann schüttelte den Kopf. „Wenn die Herrschaften wüssten, was ihr über sie denkt …, die würden euch nicht einmal die Besuchertoilette zur Verfügung stellen.“

„Ich schlage vor, dass unser jüngster Zugang am Stammtisch wegen seiner speziellen Insider-Kenntnisse der Regierenden hier einmal seine Fühler ausstreckt.“

Horst Ritters Vorschlag fand allgemeine Zustimmung. Andy Farmer verzog zwar ein wenig theatralisch das Gesicht, fühlt sich aber natürlich sehr gebauchpinselt, dass man ihm diese verantwortungsvolle Aufgabe übertrug. Er versprach sein Möglichstes zu tun.

Es war kurz nach Mitternacht, als Erich Rottmann mit Öchsle und in Begleitung von Andy Farmer die Maulhardgasse hinuntermarschierte. Zwischen den Häuserwänden stand noch immer die Hitze und trieb den beiden Schoppenfetzern den Schweiß auf die Stirn.

„Kein Lüftchen bewegt sich“, stellte Farmer stöhnend fest und wischte sich mit einem Stofftaschentuch die Stirn.

Rottmann gab ein zustimmendes Brummen von sich. Am Grafeneckart stieg Farmer in ein Taxi und Rottmann marschierte weiter in Richtung Rosengasse.

Die Tatsache, dass die Haustür nur angelehnt war, quittierte er mit einem „Schlampladen!“, dann griff er blind nach innen, tastete nach dem Schalter und machte das Flurlicht an. Leicht geblendet schloss er die Augen. Öchsle eilte an seinem

Menschen vorbei und rannte die Treppe hoch. Als Rottmann einen Fuß auf die erste Stufe gesetzt hatte, blieb er plötzlich stehen, stutzte, dann drehte er sich wieder um. Sein Briefkasten befand sich in der Reihe ganz rechts. Im Blech waren mehrere schmale, parallel verlaufende Schlitze eingestanzt, so dass man sehen konnte, ob sich etwas darinnen befand. Rottmann war sich sicher, dass der Kasten am Mittag, nachdem Schorsch, der Postbote, seine Runde gedreht hatte, von ihm geleert worden war. Jetzt blitzte wieder weißes Papier durch die Schlitze. Rottmann holte seinen Schlüsselbund heraus, an dem auch ein Briefkastenschlüssel hing. Er schloss auf und entnahm einen länglichen Briefumschlag. Sofort fiel ihm auf, dass keine Briefmarke aufgeklebt war und vorne in der Ecke ein leserliches Wasserzeichen des Hotels Würzburger Hof prangte. Handschriftlich war als Adressat *Herrn Erich Rottmann – persönlich* – vermerkt, als Absender auf der Rückseite ebenfalls handschriftlich: *Agnes Feldmann*. Das Kuvert war dünn und leicht. Rottmann zuckte mit den Schultern. Der Name der Absenderin sagte ihm gar nichts. Es musste aber eine Person sein, die in irgendeiner Form Zugriff auf die Hotelumschläge hatte. Womöglich ein Gast … oder … eine dort angestellte Person? Obwohl er ja einige Schoppen intus hatte und auch etwas müde war, verspürte er eine gewisse Neugierde, die seine Lebensgeister wieder anregte. Er schloss die Wohnungstür auf und machte Öchsle Platz, der sofort zu seinem Napf stürmte und sich leise fiepend zu seinem Menschen umdrehte. Rottmann warf den Schlüsselbund in eine Schale im Flur, streifte seine Schuhe von den Füßen und ließ das Kuvert auf den Wohnzimmertisch fallen. Es half alles nichts, zuerst musste er Öchsle füttern, sonst ließ der ihm keine Ruhe. Kurz darauf schlabberte der Rüde geräuschvoll sein Futter und Erich Rottmann setzte sich auf die Couch. Als er den Umschlag wieder in die Hand nahm, verspürte er eine merkwürdige Beklommenheit. Kurz entschlossen schnappte er sich einen Brieföffner, der in einer kleinen Tonvase auf dem Regal neben der Couch stand. Mit einer energischen Bewegung schlitzte er den Umschlag auf und griff hinein. Langsam zog er zwei weiße zusammengefaltete Blätter heraus, die sich ebenfalls als Briefpapier des Hotels entpuppten. Rottmann faltete sie auseinander. Sie waren mit blauem Kugelschreiber in einer eindeutig weiblichen Handschrift einseitig beschrieben. Schon als er die ersten Sätze las, wurde ihm ganz flau im Magen.

Lieber Herr Rottmann,

Sie kennen mich nicht und wissen nichts von meiner Existenz. Ich denke, es wird Sie schockieren, wenn ich Ihnen sage, dass ich Sie eigentlich viel lieber mit Vater ansprechen würde oder … Papa …, was etwas weniger distanziert wäre. Ich könnte mir vorstellen, dass jetzt alle Ihre Instinkte als ehemaliger Kriminalbeamter Alarm schlagen. Eine Betrügerin, die sich mit einer Masche an mich heranmachen will! Das ist aber nicht der Fall! Deshalb möchte ich Ihnen ein paar seriöse Daten zukommen lassen, die Sie vielleicht von meinem ehrlichen Anliegen überzeugen können.

Mein Name ist Agnes Feldmann, ich bin im besten Frauenalter, ledig und betreibe in Lichtenfels in Oberfranken einen Buchhandel. Ich bin das einzige Kind von Barbara Feldmann, geborene König. Meine Mutter war mit meinem Vater Robert bis zu seinem Tod fast dreißig Jahre verheiratet. Wir lebten in Hanau, wo ich auch ge-

boren wurde, bis meine Mutter nach Roberts Tod nach Lichtenfels zog. Jetzt ist auch meine liebe Mutter vor einiger Zeit verstorben. Sie hat mir in einem alten Koffer auf dem Dachboden eine Anzahl von Tagebüchern hinterlassen, die ich auf ihren Wunsch hin nach und nach gelesen habe. So habe ich erfahren, dass ich vermutlich das Ergebnis eines stürmischen Liebeserlebnisses mit einem gewissen Erich Rottmann aus Gramschatz bin. Das hat mich natürlich genauso überraschend getroffen, wie es wohl heute Sie trifft. Bei den Tagebüchern befand sich ein kleiner Behälter, in dem sich einige Haare befanden. Nach der Beschreibung meiner Mutter waren dies Haare, die sie Ihnen wohl in der Liebesekstase herausgerissen hatte und die sie wie eine Reliquie aufgehoben hat. Es dauerte einige Zeit, ehe ich mich dazu durchringen konnte, die heutigen Möglichkeiten der Gen-Technik zu nutzen und untersuchen zu lassen, ob ich tatsächlich mit dem ursprünglichen Besitzer dieser Haare verwandt bin.

Das Ergebnis lässt keine Zweifel aufkommen. Sie, lieber Erich Rottmann, sind mein biologischer Vater! Sie können mir glauben, es hat einige Zeit gedauert, bis ich das Ergebnis akzeptiert hatte, und noch länger, bis ich den Entschluss gefasst hatte, meinen Erzeuger einmal kennenzulernen. Sie ausfindig zu machen, war nicht sehr schwer. Sie sind ja in Würzburg eine bekannte Persönlichkeit und haben im Internet einige Spuren hinterlassen.

Bitte verstehen Sie mich nicht falsch! Ich bin nicht nach Würzburg gekommen, um Sie in irgendeiner Form zu belästigen. Ich bin gut situiert und beabsichtige nicht, mein Leben zu ändern. Mein einziger Wunsch besteht darin, meinen wirklichen Vater kennenzulernen, zu erfahren, wie er ist, vielleicht nachzuempfinden, warum meine Mutter sich ihm hingegeben hat, und wie er jetzt lebt. Ich würde mich außerordentlich freuen, wenn wir uns einmal treffen könnten. Die nächsten Tage bin ich noch in Würzburg. Sollten Sie an einem Kennenlernen allerdings kein Interesse haben, würde ich das zwar sehr bedauern, aber selbstverständlich akzeptieren. Ich freue mich, von Ihnen zu hören!

Ganz herzliche Grüße
Ihre Tochter Agnes

Erich Rottmann saß auf seiner Couch und starrte blicklos vor sich hin. Öchsle, der mittlerweile seinen Napf geleert hatte, kam herbei. Der sensible Rüde spürte die emotionale Erregung seines Menschen und legte seinem Herrchen den Kopf auf den Oberschenkel.

Die Wirkung der vier Schoppen Silvaner, die Rottmann beim Stammtisch konsumiert hatte, war verflogen wie ein Windhauch. War das ein schlechter Traum? Aber längst vergessene Erinnerungen stürmten aus seinem Langzeitgedächtnis in die Gegenwart und brachten sein Herz wild zum Klopfen. Barbara … ja tatsächlich, sie hieß Barbara! Eine Ahnung der seinerzeitigen Erregung streifte ihn. Ihren Nachnamen hatte er vergessen. Der anschließende Streit mit Elvira, der zu ihrer Trennung geführt hatte, nachdem sie von tratschenden Jugendlichen von Erichs Fehltritt hörte. Er nahm die beiden Blätter wieder in die Hand und las sie noch einmal Wort für Wort, Zeile für Zeile durch. So wie diese Frau den Sachverhalt schilderte, war das schon sehr glaubwürdig. An dem bewussten Abend hatte er noch langes Haar getragen, das er dann wegen der beginnenden Ausbildung bei der Bereitschaftspolizei abschneiden lassen musste.

Der Schoppenfetzer stand auf und tigerte nervös im Zimmer hin und her. Schweiß stand ihm auf der Stirn. Rottmann öffnete das Fenster. Die Luft, die mit minimaler Bewegung in den Raum schwebte, brachte keine spürbare Erfrischung. Sein Blick fiel auf das Gebäude gegenüber. Bei Elvira Stark waren alle Fenster finster. Mein Gott, was würde Elvira sagen, wenn sie von seiner Vaterschaft erfuhr? Noch dazu als Folge seines Fremdgehens, während er damals noch mit ihr befreundet war! Rottmann ging in die Küche zum Kühlschrank und holte eine angebrochene Flasche Silvaner heraus. In seinem augenblicklichen, emotional stark aufgewühlten Zustand konnte er unmöglich ins Bett! Er goss sich ein und setzte sich wieder auf die Couch. Jetzt las er den Brief zum dritten Mal. Ganz langsam dämmerte ihm, was das alles für ihn bedeuten konnte. Was, wenn sie für all die zurückliegenden Jahre Alimente forderte? Er wischte diesen unsinnigen Gedanken sofort wieder zur Seite. Das alles las sich sehr seriös. Eines war ihm klar, er kam nicht umhin, die Frau kennenzulernen. Vielleicht ihr doch ein wenig auf den Zahn zu fühlen. Er konnte sich allerdings nicht vorstellen, dass diese Geschichte erfunden war. Dazu standen in dem Brief zu viele Details, die nur jemand kennen konnte, der Insiderinformationen hatte. Außerdem, was sollte es dieser Frau bringen, gegenüber einem reifen Pensionisten eine derartige Chimäre zu erfinden? Man würde sehen, was sich daraus entwickelte.

Es war schon erstaunlich, dass sich in diesem Jubiläumsjahr des Stammtisches alle möglichen Ereignisse seines Lebens plötzlich kumulativ entwickelten. Es dauerte nicht lange, dann war der Bocksbeutel leer, Erich Rottmann aber immer noch von einer fast unnatürlichen Nüchternheit und vollkommen wach!

Während er so dasaß und über die Folgen seiner späten Vaterschaft nachdachte, kam ihm wieder der skurrile Gedanke, wie es wäre, wenn Agnes – in Gedanken nannte er sie schon Agnes – auf die Idee käme, von ihm Kindesunterhalt nachzufordern. Als der Adrenalinpegel sich langsam senkte, stieg sein Blutalkoholspiegel proportional an, bis auch bei Erich Rottmann die Leistungsgrenze erreicht war.

„Papa Erich", lallte er leise kichernd vor sich hin, dann sank sein Kopf zur Seite auf das Rückenpolster der Couch und er fiel übergangslos in einen ohnmachtsähnlichen Schlaf. Agnes' Brief fiel auf den Boden. Öchsle warf seinem Menschen einen besorgten Blick zu. Er wartete darauf, dass er die allabendlichen Rituale vollzog und dann in sein Bett ging. Das fand aber nicht statt. Langsam sank Rottmann zur Seite und lag ziemlich verdreht auf der Couch. Lautes Schnarchen ertönte. Schließlich rollte sich Öchsle zusammen, hob aber bei jeder Bewegung seines Menschen wachsam den Kopf.

Elvira ist schwer getroffen …

Elvira ging ziemlich früh am Morgen bei geöffneten Fenstern mit dem Staubsauger durch ihre Wohnung. Dabei warf sie immer wieder mal einen Blick hinüber zu Rottmanns Fenster. Sie waren verschlossen und man konnte sehen, dass die Vorhänge noch zugezogen waren. Das war ungewöhnlich, denn Rottmann hatte die Routine, morgens durchzulüften, zu frühstücken und dann mit Öchsle Gassi zu gehen, damit er rechtzeitig zum Stammtisch kam.

Als kurz nach zehn die Situation drüben immer noch unverändert war, begann Elvira sich langsam Sorgen zu machen. Immerhin war Rottmann nicht mehr der Jüngste und pflegte einen Lebenswandel, der von „Ihrem Arzt und Apotheker" nicht unbedingt empfohlen wurde. Sie gab ihm noch zehn Minuten, dann würde sie mal rübergehen und läuten. Sie wusste zwar, dass Rottmann sehr sensibel auf alles reagierte, was irgendwie von ihm als Überwachung ausgelegt werden konnte. Aber das war ihr jetzt egal. Kurz darauf hörte sie das Schlagen der Haustür im Nachbargebäude. Schnell sah sie zum Fenster hinaus. Es war aber ein anderer Bewohner, der das Haus verließ und in Richtung Sanderstraße eilte.

Die zehn Minuten vergingen, ohne dass sich drüben bei Rottmann eine Veränderung abzeichnete. Elvira stellte den Staubsauger in die Besenkammer und zog ihre Schürze aus. Erich Rottmann hatte schon seit längerem bei ihr einen Hausschlüssel hinterlegt für den Notfall, wenn er sich einmal ausschloss. Sie steckte ihn zwar ein, würde ihn aber wirklich nur im Notfall verwenden. Sie eilte die Treppe hinunter und war mit wenigen Schritten beim Nachbarhaus. Die Haustür war nicht ins Schloss gefallen, offenbar war die Falle ausgeleiert und rastete nicht richtig ein. Sie wollte gerade hineingehen, um direkt oben an Rottmanns Wohnungstür zu läuten, als sie hinter sich eine fordernde, weibliche Stimme hörte.

„Halt! Lassen Sie mich mit hinein!"

Elvira drehte sich verwundert um. Hinter ihr stand eine ältere grauhaarige Frau im beigen Kostüm, deren Annäherung sie gar nicht bemerkt hatte. Sie blickte sehr streng und machte Anstalten, sich an Elvira vorbeizudrücken.

„Halt mal!", stellte Elvira sich ihr in den Weg. „Zu wem wollen Sie denn? Ich kenne Sie nicht! Sie werden verstehen, dass ich Sie nicht einfach mir nix, dir nix, hereinlassen kann. Klingeln Sie bitte hier am Eingang."

Die Frau zeigte sich über Elviras Verhalten ausgesprochen ungehalten. „Sie können mir doch nicht einfach den Zutritt verwehren! Was fällt Ihnen ein! Sind Sie hier die Hausmeisterin? Selbstverständlich habe ich ein berechtigtes Anliegen! Ich will Herrn Erich Rottmann aufsuchen!"

Elvira Stark wunderte sich schon. In der letzten Zeit schienen sich alle möglichen Frauen für Erich zu interessieren. Ein Umstand, den sie langsam etwas kritisch sah.

„Da muss ich Sie leider enttäuschen. Ich bin die … Freundin von Herrn Rottmann und ich weiß, dass er im Augenblick keinen Besuch möchte." Sie blieb so stehen, dass der Eingang weiterhin unpassierbar war.

„Ach, das ist ja interessant!", gab die Dame schnippisch zurück. „Dann wissen Sie sicher auch von der Vergewaltigung, die ich Ihrem Freund anlaste. Mein Name ist Amanda Schreck und meine Mausi ist das bedauernswerte Opfer. Ich habe Herrn Rottmann schon vor einigen Tagen telefonisch und auch persönlich bei einer Begegnung auf der Straße von diesem Vorfall … und seinen Folgen … informiert. Er hat mir sogar zugesichert, dass er sich bei einem Besuch persönlich um die Kleinen kümmern wird. Und? Nichts ist geschehen! Mir drängt sich der Eindruck auf, dass sich der feine Herr vor seiner Verantwortung drücken will! Das werde ich sicher nicht hinnehmen! Herr Rottmann wird in Kürze von meinem Anwalt hören, darauf können Sie sich verlassen!"

Sie funkelte Elvira wütend an, dann machte sie auf ihren hohen Absätzen kehrt und rauschte in Richtung Sanderstraße davon. Elvira stand zwischen Tür und Angel und sah ihr völlig sprachlos hinterher. Was war jetzt das? In ihrem Kopf krallte sich der Begriff „Vergewaltigung" fest. Sie würde Erich Rottmann natürlich niemals eine derartige Schandtat zutrauen, aber diese Frau Schreck schien sehr von ihrer Meinung überzeugt. Irgendetwas ging aktuell im Leben von Erich Rottmann vor, was irgendwie an ihr vorbeilief. Sie drehte sich um und stapfte entschlossen die Treppen hinauf. Es war dringend notwendig, sich Klarheit zu verschaffen! Mit energischem Druck betätigte sie die Klingel an Rottmanns Wohnung. Der hohe Klang schrillte unüberhörbar durch die Räume. Sie stützte die Hand in die Hüfte und wartete. Keine Reaktion! Nun läutete sie Sturm, indem sie den Klingelknopf fast in die Wand hineindrückte. Von drinnen kam sofort wütendes Gebell!

„Aha, zumindest Öchsle ist noch am Leben!“, stellte sie grimmig fest. Kurz darauf hörte sie im Inneren ein Rumpeln, dann wurde die Wohnungstür geöffnet und Erich Rottmanns total zerknautschtes Schlafgesicht erschien im Türspalt. Öchsle erweiterte den Spalt, indem er sich durchquetschte und Elvira freudig begrüßte. Rottmann blinzelte Elvira irritiert an.

„Was ist denn los?“, nuschelte er.

„Das Gleiche wollte ich Dich gerade fragen! Bist Du krank? Weißt Du wie viel Uhr es ist?“ Elvira hatte den Eindruck, dass Rottmann offenbar noch ziemlich alkoholisiert war.

„Kann ich mal reinkommen?“, fragte sie.

Rottmann wich im Zeitlupentempo zurück, so dass sie die Tür vollständig öffnen konnte. Dabei sah sie, dass Rottmann vollständig angekleidet war. Es gab keine Zweifel, dass er in seinen Klamotten geschlafen hatte! Auf dem Wohnzimmertisch entdeckte sie den leeren Bocksbeutel und das benutzte Weinglas. Langsam dämmerte ihr, dass er gestern in seiner Wohnung offenbar vollkommen abgestürzt war. Aber das musste ja einen Grund haben. Sie konnte sich nicht erinnern, dass er sich schon mal zuhause betrunken hatte. Langsam folgte sie Rottmann ins Wohnzimmer, wo er sich ächzend in einen der Sessel fallen ließ. Elvira ließ sich auf der Couch nieder, auf der die zerknüllten Sofakissen von seinem Nachtlager zeugten. Beiläufig fiel ihr Blick unter den Tisch, wo zwei Blätter lagen. Sie bückte sich, hob sie auf und legte sie neben einem Briefumschlag auf die Tischplatte. Dabei registrierte sie mit schnellem Blick, dass die Bögen handschriftlich beschrieben waren. Das Papier passte zu dem Kuvert auf dem Tisch. Das Wasserzeichen des Hotels Würzburger Hof war gut erkennbar. Schlagartig fiel die Trägheit von Rottmann ab, er griff schnell nach vorne und nahm die Papiere wortlos an sich.

Elvira hob entschuldigend die Hände. „Sorry, ich habe sie nur vom Boden aufgehoben und nichts gelesen. – Sag mal, Erich, was ist denn mit Dir los? Ich mache mir langsam wirklich Sorgen! Wenn Du Dir hier in Deiner Wohnung alleine die Kante gibst, dann muss doch etwas Gravierendes vorgefallen sein!“ Sie zeigte auf den leeren Bocksbeutel. „… sprich halt mit mir. Gerade habe ich unten vor der Haustür eine ziemlich erboste Frau getroffen, die behauptete, Du wärst für eine Vergewaltigung verantwortlich! Ich weiß natürlich, dass das Unsinn ist, aber kannst Du mir mal erklären, wieso sie auf solch eine Aussage kommt?“

Erich Rottmann richtete sich auf und atmete schwer durch. Elvira hatte recht. Er brauchte jemand, mit dem er reden konnte. Da war Elvira sicher die erste Ansprechpartnerin. Er machte schwerfällig Anstalten, sich zu erheben. „Ich gehe erst mal in die Küche und hole mir ein Glas Wasser“, verkündete er mit rauer Stimme.

Elvira sprang auf die Beine. „Bleib sitzen! Ich hole es Dir. Vielleicht solltest Du auch einen starken Kaffee trinken, damit Dein Kreislauf wieder in Schwung kommt." Schon war sie in der Küche und man hörte den Wasserhahn rauschen. Wenn Rottmann blankes Wasser trank, dann war das ein Alarmzeichen! Sie stellte das Glas vor Rottmann ab.

„Setz Dich wieder", bat er sie, dann trank er das Glas in einem Zug aus. Das Wasser erfrischte seine Lebensgeister. Schließlich begann er zu sprechen.

„Die Sache mit dieser blödsinnigen sogenannten Vergewaltigung ist schnell erklärt. Diese Frau Schreck hat eine Pudelhündin und behauptet, Öchsle habe sie in den Ringparkanlagen, wie sie sagt, ‚vergewaltigt'. Vermute mal, dass die Hündin gegen eine Verführung keine Einwände erhoben hat. Jedenfalls hat diese Hündin offenbar in den letzten Tagen Welpen bekommen und diese Frau will mich gewissermaßen in Regress nehmen. Angeblich hat sie den Deckakt auf Video aufgenommen. Sie hat mir in der Maulhardgasse eine Szene gemacht, die zwei Ordnungskräfte der Stadt schlichten mussten. Wir haben uns dann gemeinsam dieses sogenannte Beweisvideo angesehen. Man sieht darauf nur Öchsle und diese Hündin in den Büschen verschwinden, die daraufhin wackeln. Das kann alles bedeuten. Meines Erachtens haben die zwei nur miteinander gespielt ... oder so ..."

Elvira warf Öchsle, der sich wieder in seinem Korb zusammengerollt hatte, einen prüfenden Blick zu. Grundsätzlich war Männern ja immer alles zuzutrauen ... und Öchsle war ein Rüde, also ein Mann ... aber schon etwas in die Jahre gekommen. Sie wusste nicht, wie ihr in diesem Zusammenhang spontan Erich einfiel ... Sofort rief sie sich innerlich zur Ordnung!

„Du hast der Frau offenbar gesagt, dass Du mal nach dem Nachwuchs sehen würdest ... Dann solltest Du das auch mal machen. Bring ihr halt ein paar Blumen mit. Sicher beruhigt sie sich dann wieder."

Rottmann verzog das Gesicht, nickte aber erstaunlich einsichtig.

„Aber, das war sicher nicht der Grund für Dein Besäufnis!“ Sie sah ihn fragend an.

Erich Rottmann hatte eine Entscheidung getroffen. Es war die Stunde der Wahrheit! Er nahm den Brief, betrachtete ihn nochmals kurz, dann reichte er Elvira die beiden Blätter über den Tisch. „Lies!“

Zögernd griff sie danach. Sie spürte, dass sie hier etwas Entscheidendes in Händen hielt. Rottmann ging in die Küche, um sich einen Kaffee zu machen. Er wollte ihre Mimik gar nicht sehen, während sie las. Während das schwarze Gebräu brodelnd in die Tasse floss, stand Rottmann davor und beobachtete angespannt, wie der Pegel in der Tasse stieg. Von nebenan war kein Laut zu hören. Mit dem Kaffee in der Hand ging er langsam zurück ins Wohnzimmer. Er warf Elvira einen prüfenden Blick zu. Schockiert nahm er zur Kenntnis, dass in ihren Augen Tränen standen. Nach einer bleiernen Schweigeminute flüsterte sie leise: „Das lässt Du mich einfach so kommentarlos lesen … ohne mich ein bisschen darauf vorzubereiten? Erich, manchmal frage ich mich, ob Dir jedes Einfühlungsvermögen abhandengekommen ist. Du weißt, dass diese Geschichte damals mit Barbara König der Grund für unsere Trennung war. Das hat mich seinerzeit schwer verletzt und es hat ewig gedauert, bis ich dazu etwas Abstand bekommen habe. – Und jetzt erfahre ich so aus heiterem Himmel, dass diese … Sache seinerzeit nicht ohne Folgen geblieben ist … dass Du Vater geworden bist!“ Sie zog ein Papiertaschentuch aus ihrer Tasche und putzte sich die Nase.

„Elvira, bitte glaub mir, ich habe das auch erst gestern Nacht durch diesen Brief erfahren.“ Er deutete auf die beiden Seiten. „Das war für mich, als hätte mich ein Blitz getroffen!

Wie hätte ich Dich denn darauf vorbereiten können …? Das hat auch mich total aus den Gleisen geworfen. Damals hatte es nach der Kirchweih keinerlei Hinweise darauf gegeben, dass Barbara schwanger sein könnte. Wir haben uns danach nie mehr gesprochen oder gesehen."

Die beiden saßen schweigend und starrten vor sich hin. Im Augenblick herrschte Sprachlosigkeit. Nach einigen Minuten ergriff Rottmann wieder das Wort: „Ich kann Dir nur sagen, dass mir das alles schrecklich leidtut. Wir, Barbara und ich, hatten einiges an Alkohol getankt … und waren dadurch ziemlich enthemmt. Das soll keine Entschuldigung sein … ist aber sicher eine Erklärung. Hinzu kam, dass ich am nächsten Tag zur Bereitschaftspolizei musste und Du bei der Kirchweih nicht dabei sein konntest …"

„Willst Du damit etwa andeuten, ich sei an Deinem Fehltritt schuld?!" Ihre Augen warfen Flammen.

„Nein, nein, überhaupt nicht! Ich versuche nur, mein Handeln von damals irgendwie zu verstehen …"

Sie schwiegen. Elvira wischte mit einem Taschentuch ihre Tränen ab. Nach einer Weile hatte sie sich wieder etwas gesammelt. Sie schnäuzte sich, dann fragte sie ernst: „Was wirst Du jetzt machen?"

Rottmann zuckte mit den Schultern. „Ich werde mich wohl bei ihr melden. Alles andere wäre …"

„Das ist das Mindeste, was Du machen musst!", unterstützte Elvira seinen Gedanken. „Die Frau kann schließlich nichts dazu, dass sie ihre Erzeugung einem Hormonsturm ihrer betrunkenen, unreifen Eltern verdankt …"

Erich Rottmann sah Elvira etwas verwundert an. Es war erstaunlich, wie schnell sie sich gefasst hatte.

„Schau nicht so …!", entfuhr es ihr. „Es wird schon ein paar Tage dauern, bis ich mich damit abgefunden habe, dass

Du … Papi bist. Aber das alles ist Jahrzehnte her …“ Sie erhob sich. „Melde Dich bei ihr. Es ist ihr sicher nicht leichtgefallen, nach ihrem biologischen Vater zu suchen. Hoffentlich fährt sie ihrer Mutter nach und … ist sehr nett!“

Rottmann hatte allerdings im Moment wenig Sinn für ihren Sarkasmus. Elvira überlegte einen Moment, dann schlug sie vor:

„Wenn Du nichts dagegen hast, werde ich jetzt mit Öchsle Gassi gehen. Ich denke, es wird noch etwas dauern, bis Du wieder fit bist. Außerdem muss ich mir ein wenig den Kopf lüften …“

Rottmann war gerne damit einverstanden.

„Vielleicht sollte ich mich mit ihr auf neutralem Boden treffen. Caféhaus Brückenbäck oder so … Auf der anderen Mainseite treffe ich vermutlich keinen meiner Stammtischbrüder. Ich habe wirklich keine Lust, ihnen Erklärungen abzugeben. Das hat später noch Zeit …“

„Gute Idee! – Bei der Gelegenheit gib mir bitte mal die Telefonnummer von dieser Frau Schreck. Wenn Du nichts dagegen hast, werde ich mich mal um dieses sogenannte Vergewaltigungsopfer kümmern. Du hast ja im Augenblick mit Deinem eignen … Fehltritt genug zu tun.“

Öchsle merkte, dass sie gehen wollte, und kam herbei, um sich zum Abschied streicheln zu lassen. Während Rottmann ihr die Telefonnummer auf einen Zettel notierte, schnappte sich Elvira die Leine von der Garderobe. Sie war total verstaubt, weil Rottmann von ihr praktisch keinen Gebrauch machte. Sie leinte Öchsle an, dann verließ sie die Wohnung. Unten auf der Gasse zog sie ihr Handy heraus und wählte die aufgeschriebene Telefonnummer. Amanda Schreck meldete sich sofort. Elvira stellte sich nochmals kurz vor und fragte sie, ob sie damit einverstanden wäre, wenn sie im Auftrag von Erich Rottmann einmal einen Kindsbett-Besuch machen würde. Frau Schreck zögerte zuerst ein paar Sekunden. Als ihr Elvira aber erklärte, dass Rottmann wegen einer familiären Angelegenheit erst in einigen Tagen Zeit haben würde, war sie einverstanden. Sie verabredeten sich in einer Stunde in Amanda Schrecks Wohnung. Dass Elvira den vermeintlichen Kindsvater mitbringen würde, verschwieg sie wohlweislich. Langsam schlenderte sie mit Öchsle durch die Ringparkanlagen. Endlich fand sie ein wenig Zeit, die stürmischen Eindrücke der letzten beiden Stunden zu verarbeiten. Sie empfand keine Wut, aber Trauer, was sie Rottmann aber niemals sagen würde. Sie stellte sich gerade vor, wie ihr Leben verlaufen wäre, wenn diese Agnes als ihre und Erich Rottmanns Tochter auf die Welt gekommen wäre.

Rottmann saß noch einige Zeit in seinem Wohnzimmer und starrte auf den Brief. Er bewunderte Elvira für ihre Stärke! Eigentlich hatte er mit einem Vulkanausbruch gerechnet. Schließlich raffte er sich auf und ging ins Bad. Nach einer ausgiebigen Dusche waren seine Lebensgeister und seine Entschlusskraft wieder einigermaßen geweckt. Er beschloss Elviras Rat zu befolgen und Agnes umgehend anzurufen.

Das Telefon läutete zweimal, dann meldete sich die angenehme Stimme einer Frau. „Agnes Feldmann …"

„Ja, hier … äh … Rottmann. – Ich habe Ihren … ich meine … Deinen Brief gelesen … Ich war … ich bin noch immer ziemlich betroffen …"

„Oh, hallo, ich freue mich wirklich sehr über Ihren … ich meine Deinen Anruf. – Ich darf doch Du sagen? … Für Deine Irritation habe ich wirklich vollstes Verständnis. Auch ich bin noch immer völlig … ich weiß nicht, wie ich sagen soll …"

Das Gespräch verlief zuerst holprig, dann langsam etwas flüssiger. Schließlich verabredeten sie sich in zwei Stunden im Außenbereich des Cafés Brückenbäck an der Alten Mainbrücke. Sie sagte, sie würde Rottmann erkennen, da sie verschiedene Fotos von ihm im Internet gesehen habe. Sie selbst sei leicht zu identifizieren, denn sie würde ein blumiges Sommerkleid tragen.

Mein Gott, sind die goldig! ...

Zur verabredeten Zeit drückte Elvira den Klingelknopf an dem Einfamilienhaus im Stadtteil Frauenland neben dem Schild mit der Aufschrift „Schreck". Elvira stand vor einer Gartentür aus kunstgeschmiedeten Metallornamenten, die den Blick auf eine große Rasenfläche freigab, die mit unterschiedlichen Rosenbüschen bepflanzt war. Öchsle saß angeleint brav neben ihr und hechelte. Es war schon wieder sehr heiß. Nachdem der Türöffner summte, öffnete Elvira die Tür und schritt einen mit geschliffenen Steinplatten gefliesten Weg entlang, der zur Eingangstür des Hauses führte. Die öffnete sich gerade und Frau Schreck stand im Türrahmen und musterte die Besucherin, insbesondere Öchsle. Ohne Begrüßung fragte sie: „Wieso haben Sie diesen Hund mitgebracht? Ich habe zu diesem Tier ein sehr angespanntes Verhältnis, wie Sie wissen!"

„Entschuldigen Sie, Frau Schreck, wenn ich mich so einfach in diese Problematik einmische, aber ich habe Ihnen ja schon gesagt, dass ich die ... Freundin von Herrn Rottmann bin. Ich habe ihm von Ihrem Besuch in der Rosengasse erzählt. Leider hat er im Moment wirklich sehr viel mit einer Familiensache zu tun und hat mich deshalb gebeten, mich der Sache anzunehmen. Was ich natürlich sehr gerne tue." Sie deutete auf Öchsle. „Herr Rottmann dachte, es wäre angebracht, wenn der ... Erzeuger seinen Nachwuchs einmal besucht, und hat mir Öchsle mitgegeben. – Ich hoffe, Sie haben nichts dagegen …?“

Es war offensichtlich, dass Frau Schreck diesem Besuch gegenüber eine grundsätzlich kritische Haltung hatte. Schließlich rang sie sich zu einer Reaktion durch.

„Nun ja, eigentlich wäre es ja angebracht, dass sich der feine Herr Rottmann mal selbst blicken lässt und damit mir gegenüber bekundet, dass er für das Verhalten seines Hundes die Verantwortung übernimmt.“ Sie trat ein Stück zur Seite und winkte Elvira herein.

„Aber ich will mal nicht so sein … Treten Sie näher … aber diesen Missetäter lassen Sie bitte draußen!“ Sie warf Öchsle einen schiefen Blick zu. Der Rüde merkte, dass in dieser Situation die Demonstration von Freundlichkeit angebracht war, und wedelte mit dem Schwanz, dabei stieß er leises Fiepen aus.

„Meinen Sie, dass das wirklich erforderlich ist?“, fragte Elvira etwas konsterniert.

„Ja, die Welpen sind noch sehr klein und müssen vor Krankheitserregern geschützt werden. Dieser … Hund stromert ja gerne draußen rum; weiß der Himmel, was er alles für Erreger und Ungeziefer mit sich herumschleppt!“

Elvira Stark musste sich böse zusammenreißen, um nicht verärgert zu reagieren. Sie war hier in vermittelnder Mission und würde daher die unfreundlichen Ansichten der Frau wohl oder übel akzeptieren.

„Öchsle, Du bleibst mal schön hier vor der Tür“, erklärte sie daher dem Rüden mit sanfter Stimme und streichelte ihm über den Kopf. „Ich komme bald wieder.“ Sie nahm die Führschlaufe der Leine und hängte sie über das Geländer an der Treppe zum Eingang. Die Ecke war schattig, so dass es vertretbar war, Öchsle eine Weile hier warten zu lassen.

„Sie haben aber doch sicher einen Napf mit Wasser?“, fragte Elvira bestimmt.

„Ja, wir nehmen den hier.“ Sie bückte sich und holte hinter der Tür einen gefüllten Wassernapf hervor, den sie nun vor Öchsle abstellte. „Den benutzt Mausi immer, wenn wir vom Gassigehen kommen.“

Öchsle setzte sich hin und sah Elvira etwas bedröppelt hinterher, als sie das Haus betrat und die Tür geschlossen wurde. So ganz konnte er nicht verstehen, was da abging. Seine empfindliche Nase hatte schon Mausis Witterung erkannt, die an Frau Schreck vorbei aus dem Haus geströmt war.

Elvira folgte der Frau zu einer Tür, die vom Flur abging.

„Bitte verhalten Sie sich leise und beobachten Sie nur aus dem Hintergrund. Meine Mausi ist eine sehr aufmerksame und wachsame Mutter und es könnte sein, dass sie auf eine Fremde zunächst etwas misstrauisch reagiert.“

Frau Schreck öffnete vorsichtig die Tür und spitzte in den Raum, dann trat sie langsam ein. Elvira folgte ihr in das dämmerige Zimmer. Nun konnte sie auf dem Boden einen rechteckigen, ausgepolsterten Bereich erkennen. Darin lag die Hündin auf der Seite, vier winzige Welpen zu einem Haufen zusammengerollt in der Nähe ihres Bauches. Der Nachwuchs schlief tief und fest. Mausi richtete sich etwas auf und beobachtete aufmerksam, aber nicht aggressiv, die fremde Besucherin. Als sie feststellte, dass keine Gefahr für ihren Nachwuchs drohte, legte sie sich wieder hin, ließ die fremde Frau aber nicht aus den Augen.

„Mein Gott, sind die goldig!“, entfuhr es Elvira.

„Drei Mädchen und ein Junge“, erläuterte Frau Schreck mit gedämpfter Stimme. Der Besitzerstolz war ihr deutlich anzumerken. „Mausi hat genug Milch und kann sie voll säugen!“

Nachdem die Hündin so gelassen reagierte, traten die beiden Frauen einen Schritt näher.

„Sie sehen sich alle sehr ähnlich, haben nur unterschiedliche weiße Zeichnungen an den Pfoten. Nur der kleine Rüde hat einen weißen Stern auf der Stirn", erklärte Frau Schreck.

Plötzlich kam Bewegung in den kleinen Haufen. Ein Welpe gähnte, streckte sich und kugelte auf die Seite, worauf die anderen maunzend versuchten, die vorherige Ordnung wieder herzustellen.

„Das ist der Rüde, sehen Sie den weißen Fleck, er ist von allen vieren der aktivste."

Elvira war total berührt von den kleinen Hundchen. Schnell zückte sie ihr Handy und sah Frau Schreck fragend an. Die nickte, daraufhin machte Elvira einige Fotos. „Damit ich sie Herrn Rottmann zeigen kann", erklärte Elvira.

„Gut. Gehen wir jetzt wieder und lassen wir sie in Ruhe", sagte Frau Schreck und wandte sich in Richtung Tür. Draußen winkte sie Elvira Stark in die angrenzende Küche.

„Möchten Sie eine Tasse Kaffee? Ich habe vorhin frisch aufgebrüht."

„Das ist sehr freundlich", erwiderte Elvira, „aber ich will Öchsle nicht so lange draußen warten lassen."

Frau Schreck nahm ihr Handy vom Küchentisch und wischte einige Male darauf herum, dann drehte sie das Display Elvira zu. „Hier sehen Sie! Nicht dass Sie denken, ich erfinde etwas …"

Elvira konnte ein Video laufen sehen. Darauf war eindeutig Öchsle zu erkennen, der mit Mausi auf einer Wiese in den Ringparkanlagen herumsprang. Plötzlich waren die beiden Hunde im Gebüsch verschwunden. Daraufhin wackelte ein Busch.

„Das war der Moment … Sie wissen schon …!" Sie verzog ihr Gesicht.

„In Anbetracht des gesetzten Alters von Öchsle hätte ich es eigentlich nicht mehr für sehr wahrscheinlich gehalten, dass er nochmals Nachwuchs zeugen würde … aber es ist offensichtlich beim Aussehen der Welpen nicht ganz von der Hand zu weisen, dass er sich hier wahrscheinlich noch einmal hat verführen lassen."

Frau Schreck zog die Augenbrauen in die Höhe. „Was heißt hier ‚wahrscheinlich' und ‚verführen lassen' …?"

„Also, liebe Frau Schreck, das Wort Vergewaltigung sollten Sie in diesem Zusammenhang wirklich aus Ihrem Sprachgebrauch streichen!", wurde Elvira etwas deutlicher. „Bei solchen zwischenhundlichen Akten gehören, wie bei uns Menschen, immer zwei dazu. Könnte mir vorstellen, dass Mausi nicht sonderlich abgeneigt war. – Sie wissen, was ich meine."

Frau Schreck wollte sich etwas aufplustern, aber Elvira hob beschwichtigend die Hand.

„Ist ja gut. Die Hundchen sind ja wirklich sehr goldig! Es ist ja noch Zeit, bis sie vergeben werden können. Ich kenne jede Menge Leute und ich könnte mir vorstellen, dass es einige gibt, die sich gerne einen Nachwuchs von Öchsle zulegen würden. – Wir bleiben auf jeden Fall in Kontakt!"

Jetzt war Frau Schreck doch etwas überfahren und meinte: „Unterm Strich haben Sie wahrscheinlich recht. Dann machen wir das halt so."

Elvira Stark und Frau Schreck gaben sich die Hand und verabschiedeten sich. Öchsle freute sich wie toll, als Elvira wieder nach draußen kam.

„… und sagen Sie dem Herrn Rottmann, dass ich schon von ihm erwarte, dass er gewissermaßen Alimente leistet. Kann auch gerne in Naturalien geschehen! Die Welpen werden sehr bald großen Appetit entwickeln …"

Das sagte sie schon in versöhnlicherem Ton, wenn sie auch von ihrer Position nicht abrückte. Amanda Schreck winkte ihnen hinterher, als sie das Grundstück verließen. Während sie mit Öchsle in Richtung Stadtmitte schlenderte, ging ihr so mancher ernste Gedanke an die Zukunft durch den Kopf.

Das blumige Sommerkleid …

Erich Rottmann war extrem nervös, als er über die Alte Mainbrücke in Richtung Brückenbäck marschierte. Obwohl es ihm gutgetan hätte, zur Beruhigung seine Pfeife zu rauchen, hatte er es sich verkniffen, weil er nicht wusste, wie Agnes auf den Geruch reagieren würde. Sie steckte nun in der Brusttasche seines karierten Kurzarmhemdes und beulte es aus. Der Stiel sah oben heraus. Rottmann ließ seinen suchenden Blick über die zahlreichen Besucher schweifen, die unter den Brückenheiligen ihren *Brückenschoppen* genossen. Als er sich dem Außenbereich des Bäck näherte, studierte er die Menschen, die an Tischen unter Sonnenschirmen saßen. Nur noch wenige Plätze waren frei. Er konnte keine einzelne Frau mit einem blumigen Sommerkleid ausmachen.

„Hier ist ja wirklich was los", hörte er plötzlich eine weibliche Stimme schräg hinter sich. Etwas erschrocken drehte er sich um. Vor ihm stand die Frau mit dem blumigen Sommerkleid und lächelte ihn freundlich an.

„Hallo … ich bin die Agnes." Sie streckte ihm die Hand entgegen. Ziemlich verdattert griff Rottmann zu und drückte sie. Plötzlich bemerkte er an sich eine gewisse Beklemmung. Er spürte, dass seine Hand feucht war.

„Ja … also … ich bin der Erich …", brachte er dann heraus. In seinem Hals schien sich plötzlich ein ganzer Weiher mit Fröschen versammelt zu haben, die ihn beim Sprechen behinderten. „Schön ..., dass ... wir uns persönlich kennenlernen ...", brachte er mühsam heraus. Dabei bemühte er sich angespannt um ein Lächeln. Am liebsten hätte er sich selbst geohrfeigt, weil ihm einfach nichts Intelligenteres einfiel. Sie musste ihn für einen Idioten halten! Er hätte sich im Vorfeld etwas Eleganteres zurechtlegen sollen! Aber was? Für eine solche Situation gab es keine sprachliche Blaupause.

„Vielleicht sollten wir uns setzen", schlug sie vor, „da wird gerade ein schönes Plätzchen frei." Sie wies auf einen Vierertisch, von dem die Bedienung gerade das Geschirr der gegangenen Gäste abräumte.

„Ja, natürlich ... selbstverständlich", beeilte sich Rottmann zu sagen und marschierte los. Sie machte in derselben Sekunde die gleiche Bewegung, wodurch sie ungewollt zusammenstießen.

„Nach ... Dir", erklärte sie und lächelte die Peinlichkeit des Augenblicks weg. „Das Du ist doch in Ordnung?"

„Aber selbstverständlich ... wie gesagt, ich bin der Erich. – Ladies first!" Rottmann machte eine einladende Handbewegung in Richtung Tisch.

Agnes hielt einen Moment inne, die männliche Bedienung hatte die Situation erfasst und zog für sie einen Stuhl zurecht, so dass sie sich setzen konnte. Mensch, Rottmann, was bist Du für ein hölzerner Vollpfosten, schoss es dem Schoppenfetzer durch den Kopf.

Aufatmend, dass diese Situation erst mal halbwegs gemeistert war, ließ sich Rottmann ihr gegenüber nieder. Dies gab ihm auch die Gelegenheit, sich etwas aus seiner Befangenheit zu befreien. Der Kellner übergab beiden die Speisekarten, dann wischte er flüchtig mit einem feuchten Lappen über die Tischplatte.

„Wissen die Herrschaften schon, was sie bestellen wollen? Oder wollen Sie noch etwas in die Karte gucken?"

„Wir schauen erst mal", gab Rottmann wieder etwas gefasster zurück und der Kellner entfernte sich, da an einem anderen Tisch Gäste nach ihm verlangten. Das gab Rottmann die Gelegenheit, einen diskreten Blick auf sein Gegenüber zu werfen. Er spürte, dass auch sie ihn unauffällig musterte. Sie hatte ein rundliches, offenes, freundliches Gesicht, das von einer Kurzhaarfrisur umrahmt wurde, die farblich von Blond ins Aschblonde changierte. Sie war schlank, wirkte sportlich, ohne dass dabei die erforderlichen weiblichen Attribute zu kurz kamen. Als sie vorhin nebeneinandergestanden waren, hatte sie Rottmann deutlich überragt. Ihre Arme, die aus den kurzen Ärmeln des Kleides herausschauten, waren kräftig und sonnengebräunt. Ihre Fingernägel waren zart rot lackiert und passten damit zu den Blüten des Kleides und dem dezenten Lippenstift.

„Jaaa … also …", dehnte Rottmann und setzte ein etwas verkrampftes Lächeln auf. „Wie es aussieht, bin ich offensichtlich im reifen Alter noch einmal Vater geworden … Ein Umstand, mit dem ich mich erst einmal auseinandersetzen muss … wenn ich ehrlich bin."

Da kam der Kellner an den Tisch und beide bestellten sich kurz entschlossen einen Cappuccino.

„Das kann ich sehr gut verstehen", erwiderte sie leise. Ihre Stimme hatte einen warmen angenehmen Klang. „Ich hatte ja den Vorteil, mich nach dem Tod meiner Mutter und dem Studium ihrer Tagebücher schon einige Zeit mit diesem Gedanken auseinandersetzen zu können."

Die beiden Cappuccini kamen an den Tisch. Nachdem der Kellner wieder gegangen war, fuhr sie fort: „Es war für mich auch ein Schock, dass der Mann, der mich großgezogen hat, den ich Papa nannte und den ich liebte, nicht mein leiblicher Vater sein sollte. – Es dauerte einige Zeit, bis in mir der Wunsch erwachte, den Mann kennenzulernen, der mir das Leben geschenkt hat. Natürlich unter etwas … speziellen Umständen …" Sie lachte und zeigte dabei zwei Reihen ebenmäßiger Zähne.

Rottmann zog eine Grimasse. „… wir waren damals jung und gedankenlos … und wenn ich es recht erinnere, ziemlich betrunken." Schnell hob er beide Hände. „Was aber um Gottes willen nicht heißen soll, dass ich heute, in der Erinnerung, in irgendeiner Form negativ daran zurückdenke."

Er nahm seine Tasse und nippte am Cappuccino. Für ihn ein ungewohntes Getränk. Er spürte, dass Schaum am Bart seiner Oberlippe kleben blieb, und wischte hastig mit der Hand darüber. Gleichzeitig fiel ihm ein, dass er wohl besser eine Serviette genommen hätte. Sie hatte das aber offenbar gar nicht zur Kenntnis genommen.

„Damals hatte das für mich allerdings Konsequenzen", fuhr Rottmann fort. Er verspürte plötzlich ein ihm eigentlich wesensfremdes Mitteilungsbedürfnis. „Ich war zu dieser Zeit noch mit Elvira, einem Mädchen aus dem Nachbardorf, befreundet. Es gab sogenannte Freundinnen, die nichts Besseres zu tun hatten, als ihr das Vorkommnis brühwarm weiterzutratschen … Das war dann das Ende dieser Freundschaft." Er atmete tief durch. Man merkte, dass ihm die Erinnerung zu schaffen machte. „Ich habe dann die Polizeiausbildung in Würzburg angetreten und wir haben uns nicht mehr gesehen … weder Barbara, Deine Mutter, … noch Elvira, meine Freundin. Letztere habe ich dann nach einem langen Berufsleben durch Zufall wiedergetroffen … Aber das ist eine andere Geschichte." Er sah sie an. Ihm fielen ihre kräftig blauen Augen auf, die ihn an sein Spiegelbild erinnerten.

Agnes hatte ihm aufmerksam zugehört. Sie schien jedes Wort von ihm aufzusaugen.

„Meine Mutter“, erklärte sie, nachdem sie bemerkte, dass Rottmanns Redefluss ins Stocken geraten war, „hat diesem Ereignis in ihrem Tagebuch breiten Raum eingeräumt. Bei ihr war das nicht so einfach, schließlich wollte sie die Schwangerschaft vor ihrem damaligen Freund und späteren Ehemann verheimlichen. Damals waren es andere Zeiten, in denen ein junges Mädchen nicht so einfach ein Kind ohne Vater großziehen konnte. In ihrer damaligen Situation war es wohl in erster Linie Pragmatismus, der ihr Handeln leitete.“

Mittlerweile hatten beide ihre Cappuccini ausgetrunken und die Bedienung schwirrte immer wieder am Tisch vorbei und fragte, ob denn alles in Ordnung sei.

„Darf ich Dich auf einen Schoppen einladen? Hier gibt es den berühmten Brückenschoppen.“ Agnes war gerne einverstanden. Rottmann bestellte zwei Silvaner, dann wollte er wissen: „Ich habe jetzt einiges aus meinem Leben erzählt, jetzt würde ich aber schon gerne wissen, wie es Dir geht. Was machst Du? Bist zu verheiratet oder liiert … oder gibt es vielleicht sogar … Enkelkinder …?“

Der letzte Gedanke war Rottmann einfach so durch den Kopf geschossen. Wenn er innerhalb von Stunden Vater geworden war, warum nicht auch gleich Opa?

Sie saßen und erzählten und genossen den Wein. Sie hatten einen Draht zueinander gefunden und beide hatten kein Bedürfnis, sich schon wieder voneinander zu verabschieden. Plötzlich fuhr Rottmann zusammen, als sich eine feuchte Hundeschnauze gegen seine Hand drückte und sehr nachdrücklich Streicheleinheiten einforderte.

„Gott, bin ich jetzt erschrocken!“, entfuhr es dem Schoppenfetzer, der nicht bemerkt hatte, dass Elvira Stark über die

Brücke gekommen war und sich ihrem Tisch näherte. Auch Agnes entfuhr ein Laut des Erstaunens.

„Hallo, Erich", grüßte Elvira, „dachte ich mir, dass ich Dich hier finde, nachdem Du noch nicht zuhause warst." Unverhohlen neugierig musterte sie Agnes, wie es nur Frauen untereinander taten. Rottmann musste sich jetzt erst etwas sammeln. Die unvermutete Anwesenheit von Elvira brachte ihn erneut etwas in Verlegenheit.

„Möchtest Du uns nicht bekannt machen?", fragte Elvira.

„Äh, ja, natürlich", beeilte er sich und erhob sich dabei etwas verkrampft. „Das ist Frau Agnes Feldmann aus Lichtenfels ... äh ... meine ... Tochter." Es war klar ersichtlich, dass ihm diese Bezeichnung noch etwas zögerlich über die Lippen kam. Dann wies er auf Elvira. „Das ist Frau Elvira Stark, meine Nachbarin ..."

„... und seine Freundin", ergänzte Elvira, beugte sich nach vorne über den Tisch und gab Agnes die Hand. „Gerne Elvira und Du!"

„Agnes!", gab Agnes zurück. „Wie schön, Dich kennenzulernen! Willst Du Dich nicht zu uns setzen?"

Erich Rottmann fühlte sich etwas überrumpelt. Er schob seinen Stuhl ein Stück zur Seite, damit Elvira zwischen ihnen Platz nehmen konnte.

„... und wer ist dieser freundliche Bursche?" Vorsichtig streichelte sie Öchsle, der, kontaktfreudig, wie er war, sich an sie drängelte und Aufmerksamkeit forderte.

„Das ist Öchsle, mein Hund", erklärte Rottmann, der heilfroh war, sich zu einem unverfänglichen Thema hinüberretten zu können. Eine Entlastung brachte auch die Bedienung, bei der Elvira einen Brückenschoppen bestellte.

„Habt Ihr Euch schon ein wenig miteinander bekannt gemacht?", fragte Elvira. Sehr schnell waren die beiden Frauen in eine Unterhaltung vertieft, bei der sich Rottmann plötzlich nur noch als Statist fühlte, dessen Rolle sich darauf beschränkte, gelegentlich zustimmend zu nicken oder verneinend den Kopf zu schütteln.

Nach einiger Zeit stellte Agnes eine Frage, die Erich Rottmann schlagartig den Schweiß auf die Stirn trieb und ihn sehr bedauern ließ, dass es auf der Alten Mainbrücke keine Mauselöcher gab, in die man sich hätte verdrücken können.

„Sag mal, Du heißt Elvira ... Erich hat vorhin erwähnt, dass seine damalige Freundin, die sich von ihm wegen der ... Geschichte mit meiner Mutter trennte, ebenfalls Elvira hieß ... Gibt es da einen Zusammenhang ...?" Sie ließ den Satz einfach so in der Luft hängen, es war aber offensichtlich, dass sie eine Antwort erwartete.

Elvira warf Rottmann einen auffordernden Blick zu.

„Erich, ich denke, da solltest Du etwas dazu sagen."

„Äh ... Agnes, das ist etwas kompliziert ..." Rottmann rutschte nervös auf seinem Stuhl herum.

„Mein Gott, Erich, jetzt eiere doch nicht so herum!" Sie wandte sich Agnes zu. „Es ist eigentlich ganz unkompliziert. Ich habe mich damals von Erich getrennt und wir gingen Jahrzehnte unserer Wege, ohne nochmals zueinander Kontakt zu haben. Ich habe dann später einen Job im hiesigen Rathaus als Reinemachefrau angenommen, da ich die Tätigkeit als Altenpflegerin körperlich nicht mehr leisten konnte. – Da lief mir Erich eines Tages völlig überraschend auf dem Flur über den Weg. Wie soll ich sagen ... urplötzlich kamen bei uns wieder die alten Gefühle an die Oberfläche." Sie zwinkerte Rottmann zu. „Bei mir vielleicht eine Spur heftiger als bei Erich."

Sie lachte und tätschelte ihm die Schulter. „Er kann's halt nicht so zeigen ..."

Erich Rottmann zog eine Grimasse, die man mit viel Fantasie als Ausdruck von Galgenhumor einordnen konnte.

„Seitdem habe ich ihn nicht mehr aus den Augen gelassen", erklärte Elvira belustigt. „Einige Jahre später bin ich dann sogar in eine Eigentumswohnung in seiner Nachbarschaft in der Rosengasse gezogen."

Agnes machte ein nachdenkliches Gesicht. „Ich kann mir vorstellen, dass mein plötzliches Auftauchen an alte Verletzungen rührt. Das konnte ich natürlich nicht ahnen …"

Elvira Stark zuckte mit den Schultern. „Das ist ein halbes Leben her. Ich gebe zu, als ich davon erfahren habe, dass sich eine Tochter bei ihm gemeldet hat, und von den Zusammenhängen erfuhr, war ich schon ziemlich betroffen … Aber … die Zeit lässt sich nicht mehr zurückdrehen und ich denke, es ist gut so, wie es ist." Sie lächelte. „… und es ist schön, Dich kennenzulernen!"

Sie knuffte Rottmann in die Seite. „So eine hübsche und nette Tochter hätte ich Dir altem Brummbär gar nicht zugetraut! Wahrscheinlich ist es doch so, dass Agnes mehr ihrer Mutter nachfährt …"

Agnes lachte. „Also ich finde, dass mein Papa ein ausgesprochen netter Typ ist."

Erich Rottmann richtete sich auf, zog den Bauch ein und erklärte: „Habt ihr bei diesem athletischen Körperbau und der geistigen Potenz etwas anderes erwartet?"

Öchsle nutzte die gute Stimmung am Tisch, um sich rundherum noch ein paar Streicheleinheiten abzuholen.

Sie saßen noch eine ganze Weile zusammen und unterhielten sich jetzt sehr entspannt. Agnes verkündete, dass sie am nächsten Tag wieder nach Lichtenfels zurückmusste, weil sie ihre Buchhandlung nicht so lange allein lassen wollte. Sie lud aber ihren frisch gewonnenen Vater, dessen Freundin und

Öchsle zu einem baldigen Gegenbesuch ein, was beide gerne zusagten. War ja keine Weltreise

Auf dem Heimweg über die Brücke hängte sich Elvira bei Rottmann ein ... und er ließ es erstaunlicherweise zu. Es waren dann am Ende des Tages doch ein paar Schoppen mehr geworden und etwas gegenseitige Stütze war durchaus hilfreich. Insgeheim stellte Rottmann bei sich fest, dass seine Tochter offenbar genauso bemerkenswerte Trinkerqualitäten hatte wie ihr Vater ... und, das war das Höchste, sie äußerte in einem Nebensatz, als sie sich kurz über Leibspeisen unterhielten, ein ausgesprochener Leberkäs-Junkie zu sein! Mehr Beweise für seine Vaterschaft benötigte Erich Rottmann nicht, da er sich absolut sicher war, sich zumindest in diesen Punkten genetisch dominant durchgesetzt zu haben.

Erich schwebte mit seinen Vatergefühlen so hoch auf Wolke sieben, dass er völlig vergaß, Elvira zu fragen, was sie in Richtung „Vergewaltigungsopfer" ausgerichtet hatte.

Elvira Stark war nicht ganz so unbefangen. Es gab da ein paar Themen, über die sie mit Erich Rottmann sprechen musste und die sie die ganze Zeit vor sich herschob. Hierzu bedurfte es eines günstigen Augenblicks, um ihn für ein solches Gespräch offen anzutreffen. Im Prinzip wäre das jetzt schon der Fall, aber sie befürchtete, dass seine Aufnahmefähigkeit durch seine euphorische Stimmung und die konsumierten Schoppen im Moment etwas eingeschränkt war. Nachdem sie heute mit Öchsle längere Zeit Gassi gewesen war, konnte sie Rottmann mit Hund direkt an seiner Haustür abgeben. Erich Rottmann fütterte Öchsle, dann ging er ins Bett. Obwohl er eigentlich die nötige Bettschwere hatte, starrte er einige Zeit gegen die Decke seines Schlafzimmers, wo eine Straßenlaterne durch Licht und Schatten seltsame Ornamente zauberte. Sanft glitt er mit einem gewissen Glücksgefühl in den Schlaf.

Elvira Stark betrat ihre Wohnung und bemerkte sofort das rote Blinklicht ihres Anrufbeantworters. Sie knipste das Flurlicht an und hörte die Nachricht des Anrufers ab.

„Hallo, Frau Stark", er nannte seinen Namen, dann fuhr er fort, „jetzt habe ich Sie bedauerlicherweise nicht erreicht. Ich werde es demnächst wieder versuchen. Auf Wiederhören."

Elvira stellte sich unter die Dusche und ließ die harten Strahlen auf sich herabprasseln. So schnell hatte sie mit diesem Anruf nicht gerechnet. Eigentlich hatte sie gehofft, etwas längere Vorbereitungszeit zu haben. Ihre Überlegungen hingen auch mit ihrem Eintritt in die Rente zusammen und ließen sich daher nicht beliebig aufschieben. Sie hatte schon vor längerer Zeit einen Plan ausgearbeitet, der gewisser Vorbereitungen und Entscheidungen bedurfte … und den würde sie durchziehen! Sie brachte zwei Fenster in Kippstellung, um etwas Durchzug zu erreichen. Dabei fiel ihr Blick hinüber zu Erichs Wohnung. Dort waren alle Fenster finster. Bestimmt träumte er schon von seiner Tochter und von seinem neuen Status als Vater. Sie legte sich ins Bett und zog eine leichte Decke über sich. Bei den herrschenden Tagestemperaturen, die nachts nur wenig absanken, fast schon zu viel. Erst nach geraumer Zeit fiel sie in einen unruhigen Schlummer.

Das Klirren der Ketten wird lauter …

Rottmann erwachte etwas früher als üblich. Sein erster Gedanke, der ihm durch den Kopf fuhr, als er die Augen öffnete, war: Rottmann, Du bist Vater! Schlagartig war er hellwach, schwang mit neu gewonnener Energie seine Beine aus dem Bett und erhob sich. Während des gesamten Frühstücks gingen ihm die Gespräche des gestrigen Treffens nicht aus dem Kopf. Er empfand Erleichterung, dass Elvira Agnes so freundlich aufnahm. Insgeheim hatte er befürchtet, dass sie wegen der alten Geschichte seines Fehltritts nachtragend sein könnte. Er musste sich richtig zusammennehmen, um sich seine Planung für den heutigen Vormittag zu vergegenwärtigen. Er hatte sich vorgenommen, Bürgermeister Selig aufzusuchen, um auf diese Weise mehr über die Hintergründe seines merkwürdigen Verschwindens herauszufinden. Er wollte aber so rechtzeitig fertig werden, dass er auf keinen Fall zu spät zum Stammtisch kam. Schließlich musste er gegenüber seinen Schoppenbrüdern mit seinem neuen Status etwas angeben. Das mussten sie ihm erst einmal nachmachen, in seinem Alter ein erwachsenes Kind zu bekommen. Leise eine Melodie summend, stieg er die Treppen hinunter, Öchsle flott vorneweg. Der Rüde registrierte die gute Laune seines Menschen, die sich auch auf ihn übertrug. Rottmann war schon an den Briefkästen vorbei und griff nach der Haustür, als er plötzlich stutzte. Er drehte sich um und ging zu seinem Briefkasten zurück. Hatte er doch richtig gesehen! Durch die Sichtschlitze schimmerte es weiß. Da er den Kasten gestern geleert hatte und mittlerweile noch keine Post ausgetragen worden war, musste es etwas anderes sein. Hatte Agnes ihm vor ihrer Abreise noch eine Botschaft zukommen lassen? Das konnte er sich eigentlich nicht vorstellen. Wann hätte sie das tun sollen? Irgendein Gefühl ließ ihn den Schlüssel aus der Tasche ziehen und aufschließen. Rottmann hatte sich nicht getäuscht, es war tatsächlich ein verschlossenes Kuvert darin, ohne Absender. Zurzeit war sein Briefkasten wirklich gefragt! Er zog seinen Pfeifenstopfer heraus und schlitzte den Umschlag auf, dabei setzte er sich auf die unterste Stufe des ersten Treppenabsatzes. Durch das Fenster im ersten Halbstock des Treppenhauses kam ausreichend Licht, sodass er die handschriftlich verfasste Nachricht lesen konnte. In einer etwas krakeligen Schrift stand da:

Sehr geehrter Herr Rottmann,

leider habe ich Sie nicht persönlich angetroffen und auch telefonisch nicht erreicht. Mein Name ist Jens Rodenstock. Ich bin zurzeit in Würzburg, um ein paar organisatorische Dinge bezüglich meines Studiums zu erledigen. Bei der Gelegenheit hätte ich gerne einmal einen Blick auf meine zukünftige Wohnung geworfen. Das werden Sie sicher verstehen. Ich wäre Ihnen daher sehr dankbar, wenn Sie mir telefonisch einen Termin nennen könnten, der Ihnen zusagt.“
*(*Es folgte eine Handynummer.)
„Ich bin noch drei Tage in Würzburg. Vielleicht können Sie mir diesen Besuch in der Zeit ermöglichen. Für Ihr Entgegenkommen darf ich mich sehr herzlich bedanken.

Beste Grüße
Ihr Jens Rodenstock

Erich Rottmanns gute Laune wurde von einem allesverschlingenden Strudel restlos aufgesogen. Wütend zerknüllte er das Papier in der Hand und warf es in den Flur, dabei stieß er einen wilden Fluch aus. „Verdammter Mist!“ Gerade war er noch voller Euphorie gewesen, jetzt wurde er wieder brutal in die unerfreuliche Realität zurückgeworfen. Dieser Jens Rodenstock konnte ihm mal kreuzweise den Buckel runterrutschen! Noch hatte er Zeit, sich Gedanken über seine zukünftige Wohnsituation zu machen, und musste nicht schon jetzt Wohnungsbesichtigungen zulassen! Er dachte nicht daran, sich zu melden. Rottmann erhob sich. Mit einem ärgerlichen Knurren hob er das Papierknäuel auf und steckte es achtlos in die Hosentasche. Er wollte nicht, dass es ein anderer Bewohner aufhob und las.

Grimmig seine Bruyère schmauchend, marschierte Rottmann wenig später am Main entlang. Öchsle musste sich erst einmal erleichtern. Dann schlug er den Weg zu Seligs Wohnadresse ein. Nach einem längeren Fußmarsch war er vor der Haustür Seligs angekommen und betätigte die Klingel. Er konnte das Läuten bis nach draußen hören … aber es reagierte niemand. Rottmann hielt den Daumen etwas länger auf dem Knopf. Schließlich knackte die Gegensprechanlage.

„Hallo, wer ist da?" Die Stimme des Bürgermeisters klang schroff.

„Hier ist Erich Rottmann, ich bin hier als Privatermittler im Auftrag des Rathauses. Pressesprecher Schwarz hat mich beauftragt, die Hintergründe einer … gewissen Problematik, mit der Sie gerade konfrontiert sind, aufzuklären. Mehr möchte ich hier draußen nicht sagen …"

Nach kurzem Schweigen kam quäkend die Antwort aus dem Lautsprecher: „Herr Rottmann, ich befinde mich gerade in Corona-Isolation und kann niemand hereinlassen! Wenn es etwas Dringendes gibt, schreiben Sie mir bitte eine E-Mail oder rufen Sie mich an, ich werde versuchen Ihre Fragen zu beantworten. Dafür bitte ich um Verständnis." Es knackte in der Leitung, dann war die Verbindung unterbrochen.

Rottmann unterließ es, nochmals zu klingeln. Offenbar stand Selig so enorm unter Druck, dass er die Geschichte von der Corona-Erkrankung gegen jedermann aufrechterhielt. Offenbar galt das auch für einen Gesandten des Rathauses. Wenn er dieses Problem aufklären wollte, musste er sich einer anderen Methode bedienen. Wobei seine Motivation, sich mit der Kompliziertheit dieses Falles herumzuschlagen, erheblich zu wünschen übrigließ. Er hatte ganz einfach genug eigene Probleme, die einer Lösung bedurften. Rottmann wandte sich ab und marschierte zurück in die Stadt. Er hatte Sehnsucht nach einer stressfreien Zone und nach einem beruhigenden Schoppen. Der Stammtisch würde mit Sicherheit Abhilfe schaffen.

Selig saß in seinem Wohnzimmer und starrte auf eine Nachricht, die er heute in seinem Postkasten vorgefunden hatte.

> *Du hörst auf, Dich unter dem Vorwand, Corona zu haben, zu verkriechen. Du erklärst der Öffentlichkeit in der Presse, dass Du Deine Meinung geändert hast und in Anbetracht der Inflation und der ständig steigenden Kosten für den Bürger der Talavera-Parkplatz weiterhin unbewirtschaftet bleiben soll. Wir erwarten Deine Initiative im Stadtrat und in den Medien. Andernfalls … YouTube liebt solche Filme! – #FFFFB*

Selig war klar, würde er diese Aufforderung befolgen, wäre seine politische Karriere am Ende. Er musste erneut mit dem OB sprechen. Vielleicht wusste der einen Ausweg aus diesem Wahnsinn?! Er rief das Stadtoberhaupt an. Sie verabredeten sich auf der Talavera, auf einem Parkplatz im Bereich Georg-Eydel-Straße – Mainaustraße. OB Schluckthardt benutzte für das Treffen seinen privaten Pkw, weil er nicht sicher war, ob sein Dienstwagen nicht von der Presse beobachtet wurde. Ein schwarzer Pkw unter hunderten von anderen schwarzen Pkws würde sicher nicht auffallen.

Selig öffnete die Tür und ließ sich neben dem Stadtoberhaupt auf den Beifahrersitz fallen. Schluckthardt hatte schon einige Minuten in der prallen Sonne gewartet, entsprechend heiß war es im Inneren des Wagens, trotz der geöffneten Fenster.

„Wenn dieses ganze Theater wie auch immer entschieden ist, dann musst Du als Umwelt-Bürgermeister unbedingt dafür sorgen, dass hier einige Bäume gepflanzt werden. Wir können es unseren parkenden Mitbürgern nicht zumuten, hier in der Sonne gebraten zu werden." Sein Lachen klang etwas verkrampft. Selig konnte den schrägen Humor des OB nicht ganz nachvollziehen. Schluckthardt wischte sich mit dem Handrücken den Schweiß von der Stirn. „Schnall Dich bitte an, wir fahren rauf zum Bismarck-Turm, da gibt es auf jeden Fall Schatten und kaum Publikum. Hier hälts ja keiner aus!"

Einige Zeit später parkte er seinen Wagen unter den tiefhängenden Ästen einer Trauerweide. Kurz darauf schlenderten beide den Weg entlang der Steinmauer, die die Weinberge vom Park abgrenzte. Selig reichte das Schreiben an den OB weiter, der es beim Gehen las.

„Verdammt und zugenäht!", schimpfte er. „Bis jetzt haben wir keinerlei Hinweise, wer hinter dem #FFFFB steckt. Was die vorschlagen, ist ja im Prinzip gar nicht so schlecht, nur in unserer Situation nicht zu finanzieren. Wir müssen dringend neue Einnahmen generieren, sonst platzen einige Planungen der Stadt wie Seifenblasen. Unser Kämmerer geht schon wöchentlich aufs Käppele und betet um ein Wunder! Ich hoffe, dass dieser Erich Rottmann endlich Ergebnisse liefern kann! Der Mann soll ja angeblich sehr tüchtig sein, bis jetzt habe ich aber nichts davon gemerkt …"

„Wie soll ich mich bezüglich der Forderungen dieser Leute verhalten? Die werden nicht lange stillhalten!"

„Im nächsten Schritt erklärst Du übermorgen gegenüber der Presse Deine Quarantäne für beendet, weil Du nach einem Kontrolltest nunmehr virusfrei bist, und kommst ins Rathaus zurück. Ich hoffe, dass bis dahin Rottmann etwas herausgefunden hat und wir diesen … Leuten das Handwerk legen können."

„… und was, wenn nicht?"

„… dann denken wir neu …"

Sie erreichten das Fahrzeug und fuhren los. Schluckthardt setzte Selig in einer Seitengasse in der Nähe seines Hauses ab, so dass er ungesehen dorthin zurückkehren konnte.

Der OB fuhr mit seinem Pkw in die Markttiefgarage, wo er einen kostenlosen Parkplatz zur Verfügung hatte. Während er zu seinem Dienstzimmer eilte, machte er sich so seine Gedanken. Wenn Rottmann nicht herausfand, wer hinter dieser #FFFFB steckte, war das aus seiner Sicht politisch auch kein Drama. Als OB hatte er sich zwar dem Votum des Stadtrats zu beugen, als Parteipolitiker konnte er aber Alternativvorschläge gut finden. Selig hatte jetzt eigentlich nicht mehr viele Möglichkeiten. Sollte er jetzt plötzlich eine 180-Grad-Wende vollziehen und gegen seine selbst initiierten Bewirtschaftungspläne bezüglich der Talavera sein, würde er unglaubwürdig und wäre damit politisch schwer angeschlagen. Das würde ihm, Schluckthardt, als Parteipolitiker keine Träne entlocken. Blieb Selig hart, würde diese Gruppe wahrscheinlich ihre Ankündigung realisieren und ihn bloßstellen. Dann würde er wohl nicht umhinkönnen, sein Amt zur Verfügung zu stellen. Aus seiner, Schluckthardts, Sicht, zwar bedauerlich, aber Politiker zu sein, hieß nun auch mal Niederlagen einzustecken. Als OB hätte er dann wieder das Zepter in der Hand und konnte Führung beweisen, indem er dann einen Alternativvorschlag der Opposition im Stadtrat unterstützte. Er hatte läuten hören, dass da was im Busch war! Aus Seligs Sicht sicher sehr bedauerlich, aber immerhin konnte er dann aufatmen, da ihm dann vermutlich die Veröffentlichung dieses kompromittierenden Films erspart blieb. Es gab dann für eine Bloßstellung seiner Person keinen Grund mehr.

Selig betrat seine Wohnung, ging zum Kühlschrank und goss ich ein Glas Wein ein. Der Druck auf ihn war zwischenzeitlich so stark gewachsen, dass er es kaum noch ertragen konnte. Seine Nervenstränge waren so angespannt, dass man darauf hätte Geige spielen können. Schluckthardt tat sich leicht. Der würde sich schon irgendwie aus der Sache herausreden. Schon lange hatte er das Gefühl, dass der OB seiner politischen Linie kritisch gegenüberstand. Selig setzte sich in einen Sessel. Er spürte die innere Unruhe, die auf ihm lastete und ihm die Luft zum Atmen nahm. Er musste eine Entscheidung treffen. So lange war er noch nicht in der Politik, dass ihm ein so dickes Fell gewachsen wäre, dass er alle Anfeindungen einfach von sich abschüttelte und zur Tagesordnung überging. Er musste auch an seine Familie denken. Langsam las er noch einmal die Nachricht von #FFFFB durch. Die würden sicher nicht klein beigeben! Selig ging zum Wohnzimmerschrank und schaltete seine Stereoanlage ein. Auf einem Stick befanden sich zahlreiche Lieder, die er sich gerne in der Freizeit anhörte. Er hoffte auch jetzt auf ihre beruhigende Wirkung. Mit geschlossenen Augen nippte er am Glas, dann lehnte er sich zurück. Im Laufe des Abends kam er zu einem Entschluss, den er dann auch sofort in die Tat umsetzte. Er setzte sich an seinen Computer und schrieb eine Mail. Dann öffnete er den Browser und begann auf einigen Webseiten zu recherchieren. Am späten Abend führte er dann ein langes Gespräch mit seiner Frau.

Es war Donnerstag, später Nachmittag. Elvira Stark schob den Putzwagen mit ihren Utensilien zum Aufzug. Der blaue Plastiksack mit den Papierabfällen, der, in dem Gestell eingehängt, bei jedem Schritt gegen ihre Beine pendelte, war heute besonders voll. Dabei war zu berücksichtigen, dass dieser Abfall nur alleine von den Papierkörben der Bürgermeister und ihrer Mitarbeiter stammte.

„Da haben die Damen und Herren Regierenden heute wieder mal einen Arbeitsanfall gehabt", brummelte sie vor sich hin und presste den Rufknopf für den Lift. Erfahrungsgemäß gab es montags abfalltechnisch kaum Output, dienstags stellten die Herrschaften dann mit Erstaunen fest, dass die Woche begonnen hatte, mittwochs machten sie sich hektisch daran, die Woche zu teilen und arbeitstechnisch zu organisieren, um dann donnerstags zuzulangen, bis die Gehirne und Tastaturen glühten, worauf sie am Freitag eine Vollbremsung vollzogen, um nicht versehentlich in den Samstag hineinzurutschen.

Der Aufzug kam und Elvira steckte den Schlüssel ins Tastenschloss, womit sie sich den Zugang zum Keller freischaltete, wo der große Papiershredder stand. Elvira war besonders auf Geheimhaltung verpflichtet worden, weil in dem Papierabfall oftmals auch vertrauliche Schriftstücke landeten. Häufig machten sich die Regierenden nicht die Mühe, Entwürfe oder Kopien wichtiger Schriftstücke in Schnipsel zu reißen, so dass es für Elvira unschwer möglich war, sich über die aktuellen Planungen der Stadt zu informieren. Sie schob den Wagen auf den dunklen Kellerflur hinaus, wodurch sofort die automatischen Deckenleuchten in diesem Kellersegment ansprangen und ihren Weg zu dem Raum erhellten, in dem sich der große Shredder mit angebauter Papierpresse befand. Kaum hatte sich die Aufzugtür hinter ihr geschlossen, als sich der Lift wieder aufwärts in Bewegung setzte. Sie öffnete die schwere, feuerfeste Metalltür, hinter der sich ein finsteres Kellerabteil zeigte, das ein Türschild als Technikraum auswies. Automatisch schloss sich die Tür wieder. Auf Knopfdruck sprangen an der Decke zwei Neonröhren an, die die Szenerie eines großen Shredders mit integrierter Presse beleuchteten. An der Wand lagerte aufgestapelt ein halbes Dutzend bereits gepresster Papierballen. Elvira startete den aufheulenden Motor des Shredders und die scharfen Reißzähne setzten sich in Drehbewegung. Üblicherweise wurde das Mahlgut oben in eine Art Trichter geschüttet, der es dann dem Vernichtungsprozess zuführte, bis es dann in nicht mehr identifizierbare Einzelteile zerkleinert in der Presse landete. Elvira hatte es sich jedoch angewöhnt, das Papier handweise in den Schacht zu werfen. Es war schon vorgekommen, dass in den Papierkörben, die sie in den Müllsack schüttete, Materialien waren, die in einem Papierkorb in einem Rathaus normalerweise nichts zu suchen hatten. Wobei Kaugummis, Bananenschalen und erstaunlicherweise auch gelegentlich Gummiprodukte dort landeten, die eher dem persönlichen Hygienebereich zuzuordnen waren. Sie schützte ihre Hände mit Handschuhen, dann begann sie den Schacht zu füllen. Bei dem einen oder anderen Schriftstück, das sie interessierte, hielt sie inne und las es durch. Als fast der ganze Papiersack geleert war, stutzte sie plötzlich. Ihre Finger ertasteten etwas Kleines, Rundes, Hartes. Etwas aus Glas. Eine Sekunde später hielt sie eine Art Arzneimittelfläschchen mit Schraubverschluss in den Fingern. Das Etikett, das Aufschluss über den Inhalt hätte geben sollen, war weitgehend abgekratzt. Es waren nur noch wenig Buchstabenfragmente zu erkennen, die aber keinen Sinn ergaben. Das Glas war dunkelbraun, so dass man vom Inhalt kaum etwas erkennen konnte. Sie schüttelte es. Es war offensichtlich noch ein geringer Rest einer Flüssigkeit darin. Elvira zögerte einen Moment, dann schraubte sie den Verschluss auf und hielt ganz vorsichtig die Nase in die Nähe der Öffnung. Es roch völlig neutral. Elviras Neugierde war geweckt. Sie überlegte, aus welchem Papierkorb der Fund stammen könnte. Sie schüttelte ärgerlich den Kopf. Wer um Gottes willen entsorgte ein Medikamentenfläschchen im Papierkorb? Wo doch jeder wusste, dass dieser Abfall im Shredder landete. Sie steckte das Fläschchen in die Tasche ihrer Kittelschürze, da sie es gründlicher untersuchen wollte. Sie warf das restliche Papier in den Schacht und wartete, bis die Maschine alles gehäckselt hatte, dann verließ sie den Technikraum und schloss wieder ab. Mit dem Aufzug fuhr sie wieder nach oben auf die Chefetage, wo sie auch ihren Materialraum hatte. Eine Kammer mit einem Schrank für einen kleinen Vorrat an Reinigungsutensilien, einer Wasserentnahmestelle und Platz für ihren Wagen. Sie überlegte dabei, in welchem Büro, aus welchem Papierkorb sie das Fläschchen wohl eingesammelt haben könnte. Sie hatte sich nacheinander die Zimmer der drei Bürgermeister vorgenommen. Zuerst wollte sie das Zimmer von Selig aussparen, weil der wegen seiner Corona-Erkrankung schon seit geraumer Zeit nicht mehr im Büro gewesen war, dann fiel ihr ein, dass man im Rathaus darüber gesprochen hatte, dass er ja heute wieder anfangen wollte. Es war ihr aber gleich aufgefallen, dass da heute niemand gearbeitet hatte! Hatte sie sich im Datum vertan? Sie zuckte mit den Schultern. Sie ergänzte einige Reinigungsmittel auf ihrem Wagen, dann zog sie die Schürze aus und hängte sie in den Schrank. Das Fundstück wickelte es in ein Stück Küchenrolle und steckte es in einen Umschlag, den sie in ihrer Handtasche verschwinden ließ. Sie würde sofort Erich Rottmann informieren, der sicher Möglichkeiten hatte, den Inhalt analysieren zu lassen. Für sie war jetzt Feierabend. Elvira ergriff die Türklinke und wollte sie schon mit Schwung öffnen, als sie draußen Stimmen hörte. Sie erkannte sofort OB Schluckthardt und Bürgermeisterin Hörlis, die sich offenbar auf dem Flur unterhielten. Elvira öffnete die Tür nur einen Fingerbreit. Einer inneren Stimme gehorchend, stand sie und lauschte.

„Schön, Herr Schluckthardt, dass ich Sie treffe. Es hieß doch, dass Kollege Selig heute wieder den Dienst antreten würde. Ich habe aber den ganzen Tag vergeblich versucht ihn zu erreichen. Wie es scheint, war er heute nicht im Rathaus …"

Der OB klang ärgerlich. „Ich dachte auch, dass er heute wieder antritt. Wie Sie richtig feststellen, war das offensichtlich nicht der Fall. Auch ich konnte ihn telefonisch nicht erreichen! Das ist sehr ärgerlich! Es stehen in seinem Ressort Entscheidungen an, die wir hinausgeschoben haben, weil wir dachten, er kommt bald wieder. Dazu die anstehenden Bürgerentscheide wegen der Talavera. Da müsste er doch an vorderster Front agieren! Ich habe auch keine Ahnung, was los ist. Ich war den ganzen Tag außer Haus. Jetzt werde ich erst mal meine Mails checken, vielleicht gibt es da neue Erkenntnisse. Frau Kollegin, sind Sie jetzt in ihrem Büro erreichbar? Wenn ich etwas weiß, informiere ich Sie. Es könnte gut sein, dass Sie weiterhin einen Teil seiner Aufgaben übernehmen müssen."

„Okay, ich bin noch eine Stunde hier", erwiderte die Frauenstimme, dann hörte man Schritte, kurz darauf das Schlagen zweier Türen.

Elvira öffnete die Kammertür weit und trat auf den leeren Flur hinaus. Sie schloss die Tür ab, dann suchte sie den Treppenabgang. Es war offensichtlich, dass die Rathausspitze keine Ahnung hatte, was mit Selig los war. Das alles war äußerst rätselhaft! Allerdings liebte Elvira Rätsel! Jetzt musste sie schleunigst Erich Rottmann erreichen, noch bevor der zu seinem Stammtisch ging. Er war dank seiner Beziehungen sicher in der Lage, den geheimnisvollen Inhalt des Fläschchens von einem Bekannten diskret analysieren zu lassen.

Wenn der Nachmieter zweimal klingelt …

Rottmann war allerdings im Augenblick absolut schlechter Laune. Kurz bevor er sich zu seinem verdienten Mittagsnickerchen niederlegen wollte, läutete es an der Wohnungstür gleich zweimal hintereinander. Nach kurzem innerem Kampf entschied er sich dann doch zu öffnen, weil er keine Lust hatte, dann, wenn er sich erst einmal zur Ruhe begeben hatte, wieder gestört zu werden. Er drückte auf den Türöffner. Mit dynamischen Sätzen kam ein schlanker, junger Mann die Treppe heraufgespurtet und blieb vor Rottmanns Wohnungstür stehen. Er war dunkelhaarig, sportlich gekleidet und überragte den Schoppenfetzer um gut einen Kopf.

„Hallo, Herr Rottmann, mein Name ist Jens Rodenstock", stellte er sich vor, „ich möchte mich entschuldigen, dass ich Sie so überraschend überfalle, aber ich habe mich ja schon mal bei Ihnen gemeldet. Ich hatte gerade in der Nähe zu tun, da dachte ich, ich versuche es einfach mal. Ich hatte Ihnen ja den Grund meines Besuchs schon schriftlich mitgeteilt …"

Die Mimik Erich Rottmanns konnte auch nicht ansatzweise als freundlich bezeichnet werden. Er fixierte den jungen Mann grantig, der ihn konstant anlächelte, dann knurrte er: „Sie könne doch nit einfach daherkomm und mich überfall! Da ruft man an und macht en Termin aus! Habt ihr junge Leut denn gar kein Benimm mehr?"

„Ich weiß“, gab Rodenstock zurück und zeigte sich schuldbewusst, „ich entschuldige mich auch nochmals, aber ich hatte gerade in der Uni zu tun und die Wohnung ist so praktisch in der Nähe ... Sie müssen sich auch gar keine Umstände machen. Ich wollte mir nur mal die Räumlichkeiten ansehen, damit ich mir ein Bild vom Zuschnitt der Wohnung machen kann. ... Mein Vater hat die Pläne von der Wohnung leider verlegt. Wenn Sie allerdings sagen, dass es momentan unpassend ist, dann muss ich es halt noch einmal versuchen ...“

Öchsle hatte seinen Kopf neben Rottmanns Beinen herausgestreckt und musterte den Besucher neugierig.

„Oh, Sie haben einen Hund ... Wir haben daheim einen Cockerspaniel.“ Er hielt Öchsle die Hand hin, damit er daran schnüffeln konnte.

„Also, dann kommen Sie schon rein!“, brummte Rottmann und trat einen Schritt zurück, damit der junge Mann eintreten konnte. „Fassen Sie sich aber kurz, ich ... ich habe ... äh ... noch einen Termin ...“

„Herzlichen Dank“, gab Rodenstock zurück und trat ein. „Haben Sie was dagegen, wenn ich die Räume fotografiere, das würde mir für den ersten Eindruck völlig genügen.“

„Machen Sie, was Sie nicht lassen können!“, erwiderte Rottmann und ließ weder beim Tonfall noch bei seinen Formulierungen Rodenstock im Unklaren darüber, was er von dem Besuch hielt. Der junge Mann war wirklich sehr schnell durch, dann wandte er sich wieder zur Tür.

„Eine sehr schöne Wohnung! Ich werde zwar ein paar kleine Umbauten machen lassen, beispielsweise neue Fenster, aber außer Malerarbeiten ist ja sonst nicht viel erforderlich.“

Rottmann reagierte nicht. Er öffnete die Wohnungstür und wartete darauf, dass Rodenstock ging.

„Vielen Dank für Ihr Entgegenkommen, Herr Rottmann. Eine Frage noch. Sie haben ja eine sehr lange Kündigungsfrist und ich benötige die Wohnung relativ schnell. Könnten Sie sich vorstellen, auch ein paar Monate früher auszuziehen? Die Sanierungsarbeiten nehmen ja auch einige Zeit in Anspruch … und mein Semester beginnt in einigen Wochen. Sonst müsste ich solange in ein Hotel ziehen, da Zimmer für Studenten in Würzburg bekanntermaßen nur sehr schwer zu bekommen sind. Das ist ja auch der Grund, warum wir Ihnen gekündigt haben. Wir würden Ihnen natürlich den gesamten Umzug bezahlen!“

Damit war bei Erich Rottmann das Ende der Fahnenstange erreicht, die Hutschnur gerissen und eine kurze Zündschnur brannte.

„Nit gennuch, dass Ihr en alten Würzburcher auf die Straß setzt, jetzt soll ich a no morche auszieh! Schau, dass de dich schleichst, sonst vergess ich mich! Raus hier!“

Er packte den jungen Mann am Arm und schob ihn mit Schwung ins Treppenhaus hinaus, dann knallte er die Tür zu, dass die Wände wackelten.

Jens Rodenstock war von diesem Zornausbruch völlig überrascht worden und flüchtete regelrecht die Treppe hinunter. So langsam dämmerte ihm, dass der Einzug in diese Wohnung kein Zuckerschlecken werden würde.

Es dauerte geraume Zeit, ehe sich Rottmann wieder etwas runtergefahren hatte. Dieser Besuch hatte ihm sehr klar vor Augen geführt, dass sein Bleiben in dieser Wohnung nur noch befristet war. Ein Umstand, den er irgendwie verdrängt hatte. Plötzlich sah er eine Lawine von Problemen auf sich zurollen. Für einen Augenblick spürte er einen Hauch von Panik. Wo würde er landen, wenn die Fristen abgelaufen waren? Für einen Moment blitzte in seinen Gedanken der Begriff „Seniorenstift“ auf, den er aber sofort wieder zur Seite schob. Er war doch noch fit und leistungsfähig und überhaupt … Er setzte sich auf seine Couch. Es half alles nichts, er würde sich ganz langsam ernsthaft um dieses Problem kümmern müssen. Ob Ron Schneider etwas in seiner Sache herausgefunden hatte? Beim nächsten Stammtisch würde er ihn fragen. Er legte sich hin, schob das Kissen unter seinen Kopf und schloss die Augen. Es dauerte einige Zeit, ehe er in einen leichten Schlummer fiel. Er träumte ziemlich wirres, diffuses Zeug. Nach dem Erwachen fühlte er sich wieder etwas zuversichtlicher. Öchsle musste vor dem Stammtisch noch einmal eine größere Runde drehen. Als er auf die Rosengasse trat, sah er vor Elviras Haus einen großen Lkw, der fast die ganze Gasse versperrte. Als er daran vorbeiging, las er auf den Wänden des Lkw die Firmenaufschrift eines Umzugsunternehmens. Männer trugen Kisten und Gegenstände aus dem Haus. Offenbar zog jemand aus. Rottmann hatte davon gar nichts gehört und eigentlich wollte er es auch nicht zur Kenntnis nehmen. Eilig drückte er sich an dem Fahrzeug vorbei und marschierte in Richtung Main.

Eine gute Stunde später saß er auf einer Parkbank am Fluß. Irgendwie scheute er sich davor, in die Rosengasse zurückzukehren. Er würde noch ein Weilchen sitzen bleiben und dann gleich von hier aus zum Stammtisch gehen. Wenn er dann später nach Hause ging, war der Lkw sicher weg. Rottmann war normalerweise kein Verdränger, aber in dieser sehr persönlichen Angelegenheit … Er legte seine ausgerauchte Bruyère auf die Parkbank, dann holte er sein Handy aus der Joppentasche und warf einen Blick darauf. Er hatte es vorhin lautlos gestellt, weil er beim Schlafen nicht gestört werden wollte. Mit hochgezogenen Augenbrauen las er die Nachricht von Elvira, die ihn dringend sprechen wollte. Die

Mitteilung war gerade mal eine halbe Stunde alt. Um diese Zeit endete Elviras Dienst im Rathaus. Was war da nun wieder los? Er hatte sie ja gebeten, für ihn im Rathaus undercover tätig zu werden. Vermutlich wollte sie ihn deswegen sprechen. Wegen der Wohnungsangelegenheit hatte er das total vergessen. Er drückte auf die Kurzwahl. Nach dem ersten Klingelton meldete sie sich.

„Hallo Erich, vielen Dank, dass Du gleich zurückrufst." Sie hatte ihn sofort anhand seiner Telefonnummer identifiziert und ließ ihn jetzt gar nicht zu Wort kommen. Rottmann erschien sie ungewöhnlich aufgeregt.

„Ich habe da vorhin was im Rathaus gefunden, was mir höchst verdächtig vorkommt. Können wir uns sehen? Umgehend, wenn möglich! Ich habe jetzt Feierabend."

Es musste etwas Wichtiges sein.

„Ich kann Dich in zehn Minuten in den Anlagen am Alten Kranen treffen. Passt das?"

„Sehr gut, ich werde da sein!" Sie hatte aufgelegt.

Jetzt war Rottmann doch nachdenklich. Üblicherweise fasste sich Elvira Stark nicht so kurz. Er steckte sein Handy weg und erhob sich. Öchsle, der in der Sonne lag und döste, erhob sich schwanzwedelnd. Er spürte die plötzliche Energie seines Menschen, die ein Erlebnis versprach.

Als Erich Rottmann wenig später den Park am Mainufer neben dem Alten Kranen erreichte, saß Elvira schon auf einer Bank. Sie hatte Herrn und Hund sofort entdeckt und winkte ihnen zu. Rottmann ließ sich neben ihr nieder.

„Servus, Elvira, was gibt es denn so Dringendes? Eigentlich wollte ich jetzt zum Stammtisch." Mit dem letzten Hinweis signalisierte er ihr, dass sie sich doch bitte kurzfassen möge.

„Jetzt vergiss mal den Stammtisch!", gab Elvira scharf zurück. „Du hast mich gebeten, für Dich im Rathaus zu ermitteln, das habe ich selbstverständlich gemacht.“ Sie griff in ihre Handtasche und holte einen gepolsterten Umschlag heraus, in dem sich ein in Papier eingerolltes Etwas befand. „Das hier habe ich beim Entleeren der Papierkörbe auf der Chefetage gefunden.“ Sie drückte es Erich Rottmann in die Hand. „Das kommt mir irgendwie verdächtig vor! Ich weiß allerdings nicht, aus welchem Papierkorb es stammt.“

Rottmann betrachtete das Ding.

„Auswickeln!“, forderte Elvira.

Rottmann drehte das Arzneifläschchen in der Hand.

„Es ist noch ein bisschen Inhalt drin. Kannst Du das untersuchen lassen? Da sind auf jeden Fall meine Fingerabdrücke drauf. Ich habe es, wie Du jetzt auch, in der Hand herumgedreht und untersucht.“

„Interessant! Interessant!“, brummelte Rottmann und hielt es gegen den Himmel. „Kann natürlich ein völlig harmloses Mittel sein … oder auch nicht! Wir werden sehen … Danke Dir auf jeden Fall, dass Du so aufmerksam warst.“ Er wickelte es wieder ein und steckte es mit dem Umschlag in seine Joppentasche.

„Du lässt mich wissen, was dabei herausgekommen ist?“

Rottmann nickte. Elvira Stark sah ihn nachdenklich von der Seite her an. „Erich, was ist los? Du wirkst irgendwie … wie soll ich sagen … schlecht gelaunt ist nicht der richtige Begriff. Bedrückt Dich etwas?“

„Na ja“, er machte eine wegwerfende Handbewegung, „zurzeit läuft bei mir alles ziemlich quer …“

Aus Elviras Sicht war das für Erich Rottmann ein regelrechter Gefühlsausbruch.

„… aber was solls …“ Er machte Anstalten sich zu erheben.

„Jetzt erzähl schon“, forderte Elvira ihn auf. „Es ist nicht gut, wenn man alles in sich hineinfrisst!“

Normalerweise hätte Rottmann jetzt geblockt und sich kommentarlos verabschiedet. Heute sinnierte er kurz, dann setzte er sich wieder nieder.

„Stell Dir vor, heute klingelt es bei mir und ein junger Mann rennt mir regelrecht die Bude ein. Er stellt sich mir als Jens Rodenstock vor, mein Nachmieter, wie er sich ausdrückt. Er hätte in Würzburg zu tun und wolle sich nur mal kurz seine zukünftige Wohnung ansehen. Stell Dir das einmal vor! Es sind noch Monate hin, bis ich womöglich rausmuss, wenn Ron Schneider kein Trick einfällt, um die Kündigung hinfällig zu machen. Der Bursche läuft durch die Zimmer, fotografiert sie mit dem Handy und stellt fest, dass noch zahlreiche Renovierungs- und Änderungsarbeiten zu erledigen wären und ... jetzt kommt der Gipfel ... ob ich nicht schon früher, am besten morgen, ausziehen könnte, weil er sonst wegen des Semesterbeginns in ein Hotel ziehen müsste ...“ Rottmann regte sich so auf, dass er wieder einen roten Kopf bekam. „Ich kann Dir sagen, ich habe das Bübchen hochkant rausgeworfen! So eine Unverschämtheit!“

Elvira nickte nur verständnisvoll. „Erich, jetzt komm mal wieder runter, sonst kriegst Du noch einen Herzkasper.“ Sie legte ihre Hand besänftigend auf sein Knie. „Nur weil er das gefragt hat, musst Du ja nicht früher raus.“

„Ist schon richtig“, gab er etwas ruhiger von sich, „aber ich fühle mich total unter Druck gesetzt. Ich dachte, ich könnte den Gedanken noch eine Weile nach hinten schieben. Zumindest bis wir unser Stammtischjubiläum gefeiert haben, dann wollte ich mich mit dieser Sache ernsthaft auseinandersetzen.“

„Ich denke, weiter solltest Du das aber nicht hinauszögern. Die Wohnungssituation in Würzburg ... Du weißt ...!“ Den Rest ließ sie unausgesprochen. Nach einer kurzen Pause fügte sie leise an: „Im Übrigen habe ich Dir ja angeboten, dass Du bei mir jederzeit unterkommen kannst … falls alle Stricke reißen … und sich nichts anderes ergibt."

Erich Rottmann schloss die Augen, schüttelte den Kopf und drückte sich mit der flachen Hand gegen den Kopf.

„Um Gottes willen, Erich, was hast Du?" Elvira war total erschrocken.

„Schon gut", gab er zurück, „musst Dir keine Gedanken machen, dieses Sausen im Ohr habe ich ab und zu, wenn ich mich aufrege." Er konnte Elvira ja schlecht sagen, dass gerade die Ketten in seinem Kopf so laut klirrten, dass sie Elviras Wort fast unverständlich machten. Rottmann wusste ja, dass dieses Klirren nur in seinem Kopf existierte und nur dann massiv auftrat, wenn Elvira versuchte, seine Junggesellenburg zu stürmen. Einen tiefen Atemzug später legte sich der Anfall langsam wieder. Weil es ihn beschäftigte, zwang sich Rottmann zu einer Frage: „Ich habe vorhin vor Eurem Haus den Lkw eines Umzugsunternehmens gesehen …?"

„Ach, ist es anscheinend schon so weit? – Frau Renner aus dem Parterre zieht in ein Seniorenstift. Sie tut mir schon ein wenig leid. Sie wohnt schon eine gefühlte Ewigkeit in dem Viertel und jetzt muss sie raus, weil sie immer gebrechlicher wird. Sie will ihre Eigentumswohnung verkaufen, damit sie den Unterhalt im Heim davon bestreiten kann. Ist ein ziemlich teurer Spaß! Hoffentlich kauft sie nicht so ein Immobilienhai, der nur Kapital daraus schlagen will. Wahrscheinlich bekommt sie deutlich weniger, als die Wohnung wert ist, weil noch einige Sanierungsarbeiten durchzuführen sind." Sie verstummte. Rottmann hatte das Gefühl, dass er unbedingt von hier wegmusste, sonst wurde er noch richtig schwermütig.

„Elvira, vielen Dank für Deine Zeit, aber ich muss jetzt versuchen, noch jemand zu erwischen, der mir die Flüssigkeit in dem Fläschchen untersucht." Er erhob sich, winkte ihr zu und marschierte in Richtung Unterer Markt los.

Elvira Stark blieb noch einen Augenblick sitzen und sah ihm hinterher, bis er mit seinem typischen, leicht wiegenden Gang um die Ecke der Marienkapelle verschwunden war.

„Mein lieber Freund", murmelte sie leise, „so leid es mir tut, aber da musst Du jetzt durch!" Schließlich erhob sie sich und machte sich auf den Heimweg, es gab noch einige Dinge zu erledigen. In einer Stunde hatte sie einen wichtigen Termin, zuvor musste sie noch ein eiliges Telefonat führen.

Am Marienplatz setzte sich Rottmann erneut auf eine Bank, zog sein Handy aus der Tasche und wählte eine eingespeicherte Nummer. Gottfried Meyer, Obduktionsassistent und Rottmanns wertvolle Verbindung zum Institut für Rechtsmedizin, meldete sich sofort: „Institut für Rechtsmedizin, Meyer!"

„Hier Erich Rottmann, grüß Dich, Gottfried."

„Ja servus, Erich, ich habe Dich schon vermisst. In der letzten Zeit nicht auf den Spuren verdächtiger Leichen gewesen? Wie geht's Dir denn?"

„Oh, Gottfried, frag mich nicht! Wir bereiten das zwanzigjährige Bestehen unseres Stammtisches vor und kommen dabei auf keinen grünen Nenner, was wir machen wollen …"

„Na, da hätte ich doch einen Vorschlag! Warum nicht eine Party im Obduktionssaal der Rechtsmedizin? Ihr seid doch alle Gruftis, das würde doch wunderbar passen! Der eine oder andere von Eurem Schoppenclub landet später doch bestimmt bei uns. Da könnt Ihr Euch schon mal die Umgebung ansehen." Durch die Leitung kam dröhnendes Gelächter. Der Mann fand das offenbar ungeheuer lustig.

„Gottfried, Du bist ein Spinner!", gab Rottmann zurück, ohne sich über das Gerede aufzuregen. Gottfried Meyer pflegte schon immer einen absolut schrägen Humor, der mit den Jahren immer skurriler wurde. Meyer beruhigte sich wieder, anscheinend merkte er, dass der Exkommissar seine Worte nicht lustig fand.

„Mein Gott, man kann doch mal einen konstruktiven Vorschlag machen.“ – Pause – „Erich, mit was kann ich Dich heute verwöhnen? Ehrlich gesagt, bist Du ziemlich spät dran. Ich wollte gerade meine Brotdose aus dem Asservatenkühlschrank holen und einpacken. Der Feierabend ruft! Aber das kann ein Dauerfeierabendler wie Du wohl nicht nachvollziehen.“

„Hör zu, Gottfried, jetzt mal ernst, meine Bitte ist sehr dringend!“

„Warum wundert mich das nicht?“, murmelte Meyer dazwischen. Rottmann ließ sich aber nicht beirren.

„Kannst Du noch eine Stunde in Deinem Büro bleiben? Ich würde Dir gerne gleich mit einem Fahrradboten ein Medikamentenfläschchen vorbeischicken. Ihr habt doch ein hervorragendes Labor, ich müsste bis morgen Vormittag wissen, welche Substanz sich darin befindet. Du hast doch sicher zu einer eurer Chemikerinnen einen guten Draht und kannst die Substanz inoffiziell vertrauensvoll unter der Hand analysieren lassen.“

„Buuuh!“ Gottfried Meyer stieß die Luft aus. „Erich, Erich, was heckst Du denn jetzt schon wieder aus?“

„Gottfried, ich kann Dir keine Einzelheiten nennen … nur so viel … das Ergebnis könnte eine Regierungskrise im Rathaus auslösen!“

„Oh Mann, kleiner machst Du es wirklich nicht … – Also gut! Ich warte hier, bis der Bote kommt. Er soll an der Pforte läuten, ich mache dann auf. Ich habe es ehrlich gesagt eh nicht sehr eilig heimzukommen. Meine Frau kocht heute

‚Tote Ritter'. Meine Begeisterung, mich zuhause auch noch mit Toten beschäftigen zu müssen, ist sehr gebremst."

Rottmann musste grinsen. „Gottfried, soweit ich weiß, heißt das Gericht ‚Arme Ritter', aber egal. Danke, dass Du mir hilfst!" Das Gespräch endete. Rottmann googelte hastig in seinem Handy nach Fahrradkurieren in Würzburg. Er wurde schnell fündig. Er erteilte einen Eilauftrag und forderte einen Kurier zum Obelisken am Unteren Markt an. Erkennungszeichen: bärtiger älterer Herr mit Hund. Es dauerte keine Viertelstunde, dann hielt ein junger Mann in grelloranger Radlerkluft mit einem gleichfarbigen, wasserdichten Rucksack mit quietschenden Bremsen vor ihm an. Rottmann bat ihn um einen Stift und schrieb *„Institut für Rechtsmedizin – Herrn Meyer"* – auf den Umschlag. Absender: *Erich Rottmann*. Der Kurier verzog keine Miene, als er die Adresse las. Wahrscheinlich war er einiges gewöhnt. Rottmann zahlte die Gebühr, dann ließ der Mann das Kuvert im Rucksack verschwinden, drehte sein Fahrrad herum und begann einen halsbrecherischen Slalom durch die Menschen auf dem Platz. Rottmann sah ihm hinterher. Er war wirklich gespannt, was bei der Untersuchung herauskam. Vielleicht konnte er dem Pressesprecher ein Ergebnis liefern, mit dem der etwas anfangen konnte.

„Öchsle, jetzt geht's zum Stammtisch!", verkündete er und marschierte über den Marienplatz in Richtung Maulhardgasse. Er brauchte dringend ein paar Schoppen, um dieses bedrückende Wort „Seniorenheim" aus dem Kopf zu bekommen, das in seinem Gehirn wie ein Echo bis in die entlegensten Areale schallte.

Horst Ritter hob die Hand und bat um Ruhe am runden Tisch. „Liebe Schoppenbrüder, wir sollten nach langen Diskussionen endlich zu einer Entscheidung kommen. Die Zeit läuft uns davon und wir müssen für unsere Feier doch noch einige organisatorische Dinge auf den Weg bringen!"

Es dauerte einen Moment, dann verstummten alle.

„Nach den Recherchen unseres Freundes Andy Farmer gibt es, wie schon vermutet, keine Chancen, unser Jubiläum im Wappensaal des Rathauses abzuhalten." Er warf Andy Farmer einen auffordernden Blick zu, worauf der nun seinerseits das Wort ergriff.

„Mal abgesehen davon, dass der Saal terminlich in diesem Jahr kaum noch zu haben ist, bestehen seitens der dritten Bürgermeisterin Hörlis Bedenken, dass man mit einer Erlaubnis für uns ein Präjudiz für jedermann schaffen würde."

In der Runde entstand ein erbostes Volksgemurmel, weil man der Überzeugung war, man sei nicht jedermann.

„Frau Hörlis wäre natürlich gerne bereit, wie sie mir sagte, auch an einer anderen Location einige Grußworte der Rathausspitze an uns zu richten", schloss Andy Farmer seine Ausführungen.

„Das müssen wir dann einfach akzeptieren", ergriff Ritter wieder das Wort. „Ich schlage daher vor, unseren Wirt zu fragen, ob wir nicht den gesamten Maulaffenbäck für eine geschlossene Veranstaltung reservieren können."

Diesmal zustimmendes Gemurmel.

„Wenn wir uns dahingehend einigen könnten, sollten wir uns im nächsten Schritt Gedanken über die Ausgestaltung der Feier machen. Wen laden wir ein, wie finanzieren wir das

Ganze? Ziehen wir die Presse mit hinzu et cetera? Wir sollten daher ein Festkomitee ins Leben rufen, das entsprechende Pläne ausarbeitet, vor allen Dingen mit dem Wirt einen verbindlichen Termin festlegt."

In der Runde begann eine angeregte Unterhaltung. Im Prinzip waren alle mit der Entscheidung, im Maulaffenbäck zu feiern, einverstanden. Hier war ihr Stammtisch gegründet worden, hier hatten sie gewissermaßen ihr zweites Zuhause. Sehr schnell kristallisierte sich heraus, dass man Andy Farmer, Xaver Marschmann und Ron Schneider im Orgateam haben wollte. Die drei Schoppenfreunde erklärten sich gerne einverstanden.

Erich Rottmann war an diesem Abend ungewöhnlich verhalten. Irgendwie schien er nicht ganz bei der Sache zu sein. Gefragt, ob er sich organisatorisch einbringen wollte, winkte er ab und begründete seine Ablehnung mit augenblicklichen privaten Problemen. Jeder wusste natürlich, was er damit meinte, und man zeigte Verständnis. Vor dem Treffen hatte er Ron Schneider kurz zur Seite genommen und sich nach seiner „Sache" erkundigt, dabei hatte er auch von dem Besuch des jungen Rodenstock berichtet.

„Nach heutigem Sachstand muss ich Dir leider sagen, dass ich Dir keine günstige Prognose wegen Deiner Kündigung geben kann. Meine Recherchen haben bis jetzt keine juristische Schwachstelle gefunden. Allerdings hat Rodenstock keinen Anspruch darauf, dass Du früher ausziehst! Du solltest aber rein vorsorglich jetzt schon mal Deine Fühler auf dem Wohnungsmarkt ausstrecken. Einfach mal so, um die Chancen zu sondieren."

Eine Aussage, die nicht gerade geeignet war, Erich Rottmanns Stimmung aufzuhellen. Irgendwie hatte er das Gefühl, dass sich langsam eine Schlinge um ihn zuzog. Für seine Verhältnisse recht früh brach er auf. Selbst seine Bruyère schmeckte ihm auf dem Nachhauseweg nicht. Ein ausgesprochen alarmierendes Zeichen! Nachdem er mit Öchsle kurz Gassi gegangen war, lief er an Elviras Haus vorbei. Dabei warf er einen nachdenklichen Blick zu den dunklen Fenstern der Parterrewohnung, von der Elvira gesprochen hatte. Als die Ketten langsam wieder zum Leben erwachten, flüchtete er sich regelrecht in sein Treppenhaus.

Wurde er langsam verrückt?

... wo der Pfeffer wächst ...

Für Oberbürgermeister Schnuckthardt war dieser Tag mit Ärger vollgestopft. Es fing schon damit an, dass er sich beim Kaffeetrinken am Frühstückstisch die Krawatte mit Marmelade bekleckerte und er sich noch einmal umziehen musste. Dann verspätete sich sein Fahrer, der von Mühlhausen anreiste und dabei auf der schmalen Ortsstraße in eine Traktordemonstration mit mehr als fünfzig Landmaschinen geriet. Die Bauern demonstrierten für mehr Unterstützung der Regierung für die explodierenden Treibstoffpreise. Er sollte ihn zu einem Seniorenfrühstück am Hubland fahren, bei dem er einer hundertjährigen Heimbewohnerin zum Geburtstag gratulieren wollte, was dann auch mit halbstündiger Verspätung gelang. Die rüstige Dame bedankte sich für seine Glückwünsche mit einer herzlichen Umarmung und einem feuchten Schmatz ins Gesicht. Anschließend besuchte er in der Zellerau eine Bürgersprechstunde, bei der natürlich das Hauptthema die Bewirtschaftung der Talavera war. Eine besonders engagierte Fragerin war die Betreiberin eines „Studios für Männergesundheit", wie sie es nannte, die großen

Wert darauf legte, dass ihr auch zukünftig in der Nähe ihres Etablissements zehn kostenlose, nicht überwachte Stellplätze für ihre Klienten zur Verfügung blieben. Er musste ihr erklären, dass bezüglich zukünftiger Verkehrsregelungen jedweder Art noch keine detaillierten Pläne bestünden, würde sich aber ihr Anliegen notieren. Insgeheim nahm er sich vor, zukünftig solche Termine Selig zu übertragen. Das hätte er auch heute gerne getan, hatte aber Selig bedauerlicherweise wieder nicht in seinem Büro erreicht.

Als er dann endlich das Rathaus betrat, traf er auf Bürgermeisterin Hörlis, die ihm mitteilte, dass Selig heute noch nicht im Haus gesehen worden war. Sein Sekretariat war bereits im Feierabend, so dass er den modernen Kaffeeautomaten selbst anwarf. Er schob seine Kaffeetasse unter den Auslass. Jetzt war ein ordentlicher Schuss Koffein das Mittel der Wahl. Mit der Tasse in der Hand ließ er sich in seinen Bürostuhl fallen und gab ein lautes Ächzen von sich. Nachdem er an dem schwarzen Gebräu genippt hatte, lockerte er seine Krawatte, dann startete er den Computer und öffnete das Mailprogramm. Seufzend registrierte er mehr als zwanzig E-Mails. Langsam scrollte er durch die Nachrichten. Zuerst stach ihm die Mitteilung seines Pressereferenten ins Auge, der ihm gestern am späten Abend den Entwurf einer Presseerklärung geschickt hatte. Inhalt: *„Rückkehr des zweiten Bürgermeisters ins Amt"*. Schluckthardt würde sie lesen, wenn er alle anderen Mails hinsichtlich ihrer Wichtigkeit gecheckt hatte. Er zog die Augenbrauen in die Höhe, als er eine Mail von seinem Stellvertreter sah, die dieser laut Datum und Uhrzeit heute Nacht um 3.12 Uhr an ihn geschickt hatte.

Plötzlich erfasste den OB Nervosität. Eine Nachricht von Selig um diese Uhrzeit konnte nichts Gutes bedeuten. Er öffnete sie, und da stand zu lesen:

Lieber Merlin,

ich hatte ja geplant heute wieder ins Rathaus zurückzukehren. Es tut mir wirklich sehr leid, Dir sagen zu müssen, ich packe das im Moment nicht. Ich sehe mich nicht in der Lage, die von mir initiierte Planung bezüglich eines umfassenden Verkehrskonzepts für Würzburg weiterhin zu unterstützen. Es ist mir klar, dass dies eine Kehrtwende um 180 Grad darstellt, aber ich bin zu der Einsicht gekommen, dass wir nicht gegen den Wunsch einer sich abzeichnenden Mehrheit der Bevölkerung handeln dürfen. Ich kann es nicht verantworten, weiterhin gegen die Mehrheit unserer Wähler zu agieren. Wir sollten das Projekt, so wie wir es geplant haben, sausen lassen und stattdessen neu beginnen. Ich jedenfalls kann nicht mehr länger die Galionsfigur für dieses Konzept spielen und werde daher mit sofortiger Wirkung meinen Jahresurlaub antreten. Ich werde mich für die Dauer des Urlaubs in ein Aschram in der Region Malabar im indischen Bundesstaat Kerala zurückziehen, den ich in meiner Jugend während meiner Wanderjahre kennengelernt habe. Mit Hilfe des Guru Nanadur werde ich mich reinwaschen von politischen Verfehlungen und gereinigt an Leib und Seele zurückkehren. Sollten die Menschen fragen, wo ich bin, sag ihnen doch einfach, ich bin dort, wo der Pfeffer wächst. Das wird den einen oder anderen sicher erfreuen.

Lieber Merlin, verzeih mir, aber ich kann nicht anders ...

„Verdammter Mist!“, fluchte der OB und ließ die Faust auf den Tisch fallen. „Diese Ökos sind für die knallharte Realpolitik einfach zu weich! Jetzt muss ich den Karren wieder aus dem

Dreck ziehen! Ich habe ja gleich gesagt, dass diese Pläne Mist sind! Aber auf mich wollte ja keiner hören!"

Nachdem er sich wieder etwas beruhigt hatte, löschte er die überholte Presseerklärung. Er griff zum Hörer, rief seinen Pressesprecher an und forderte ihn auf, sofort zu ihm ins Rathaus zu kommen.

„Schwarz, sorgen Sie dafür, dass diese Neuigkeit an die Mainpostille durchgestochen wird. Das Rathaus darf als Quelle nicht erkennbar sein. Sie haben doch da sicher Ihre Möglichkeiten. Offiziell halten wir uns völlig bedeckt. Bürgermeister Selig hat aus persönlichen Gründen seinen Jahresurlaub angetreten. Ansonsten kein Kommentar!"

Schöpf-Kelle bekam den heißen Tipp noch am selben Tag von einem glaubwürdigen Informanten aus dem Rathaus zugespielt. Noch vor Mitternacht desselben Tages hämmerte der Reporter einen kurzen, aufpeitschenden Artikel in den Computer, der in der Morgenausgabe der Mainpostille mit folgender Headline erschien:

Bürgermeister Selig ging hin, wo der Pfeffer wächst!

Wie unsere Redaktion aus für gewöhnlich gut unterrichteten Kreisen erfahren konnte, hat der Steuermann des Ratsbegehrens zur Bewirtschaftung der Talavera das (sinkende?) Schiff verlassen und sich zur inneren Einkehr in einen Aschram in der Region Malabar in Indien zurückgezogen. Diese Region ist zufälligerweise seit Jahrhunderten für den Anbau von Pfeffer bekannt, so dass man, ohne dies als despektierliche Metapher bemühen zu müssen, behaupten kann, Herr Selig ist dorthin gereist, wo der Pfeffer wächst … Die Dauer seines Aufenthalts ist ungewiss!

Durch Würzburg ging ein Raunen. Die Galionsfigur einer der umstrittensten Entscheidungen des Würzburger Stadtrats war in die innere Einkehr gegangen. Viele Bürger witzelten darüber, dass diese Praxis für die Regierenden eigentlich verpflichtend eingeführt werden sollte …

Ein problematisches Ergebnis …

Rottmann überlegte gerade beim Frühstück, dass es wohl wieder einmal an der Zeit wäre, Wäsche zu waschen, weil sein Vorrat an Unterhosen langsam zur Neige ging, obwohl er die mittlere Tragezeit großzügig auf zehn Tage erweitert hatte. Da läutete sein Handy.

„Rottmann", nuschelte er ins Mikrofon, weil er sich gerade ein Reststück *Harzer Roller* in den Mund geschoben hatte, einen älteren Kühlschrankbewohner, der sich dort zu einem Emissionsfaktor entwickelt hatte, der selbst Rottmanns stabile Nasenschleimhäute olfaktorisch strapazierte.

„Guten Morgen, Herr Kommissar", tönte Gottfried Meyers prägnante Stimme an Rottmanns Ohr, „wie ich anhand mehrerer Brösel in meinem Gehörgang feststelle, geruht der Herr Pensionist gerade zu frühstücken … dann will ich auch gar nicht lange stören."

„Passt schon!", gab Rottmann zurück, der sich den Mund schnell mit einem Schluck Kaffee freispülte.

„Gottfried, das ging aber schnell! Hast Du was herausfinden können?"

„Wenn mein Freund Erich Rottmann kurz vor Dienstschluss anruft und eine dringende Anfrage hat, die so wichtig ist, dass er sogar einen Fahrradboten quer durch Würzburg hetzt, reagieren wir von der Rechtsmedizin wie der Blitz."

„Mein Gott, Gottfried, Deine Leistungsfähigkeit ist bekanntermaßen göttlich … aber hör jetzt endlich auf rumzulabern und komm zur Sache!“

Meyer erkannte, dass Rottmann um diese Uhrzeit noch nicht zu Scherzen aufgelegt war, und wurde sachlich.

„Meine Kollegin Neugebauer aus dem Labor war mir noch einen Gefallen schuldig und hat sich freundlicherweise vor einer guten Stunde gleich an die Untersuchung des Inhalts des Fläschchens gemacht. Es gibt ja bei der Untersuchung unbekannter Flüssigkeiten und Substanzen bestimmte Standardvorgehensweisen.“

Er atmete durch und Rottmann ballte die Faust, weil er kaum noch Geduld hatte. „Ich will es kurz machen. In dem Gläschen ist eine Substanz, die beispielsweise auf keinen Fall in Wein vorkommen darf!“

„Ja, und …?“

„Mit hundertprozentiger Sicherheit handelt es sich fast ausschließlich um reines … H_2O …“

Rottmann benötigte eine Sekunde, um seine rudimentären Chemiekenntnisse herauszukramen. „Du meinst …?“

„Ja, mit absoluter Sicherheit 99 Prozent stinknormales Aqua … also Wasser! – Aber …“

Nach kurzer Pause fuhr er fort: „Meine Kollegin meinte, man habe versucht, das Fläschchen auszuschwenken, dabei aber nicht allzu große Sorgfalt angewandt. Sie konnte aus dem Wasser noch Spuren eines Beruhigungsmittels herausfiltern, das in einer stärkeren Konzentration auch als Partydroge Verwendung findet, landläufig auch als K.-o.-Tropfen bekannt. Sie meinte allerdings, bei polizeilichen Ermittlungen würde diese Spur wegen der geringen Konzentration nicht verwertbar sein.“

„Gottfried, das überrascht mich jetzt sehr!“

„Erich, ich hoffe, ich konnte Dir damit helfen. Vielleicht kannst Du bei Gelegenheit für die Kollegin Neugebauer einen Bocksbeutel rüberwachsen lassen!“ Er lachte.

„Das mache ich gerne“, gab Rottmann noch immer betroffen zurück. „Aber trink ihn ihr nicht weg! – Gottfried, herzlichen Dank!“

„Gerne geschehen! Ich muss jetzt rüber in den Sektionssaal. Da liegt einer, der zu viel Aqua abbekommen hat … auf Deutsch, er ist ertrunken. Mach's gut!“

Rottmann starrte einen Moment völlig perplex auf sein Handy. Mit allem hatte er gerechnet, nur nicht damit. Diese Spur war ein Hinweis, dem man nachgehen sollte. Er trank seine Tasse aus, dann wählte er die Nummer von Elvira Stark.

„Guten Morgen, Erich!“ Sie hatte seine Nummer erkannt. „Schon so früh auf Achse?“

„Elvira, ich wollte Dich nur kurz informieren, dass es sich bei dem Inhalt des Medizinfläschchens fast nur um reines Wasser handelt. Es enthält allerdings in ganz starker Verdünnung Spuren einer schwer definierbaren Substanz! Es besteht der Verdacht, dass es sich um K.-o.-Tropfen gehandelt hat. Offenbar wurde versucht, es auszuschwenken, man war aber nicht gründlich genug. Dieses Ergebnis ist strafrechtlich nicht verwertbar, aber für uns zumindest ein Indiz. Denk doch bitte noch einmal darüber nach, von wem es stammen könnte.“

„Das kann ich machen, verspreche mir aber nicht viel davon.“ Ehe er auflegen konnte, sagte sie noch schnell: „Erich, hast Du heute schon die Zeitung gelesen?“

Er verneinte. „Da steht ein knalliger Artikel von diesem Schöpf-Kelle drin. Er behauptet, dass er aus einer sicheren Quelle erfahren hat, dass sich Bürgermeister Selig kurzfristig Urlaub genommen hat und nunmehr in Indien weilt. Irgendwelche Aktionen dieser #FFEFB gegen ihn wegen der

Talaverasache dürften damit jetzt wohl ins Leere laufen. Bis er zurückkommt, sind doch sämtliche Bürgerbegehren gelaufen."

Rottmann wollte schon auflegen, da sprach sie weiter: „Übrigens, Erich, ich will wieder mal Frau Schreck und den Nachwuchs von Öchsle besuchen. Komm doch mit! Sie würde sich bestimmt freuen und die Spannungen zwischen Euch beseitigen. Bis zum Stammtisch hast Du doch noch Zeit."

Rottmann verzog das Gesicht, was sie natürlich nicht sehen konnte.

„Also gut", stimmte er zögerlich zu, „ich muss aber vorher noch einen Anruf tätigen. Sagen wir in einer halben Stunde unten auf der Straße."

Rottmann wählte anschließend die Nummer des Pressesprechers Schwarz. Als Rottmann sich meldete, legte Schwarz gleich los. „Herr Rottmann, gerade wollte ich Sie anrufen. Sie haben ja bestimmt schon mitbekommen, dass Bürgermeister Selig längere Zeit verreist ist. Er besucht einen Guru in einem Aschram in Indien, um zu sich selbst zu finden … Ich erspare mir hierzu jeglichen Kommentar. Jedenfalls können Sie jetzt Ihre Bemühungen einstellen, herauszufinden, wer hinter #FFFFB steckt. Vielleicht ist es auch besser so, wenn das unaufgeklärt bleibt. Ich danke Ihnen auf jeden Fall herzlich für Ihren Einsatz für die Stadt – natürlich auch im Namen von Oberbürgermeister Schluckthardt. Als kleine Anerkennung ihrer Aufwände lasse ich Ihnen eine Kiste Silvaner vom Bürgerspital zukommen. Ihre Adresse ist uns ja bekannt. Auf Wiederhören!"

Ohne dass Rottmann noch einmal zu Wort gekommen wäre, legte Schwarz auf. Offenbar wollte er Rückfragen vermeiden. Erich Rottmann zuckte mit den Schultern. Silvaner ging immer.

Dann rief er nach Öchsle und sie trafen sich mit Elvira Stark vor dem Haus. Sie bemerkte, dass Rottmann im Vorübergehen einen schrägen Blick in Richtung der Wohnung Renner im Untergeschoss warf.

„Ich habe gehört", erklärte Elvira, „dass sich schon zahlreiche Bewerber bei der Hausverwaltung gemeldet haben, die Frau Renner beauftragt hat, die Wohnung zu verkaufen. Die wird sicher ruckzuck weggehen. Ich kann Dir aber ehrlich sagen, ich würde die Finger davonlassen. Da fallen sicher erhebliche Sanierungskosten an … und dann die Lage … im Parterre, direkt neben der Straße, durch die am Wochenende die ganzen Partygänger aus der Sanderstraße ziehen. Da ist es bei mir im obersten Stock im Gegensatz dazu ausgesprochen ruhig … und mietfrei …"

Rottmann kommentierte ihre Bemerkungen mit Schweigen. Er wollte verhindern, dass die Ketten wieder klirrten.

Amanda Schreck stand unter der Tür und sah ihren Besuchern entgegen. Wieder musste Öchsle draußen warten, was Rottmann mit kritischer Miene akzeptierte. Als er die Welpen betrachtete, die nun schon etwas mobiler in ihrer Wurfkiste herumturnten, ging ihm das Herz auf. Schlagartig fühlte er sich zu dem Moment zurückversetzt, als er zum ersten Mal im Würzburger Tierheim auf Öchsle gestoßen war und sich sofort in den Rüden verliebte. Frau Schreck und Rottmann unterhielten sich dann doch ganz entspannt, vor allen Dingen als Rottmann aus seinem Geldbeutel einen 100-Euro-Schein herausfischte und damit augenzwinkernd seine „Alimente" entrichtete. Eine halbe Stunde später verließen Elvira Stark und Erich Rottmann die Welpen mit dem Versprechen, bald wiederzukommen. Eine Stunde später saß Rottmann mit Öchsle am Stammtisch und ließ sich seinen Silvaner und seine tellerüberlappende Leberkäsportion schmecken.

#FFFFB am Ende …

Sie trafen sich um die Mittagszeit in dem bekannten Hinterzimmer. Es sollte vorerst mal die letzte Zusammenkunft sein. Ramona hatte Champagner aus einer postalischen Falschlieferung ausgeschenkt. Üblicherweise war diese Marke für ihr Unternehmen zu teuer, weil dann die Gewinnspanne nicht mehr stimmte. Für die Anwesenden ließ sie dann doch eine Flasche springen. Der Sprecher der Gruppierung hob die Hand.

„Liebe Mitstreiter, wir müssen uns heute von Louis verabschieden, der aus Cannes einen Auftrag zur Umsetzung eines lukrativen Erotik-Filmprojekts erhalten hat. Er wird sich noch heute auf den Weg an die Côte d'Azur machen."

Die sieben Personen am Tisch klatschten Beifall. Ludwig Selig, der achte Mann im Raum mit dem Künstlernamen Louis Béni-Saint, verneigte sich dankend. Jeder Außenstehende hätte ihn zweifellos als zweiten Bürgermeister von Würzburg angesprochen, so frappierend war die Ähnlichkeit mit seinem Zwillingsbruder Markus. Damit endeten aber auch schon die Gemeinsamkeiten. Während Markus den braven bürgerlichen Weg mit Familie und politischer Laufbahn eingeschlagen hatte, verließ Ludwig Selig in jungen Jahren seine Heimat, ging nach Brasilien, dann in die USA, um später als Produzent von anspruchsvollen Erotik-Filmen in Frankreich Karriere zu machen.

„Ich danke Ihnen sehr und freue mich, dass ich Ihnen mit meinem künstlerischen Wirken helfen konnte, diese Scharade gegenüber meinem Bruder durchzuziehen. Schon als wir noch kleine Jungen waren, hat er sich immer mit seiner Raffinesse durchgesetzt und immer den Lolli bekommen. Wir hatten noch eine Rechnung offen! Ich freue mich insbesondere, dass Ihr politisches Projekt von den Bürgern von Würzburg mehrheitlich gestützt wurde und die Talavera, dieser schöne Platz, gebührenfrei bleibt. Selbstverständlich danke ich Ihnen auch für das großzügige Honorar und hoffe, dass die Geschäftsleute der Stadt weiterhin in den Genuss vieler Kunden kommen, die in einer autofreundlichen Stadt einkaufen können. Auf Wiedersehen und alles Gute!"

Er erhob sich, verneigte sich in die Runde und Ramona begleitete ihn hinaus.

„Also, ich persönlich finde es sehr schade, dass Du, lieber Louis, uns wieder verlässt", erklärte sie am Ausgang. „Ich hätte mir gut vorstellen können, Dich als Partner in mein Unternehmen aufzunehmen. Die Unterfranken wirken zwar immer etwas trocken, sind aber, wenn sie sich erst mal in mein Etablissement hereingeschlichen haben, durchaus auch nur Männer …" Sie lachte glucksend.

„Liebe Ramona, danke für das Angebot; sollte es bei mir mal nicht so laufen, komme ich gerne darauf zurück. Aber jetzt muss ich los, ich habe noch einige Stunden Fahrt vor mir." Er gab ihr einen Wangenkuss, dann war er weg. Sie schloss die Tür und begab sich zurück ins Hinterzimmer.

„Und wie sieht es jetzt mit unserem Herrn Originalbürgermeister aus?", fragte gerade der Geschäftsführer einer großen Buchhandlung.

Eine der drei Damen aus dem Rathaus zuckte mit den Schultern. „Nachdem sein Bürgerbegehren kläglich gescheitert ist, wird er wohl irgendwann wieder wie Phönix aus der Asche aus seinem Aschram auftauchen."

„Wir sollten auf jeden Fall unseren Alternativvorschlag, den wir erarbeitet haben, als Vorschlag der Opposition in den Stadtrat einbringen. Ich bin mir sicher, jetzt hat unser Oberbürgermeister Oberwasser und wird uns nach den Erfahrungen der vergangenen Wochen gerne unterstützen", erklärte der Vertreter der Interessengemeinschaft „Würzburg macht Freude" nachdrücklich. Ich glaube kaum, dass er gerne als Hauptdarsteller in einem kulturell wertvollen Filmchen auftauchen möchte." Gelächter in der Runde. Die beiden Herren des Rats, die sich aus der Opposition der Gruppe #FFFFB angeschlossen hatten, nickten beipflichtend.

Sie stießen miteinander an. Versicherten sich nochmals ihres absoluten Stillschweigens, dann verabschiedeten sie sich voneinander. Ramona verteilte noch großzügig „Behandlungs-Gutscheine" an die anwesenden Damen und Herren. Sie war schon immer für Gleichberechtigung gewesen. Dann verließen die ehemaligen Aufrührer das Etablissement und setzten sich in ihre kostenfrei geparkten Autos.

Verabschiedung …

Oberbürgermeister Merlin Schluckthardt richtete seine Krawatte und ließ den Blick über die kleine, aber illustre Gesellschaft streifen, die sich um zehn Uhr im historischen Wenzelsaal des Grafeneckart eingefunden hatte. Anlass war die Verabschiedung von Elvira Stark, der Reinemachefrau der Chefetage des Rathauses Würzburg. Üblicherweise fanden Verabschiedungen von Personal unterhalb der Referentenebene im Büro des Personalreferenten statt. Nach einem dezenten Hinweis durch seinen Pressereferenten, dass man Frau Stark doch aus bestimmten Gründen nicht verärgern sollte, hatte es sich der OB nicht nehmen lassen, die Überreichung der Entlassungsurkunde höchstpersönlich im gehobenen Rahmen vorzunehmen. Rottmann hatte Schwarz im Vorfeld darüber informiert, dass Elvira Stark ihn bei den Ermittlungen gegen #FFFFB stark unterstützt hatte. Auf den Stühlen hatten sich die dritte Bürgermeisterin, die Personalvertretung, die Kollegen und Kolleginnen aus dem Facilitymanagement des Rathauses, einige Stadträte, die davon Wind bekommen hatten, und eine Anzahl von Personen aus dem Haus, deren Anwesenheit sich nicht aus dem bloßen Anlass heraus erklären ließ, niedergelassen.

Selbstverständlich war Erich Rottmann mit Öchsle geladen, Letzterer mit großzügiger Duldung des OB. Selbstverständlich war Andy Farmer vorne in der ersten Reihe dabei. Vom Stammtisch *DIE SCHOPFENFETZER* waren zur Verwunderung von Rottmann darüber hinaus Dr. Horst Ritter, Xaver Marschmann und Ron Schneider mit von der Partie. Von deren Einladung war ihm nichts bekannt gewesen. Das hatte Elvira heimlich organisiert und die Stammtischbrüder hatten dichtgehalten.

Als alle saßen, räusperte sich Schluckthardt vernehmlich und forderte damit Aufmerksamkeit. Mit Grabesstimme begann er: „Meine sehr verehrten Damen und Herren, wir haben uns heute hier versammelt, um Abschied zu nehmen …“

Erich Rottmann warf Elvira einen prüfenden Blick zu. Noch saß sie gesund und munter auf ihrem Stuhl. Pressesprecher Schwarz erschrak, weil seine Mitarbeiterin offenbar dem OB versehentlich die Rede 5b aus dem Verzeichnis vorbereiteter Reden ausgedruckt hatte, die eigentlich für tragische Trauerfälle vorgesehen war. Doch zum Glück bekam Bürgermeister Schluckthardt den Fehler mit und bekam improvisierend irgendwie die Kurve.

„… ähm … Abschied zu nehmen von einer der beliebtesten und bekanntesten Mitarbeiterinnen des Rathauses, die durch die Erreichung … der Rentenaltersgrenze so grausam

… respektive verdientermaßen … aus dem Berufsleben gerissen wurde … ähm … beziehungsweise ausscheiden … ähm … wird.“

Rottmann warf seinen Stammtischbrüdern fragende Blicke zu. War der Herr OB womöglich etwas verwirrt? Elvira blickte ganz gelassen geradeaus. Dann löste sich der Oberbürgermeister von seinem Manuskript und sprach frei.

„… Üblicherweise, liebe Frau … ähm … Stark, gehe ich an dieser Stelle meiner Rede auf den beruflichen Werdegang der Jubilarin ein, das werde ich mir aber schenken, da jede der hier sitzenden Personen Sie kennt und weiß, ähm … was Sie für das Rathaus und insbesondere für uns Bürgermeisternden geleistet haben. Hiermit verabschiede ich Sie in den wohlverdienten Ruhestand und wünsche Ihnen Glück und Gesundheit, damit Sie … ähm … der Rentenkasse noch lange auf der Tasche liegen können. Und sollten Sie es zuhause gar nicht aushalten, ähm … mein Abfalleimer im Amt steht Ihnen jederzeit zur Verfügung!“

Er lachte und begann sich selbst zu applaudieren, worauf alle Anwesenden zuerst zögerlich, dann laut einfielen. Er trat auf Elvira Stark zu, die sich erhoben hatte, und überreichte ihr mit einem kräftigen Händedruck eine Urkunde und ein Dankesschreiben.

Anschließend sprach der Personalreferent, dann der Personalratsvorsitzende. Alle fassten sich zu Elviras Freude relativ kurz. Am Ende trat sie nach vorne, bedankte sich für die wohlmeinenden Worte und lud alle zu einem Sektempfang ein, den sie selbstverständlich selbst finanziert hatte, da der Reptilienfonds der Stadt gerade Ebbe hatte.

Während des Stehempfangs unterhielt sich Elvira mit jedem der Gäste. Der OB entschuldigte sich bei ihr, weil noch einige wichtige Amtsgeschäfte auf ihn warteten.

Kurz darauf verabschiedete sich auch Bürgermeisterin Hörlis von Elvira und wünschte ihr alles Gute. Beim Gehen fiel ihr anscheinend noch etwas ein, denn sie drehte sich noch einmal zu Elvira um.

„Frau Stark, da hätte ich noch eine kleine Frage. Sie haben doch auch immer bei mir sauber gemacht. Seit einiger Zeit vermisse ich ein kleines Medikamentenfläschchen, das auf meinem Schreibtisch stand. Es enthält ein Magenmedikament, das ich regelmäßig nehmen muss. Ist Ihnen da irgendetwas aufgefallen, dass es vielleicht in den Abfall gerutscht ist …?“ Sie sah Elvira eindringlich an.

Elvira sah sie treuherzig an. „Tut mir wirklich leid, Frau Bürgermeisterin. So etwas wäre mir sicher sofort aufgefallen!“

„Na ja … macht nichts, ich habe mir schon Ersatz besorgt.“ Sie winkte und marschierte davon.

„Da schau her …!“, murmelte Elvira, dann drehte sie sich um und widmete sich ihren Gästen.

Plötzlich entdeckte Erich Rottmann, der bei seinen Stammtischbrüdern stand, Schöpf-Kelle, der sich irgendwie in die Feier eingeschlichen hatte. „Was machen Sie denn da?“, wollte Rottmann ziemlich ruppig wissen.

„Man hat mich gebeten, einen kleinen Bericht zu schreiben, weil eine bedeutende Persönlichkeit des Rathauses in den Ruhestand verabschiedet wird. – Können Sie mir sagen, wer das ist?“

„Da sprechen Sie am besten mit dem Pressefritzen. Der Herr Schwarz kann Ihnen da sicher weiterhelfen.“ Rottmann drehte sich um und ließ den rasenden Reporter stehen.

Nach einer guten Stunde war alles vorbei. Elvira, Rottmann mit Öchsle und Elvira, bewaffnet mit einem großen Blumenstrauß, verließen den Grafeneckart. Als Elvira zum letzten Mal offiziell durch den Ausgang das Rathaus verließ, war ihr dann doch etwas mulmig zumute. Rottmann trennte sich von ihr am Vierröhrenbrunnen, weil er – wie könnte es anders sein – auf dem Weg zum Stammtisch war. Seine Stammtischbrüder waren bereits vorausgegangen. Elvira überlegte kurz, dann machte sie sich auf den Heimweg, da sie noch einige Dinge zu erledigen hatte.

Als Bürgermeisterin Hörlis ihr Büro betrat, griff sie zufällig in die Tasche ihrer Kostümjacke. Sie ertastete einen kleinen, festen Gegenstand, der in ein Papier eingewickelt war. Verwundert nahm sie das Teil in die Hände und befreite es von der Umwicklung. Erstaunt betrachtete sie ein kleines braunes Medizinfläschchen ohne Beschriftung. Sie hatte keine Ahnung, wie es dahingekommen war. Das musste ihr jemand während des Empfangs oder danach in die Tasche geschoben haben! Auf dem Papier stand in großer Schrift:

„Return to Sender!"

Wütend wollte sie es in den Papierkorb werfen, unterließ es dann aber aus nachvollziehbaren Gründen.

Feiern, bis der Arzt kommt ...!

Eine Woche nach Elviras Verabschiedung konnten Menschen, die den Maulaffenbäck zu einem Abendschoppen aufsuchen wollten, vor der Tür ein großes Schild lesen:

Geschlossene Gesellschaft!

Es war ein Freitag, damit die Gäste der Feier, die noch so tun mussten, als würden sie ihr tägliches Brot durch geregelte Arbeit verdienen, sich am Wochenende von den Strapazen der Jubiläumsfeier erholen konnten.

Pünktlich um 15 Uhr war Einlass in den Maulaffenbäck. Zum Gesang des Würzburger Chordreiklangs *Zellerauer Gassenhauer*, der auf der Maulhardgasse, begleitet von einem Ziehharmonikaspieler, das *Würzburg-Lied* intonierte, drängelten die geladenen Gäste in das Weinlokal. Am Eingang erhielten sie zum Empfang ein Glas Franken-Secco. Nachdem alle eingetroffen waren, gab Horst Ritter dem Musikanten ein Zeichen und der spielte einen Tusch. Ritter stellte sich auf eine Bank, wodurch er die Menschen überragte, die langsam die Gespräche einstellten.

„Liebe Brüder des Stammtisches *DIE SCHOPPENFETZER*, ich grüße Euch zum runden Bestehen unserer Schoppenbrüderschaft. Ein herzliches Willkommen unseren Partnerinnen und Freundinnen, die unsere gelegentliche heimische Abwesenheit so tolerant ertragen!" – Gelächter und Beifall – „Geschätzte geladene Gäste, insbesondere alle anwesenden Politikerinnen und Politiker, auf die wir, speziell wenn es Freischoppen gibt, immer zählen können." – Heftiges Gelächter und starker Beifall – „Mein Dank dem Wirt, der uns im Nebenzimmer mit einem großzügigen Buffet verwöhnt, und dem Musikanten, der das Fest mit dem Frankenlied einleiten wird … Wie ich sehe, ist auch die Presse erschienen und wir freuen uns am Montag über eine positive Berichterstattung. Damit möchte ich meine Begrüßung schließen und wünsche uns ein rauschendes Fest. Da dies eine geschlossene Gesellschaft ist, gibt es keine Polizeistunde! – Das Buffet ist eröffnet."

Der Musikus stimmte das Frankenlied an, in das die Gäste laut und mehr oder weniger textsicher einstimmten, während sie sich gegenseitig in Richtung Nebenzimmer zur Fütterung schoben.

„Du musst Dich schon ein wenig vordrängeln, da ist Schüchternheit fehl am Platz“, raunte Erich Rottmann Elvira zu. „Die Politiker sind in der Schlacht um das Buffet geübt. Die räumen schnell ab!“

Öchsle war von den vielen Beinen, die sich um ihn versammelt hatten, etwas irritiert. Sicherheitshalber hatte er sich auf seinem Stammplatz unter der Bank des Stammtisches niedergelassen. Da fühlte er sich geschützt.

Schöpf-Kelle befand sich in einem Dilemma. Einerseits wollte er ein paar Interviews führen und Fotos schießen, andererseits beobachtete er kritisch die ausgefahrenen Ellbogen der Politikerkaste, die sich reichlich Nahrung auf ihre Teller häufte. Sie waren dabei so geschickt, dass sie flächige Nahrungsbestandteile als Aufstellbretter nutzten und dahinter großzügig aufschlichteten. Schöpf-Kelle pfiff schließlich auf sein Berufsethos und stürzte sich ebenfalls ins Gedränge. Er war es ja gewohnt, Fakten durch Fantasie zu bereichern.

Es wäre unmöglich, all die vielen Details des Festes zu schildern. Die Politiker nutzten die Chance und holten sich bei den Weisen vom Stammtisch kostenlose Ratschläge für ihr politisches Wirken. Dabei zeichneten sich völlig neue Koalitionen ab.

Die Damen der Herren verbrüderten sich und beschlossen einen Gegenstammtisch zu gründen. Namensvorschlag: *DIE SCHOPPENFLITTCHEN*. Worüber man aber noch einmal im nüchternen Zustand nachdenken wollte. Bis dahin wollten sie beweisen, dass ihre alkoholischen Nehmerqualitäten mit denen der Herren vergleichbar waren. Elvira Stark war zwar gut im Rennen, konnte aber um drei Uhr morgens auch nicht mehr sagen, ob sie ein Männlein oder ein Weiblein war. Sie wandte sich daher an den Fachmann für derartige Fragen, Erich Rottmann, der allerdings um diese Uhrzeit unter dem gleichen Problem litt und vergeblich nach seiner Muttersprache suchte.

Es begann schon stark zu tagen, als Elvira und Erich, beide einander untergehakt, in ausgeprägten S-Kurven die Maulhardgasse hinunterwankten. Öchsle stand ziemlich unter Druck, dem er an der Marienkapelle endlich Luft verschaffen konnte. Dann umkreiste er die beiden wie ein Schäferhund, während sie sich von Sitzbank zu Sitzbank über den Unteren Markt in Richtung Sanderstraße schleppten. Am Polizeipräsidium saßen sie auf der Umgrenzungsmauer und machten, aneinandergelehnt, eine kurze Pause.

Elvira erwachte schockartig durch einen heftigen dumpfen Schlag, weil sie mit vollem Gewicht und ziemlicher Wucht auf dem Kokosvorleger … neben … Erich Rottmanns … Bett … gelandet war …! Sie stieß einen heiseren Schrei aus und versuchte sich völlig orientierungslos aufzurappeln. Es dauerte einen Moment, ehe sie total verwirrt erkannte, was ihr da feucht quer übers Gesicht fuhr. Es war Öchsles Zunge, womit er ihr hilfreich zur Seite stehen wollte.

Ächzend wälzte sie sich auf alle viere, um sich dann, sich am Bettrahmen abstützend, ganz langsam in eine senkrechte Position zu hieven. Ein Unterfangen, für das sie ihr Gehirn sofort durch einen stechenden Kopfschmerz bestrafte. Sie rieb sich die Augen, um einen klaren Blick zu bekommen. Dann blickte sie an sich herunter. Sie hatte zwar einen absoluten Filmriss, wie sie hierhergekommen war, aber offenbar hatte sie noch so viel Kraft gehabt, sich teilweise ihrer Kleidung zu entledigen … oder war sie ihrer entledigt worden …?! Verwirrt kontrollierte sie: Schlüpfer war an der Frau, BH auch, allerdings hing er ihr teilweise wie eine Schärpe quer über den Oberkörper, wodurch sich eine ihrer drallen Brüste ungebändigt ihrer Freiheit erfreute. Ihre Socken waren ordnungsgemäß an den Füßen. Während sie hastig versuchte, den vorwitzigen Körperteil wieder einzufangen, betrachtete sie Erich Rottmann, der, nur mit einer geräumigen Feinrippunterhose bekleidet, in Embryonalhaltung auf der Seite lag und schnarchte. Ihr Sturz aus dem Bett war offensichtlich eine Folge der körperlichen Verdrängung gewesen. Rottmanns Bett war zwar ziemlich breit, aber für zwei Menschen ihres unterfränkischen Kalibers dann doch etwas schmal. Trotz ihres Katers musste Elvira schmunzeln. Sie mussten ziemlich heftig gekuschelt haben, sonst hätten sie da niemals zusammen reingepasst.

Ein Schwindelanfall nötigte sie, sich schnell auf den Bettrand zu setzen, wobei sie heftig gegen Rottmanns Gesäß stieß. Der Schoppenfetzer grunzte schmatzend, dann drehte er sich um und stieß mit seinem Gesicht gegen Elviras Oberschenkel. Tief in seinem Unterbewusstsein löste Elviras Individualduft Alarm aus und aktivierte das Klirren der Ketten so aufdringlich, dass es ihm gelang, ein Auge zu öffnen. Plötzlich ging durch seinen Körper ein Ruck und Erich Rottmann schnalzte im Bett in die Höhe wie ein Fisch, der schlagartig auf dem Trockenen gelandet war.

„Was … wie … wo …!", stieß er lallend aus und riss beide Augen auf. Völlig schockiert erkannte er Elviras dürftige Bekleidung und seine eigene Quasi-Nacktheit. Selbst in seinem temporär dementen Zustand dämmerte ihm die Brisanz der Situation. Was musste man daraus für Schlüsse ziehen?

„Guten Morgen, Erich", sagte Elvira leise, „… ich glaube, wir sind gestern ziemlich versackt …! Ab einem bestimmten Punkt kann ich mich an nichts mehr erinnern." Sie hob ihre Jeans auf, die mitten im Schlafzimmer lag, teilweise von rechts auf links gedreht. Zuerst zog sie sich aber ihre Bluse über, die an der Türklinke hing.

Rottmann zog am Federbett, um sich ein bisschen zu bedecken. „Das Letzte woran ich mich erinnere, ist, dass unsere beiden Altbürgermeisternden, die Beckstein-Mannfeld und der Tuchmacher, im Hinterzimmer einen tierischen Klammerblues hinlegten. Dann ist bei mir zappenduster, absoluter Filmriss."

„Dann hast Du nicht mehr mitbekommen, dass Heidemarie, die Frau von Horst Ritter, dem Fuzzi von der Mainpostille eine gescheuert hat, weil er ihr ständig ins Dekolleté fotografieren wollte. Und dass der Florian Deichler heftig mit Deiner Tochter geflirtet hat! – Dann ist bei mir aber auch nur noch Dunkelheit!"

Sie erhob sich. „Erich, ich muss leider mal Dein Bad benutzen."

Rottmann winkte. Kaum war sie aus dem Zimmer, schoss er unter der Bettdecke hervor, blieb breitbeinig stehen und balancierte erst mal den massiv einsetzenden Seegang in seinem Kopf aus. Seine Hose und sein Hemd lagen zu Füßen des Bettes auf einem Haufen. Als die Spülung im Bad zu hören war, schloss er gerade den Reißverschluss seiner Breitcordhose, nachdem er das Hemd hineingestopft hatte. Er fühlte sich total beklommen. Hatte er doch keine Ahnung, was gestern hier in seinem Schlafzimmer vorgefallen war. Beiläufig sah er auf die Uhr. Kurz vor zwölf!

Elvira kam aus dem Bad.

„Wachablösung", brummte Rottmann und drängelte sich an ihr vorbei.

„Wenn es Dir recht ist, mache ich uns einen Kaffee?"

„Gerne, gerne", antwortete Rottmann, „Du weißt ja, wo bei mir alles steht", dann war er verschwunden. Erst im Bad wurde ihm bewusst, was er da gesagt hatte. Hoffentlich hatte sie seinen verbalen Ausrutscher nicht bemerkt!

Wenig später saßen die beiden am Tisch in der Küche und schlürften einen heißen schwarzen Kaffee, den Elvira so stark zubereitet hatte, dass der Löffel darin stehen konnte. Während ihre Lebensgeister langsam in Schwung kamen, saßen sie sich schweigend gegenüber. Beide suchten nach Worten. Schließlich meinte Elvira: „Erich, ich bin Dir sehr dankbar, dass Du mir Asyl gewährt hast. Wahrscheinlich war ich so blau, dass ich es nicht mehr bis in meine Wohnung geschafft hätte."

Rottmann nuschelte etwas Unverständliches in seinen Bart, was man mit viel Fantasie als Zustimmung werten konnte.

„Allerdings ...", fuhr sie nach kurzer Pause fort, „mein Bett wäre deutlich breiter und bequemer gewesen ... wie Du Dich vielleicht erinnern kannst."

Die Verlegenheit Rottmanns war fast körperlich zu spüren. Man konnte sehen, dass ihm etwas gewaltig auf der Seele brannte.

„Erich ... was geht Dir durch den Kopf?"

„Wie soll ichs denn sagen ..." Er suchte nach einer Formulierung. „Also, nehmen wir einmal an ... wenn man mein Schlafzimmer gewissermaßen als Tatort betrachten würde ... also nur mal so hypothetisch ... und irgendein Kriminaler wäre auf unsere ... ich meine ... diese morgendliche Schlafzimmerszene gestoßen ... was würde der wohl für kriminalistische Schlüsse aus unserer Auffindesituation ziehen?"

Jetzt musste Elvira Stark doch gewaltig lachen. So heftig, dass sie sofort wieder das Gesicht verzog, weil durch die Erschütterung ein stechender Schmerz durch ihren Kopf zuckte.

„Rottmann, Rottmann, Du bist wirklich ein Original! Du meinst, dieser Kriminalbeamte denkt, wir hätten eine heiße Nacht verbracht und wären ungezügelt und wild über uns hergefallen?"

Erich Rottmann verzog das Gesicht. Elvira traf wieder einmal gnadenlos ehrlich den Punkt auf dem Kopf … oder so.

„Lieber Erich, nach meiner laienhaften kriminalistischen Einschätzung würde dieser fiktive Kriminalbeamte sich absolut sicher sein, nachdem er die weingeschwängerte Luft zur Kenntnis genommen hätte, dass es hier ein strunzbetrunkenes unterfränkisches Paar gerade noch geschafft hatte, sich einige Klamotten vom Leib zu reißen, um sich dann in ein viel zu schmales Bett fallen zu lassen. Ihm wäre absolut klar, dass selbst das mächtigste unterfränkische Gemächt mit einem solchen Rausch nur noch als Ohngemächt bezeichnet werden konnte. – Lieber Erich, sind damit alle Deine kriminalistischen Fragen beantwortet?“

Über Erich Rottmanns Gesicht huschte ein schiefes Grinsen.

Öchsle wurde dieses langweilige Gelaber langsam zu dumm. Da hatte er heute Nacht schon nichts zu fressen bekommen und jetzt machte keiner Anstalten, mit ihm Gassi zu gehen. Er setzte sich neben den Tisch und begann auffordernd zu bellen.

*

Epilog

Nachdem die Bürger Würzburgs sich beim Bürgerentscheid mit großer Mehrheit für die Gebührenfreiheit des Talaveraparkplatzes ausgesprochen hatten, rückte dieses Thema sehr schnell in den Hintergrund, weil andere, drängendere Probleme in den Fokus rückten. OB Schluckthardt raufte sich ständig die Haare ob der Unregierbarkeit dieser Stadt, was er nur dürftig mit Hilfe seines nächtlichen Haarnetzes ausgleichen konnte. Der Kämmerer blieb bei seinen wöchentlichen Wallfahrten auf das Käppele, versunken im Gebet um einen großen Lottogewinn für den Stadtsäckel. Und der Stadtrat war sich zuverlässig einig darin, dass man sich meistens uneinig war.

Eines Tages saß Markus Selig, ohne dass es von der Öffentlichkeit groß wahrgenommen wurde, wieder an seinem Schreibtisch. Interviews verweigerte er, Kommentare zum Ausgang der beiden Bürgerentscheide gab er keine ab. Rücktritt war für ihn keine Option, schließlich hätte er dann sein Recht auf unbegrenztes Parken in der Stadt mit seinem Dienst-Pkw verloren! Er war voller neuer Ideen, wie man die verkehrspolitische Neugestaltung in Würzburg organisieren könnte. Oberbürgermeister Schluckthardt sah schwere Zeiten auf sich zukommen.

*

Sechs Wochen nach der Jubiläumsfeier klingelte es an Elviras Haustür. Über die Sprechanlage kam eine weibliche Stimme: „Hallo, Frau Stark, hier Amanda Schreck …“

„Ah, schön, kommen Sie herauf!“ Der Türöffner brummte und Frau Schreck trat ein. Sie trug zwei größere Tasche mit sich, die daran schuld waren, dass sie auf den vielen Stufen etwas außer Atem geriet.

„Oh, wenn ich gewusst hätte, dass Sie so schwer zu tragen haben, wäre ich Ihnen doch entgegengegangen! Kommen Sie doch herein."

Amanda Schreck trat ein und stellte die Taschen ab. Aus einer kam ein leises Fiepen.

„Ich darf doch …?", sagte Elvira und zog den Reißverschluss auf. Sofort erschien der kleine Kopf eines Hundewelpen in der Öffnung, der neugierig in die Umgebung guckte.

„Hallo Schöpple!", begrüßte Elvira das kleine Hundchen und nahm es vorsichtig auf den Arm. „Ach Gott, ist der süß!", jubilierte sie und musste lachen, weil der Welpe ihr den Hals ableckte. „Das kitzelt!"

„Ja, das haben die Kleinen drauf", erklärte Frau Schreck und öffnete die andere Tasche. „Ich habe Ihnen da mal einen kleinen Vorrat an Futter mitgebracht, außerdem eine Decke, die bis jetzt in der Wurfkiste lag und nach seinen Geschwistern riecht. Das erleichtert etwas die Eingewöhnung. Es könnte schon sein, dass er in den ersten Tagen nachts etwas nach seiner Mutter jammert, aber wenn Sie ihn in einem höheren Karton neben Ihr Bett stellen, dann können Sie ihn gleich beruhigen, außerdem bekommen Sie mit, wenn er in der Nacht Gassi gehen muss. Das kann dann schon in einem Zwei-, Drei-Stunden-Rhythmus sein. Dann heißt es halt aufstehen und rausgehen … Die Kleinen lernen aber schnell und melden sich, wenn sie mal müssen. Sie werden sehen, er akzeptiert Sie ruckzuck als neues Rudel. Wenn Sie Fragen haben, können Sie mich ja jederzeit anrufen."

Während sich die beiden Frauen noch unterhielten, marschierte der kleine Rüde über den Teppich und erforschte seine neue Umgebung. Dann setzte er seinem Heim gleich seinen

Stempel auf, indem er auf dem Teppichboden eine kleine Pfütze absetzte. Frau Schreck lachte. „Sie sehen, er fühlt sich schon wie zuhause."

Später, als Frau Schreck schon lange gegangen war, legte Elvira ihrem neuen Mitbewohner ein kleines Halsband an und trug ihn die Treppe hinunter. Sie hatte sich mit Rottmann und Öchsle verabredet. Sie war gespannt, wie Öchsle auf seinen mutmaßlichen Nachwuchs reagieren würde.

Zusammengefasst kann man sagen, dass sich die beiden bestens verstanden und Öchsle die Frechheiten des Welpen mit Großmut ertrug. Der kleine Schöpple wedelte sich blitzschnell in die Herzen von Elvira und Erich und war schon nach wenigen Tagen nicht mehr aus ihrer beider Leben wegzudenken.

*

Ein Vierteljahr nach der spektakulären Jubiläumsfeier unterschrieb Erich Rottmann bei der *Immo-Hausverwaltung Sorge GmbH* – gegen die massiven Widerstände von Elvira Stark – einen Mietvertrag für die Parterrewohnung in Rosengasse Hs.-Nr. 25. Sie fand es, wie sie mehrfach betonte, unnötig, dass Rottmann Miete bezahlen musste, wenn er bei ihr oben mietfrei hätte wohnen können. Rottmann setzte sich aber mit bewährter Sturheit durch. Frau Renner war bereits ins Heim umgezogen und hatte den Verkauf ihrer Wohnung der Hausverwaltung anvertraut. Ron Schneider, Rottmanns Anwalt, hatte ihm geraten, diese Chance zur Anmietung einer Wohnung in seiner nächsten Nachbarschaft zu ergreifen, weil ein Prozess gegen die Kündigung seiner alten Wohnung keine Chance gehabt hätte. Die Folge: Elvira war fast eine Woche lang beleidigt, weil er ihr Angebot, doch mit ihr zusammenzuziehen, abgelehnt hatte. Dies rieten ihm aber auch seine klirrenden Ketten im Kopf. Durch seine Entscheidung lagen jetzt noch immer zwei Stockwerke zwischen der Erstürmung seiner Junggesellenburg und der Freiheit. Vier Wochen nach Unterzeichnung des Mietvertrags zog Erich Rottmann mit Hilfe seiner Stammtischbrüder um. Die Garage für seinen alten VW Käfer konnte er behalten, weil sein Nachmieter, Jens Rodenstock, hierfür keinen Bedarf hatte. Elvira beruhigte sich erstaunlich schnell wieder und fand sich mit dem nun bestehenden Zustand ab.

Epilog zum Epilog

Es war zwei Uhr in der Nacht. Elvira Stark saß im Schlafanzug am Wohnzimmertisch ihrer Eigentumswohnung und hatte einen Ordner aufgeschlagen, in dem sie sehr persönliche Dokumente aufbewahrte. Er stand normalerweise im Schlafzimmerschrank, ganz oben, ganz hinten, völlig verborgen hinter säuberlich aufgestapelter Bettwäsche. Der Inhalt war durch beschriftete Register unterteilt. Eines trug die Bezeichnung: *Immobilien*. Elvira nahm mehrere gelochte Blätter vom Tisch und heftete sie hinter einem notariellen Kaufvertrag über eine Eigentumswohnung in der Rosengasse 25, Parterre, ab. Es handelte sich um einen Verwaltervertrag mit der *Immo-Hausverwaltung Sorge GmbH* über die Verwaltung dieser Eigentumswohnung. Darin war vereinbart, dass die Hausverwaltung in allen vertraglichen Vereinbarungen die Wohnung betreffend im Außenverhältnis als Bevollmächtigte aufzutreten hatte. Jeglicher Schriftverkehr war über die Hausverwaltung abzuwickeln. Weiter war darin festgelegt, dass die Miete dieser Wohnung auf ein Konto der Hausverwaltung einzuziehen war. Nach Abzug der Gebühren und anfallenden Unkosten war der Erlös halbjährlich auf ein Konto Elvira Starks bei der Spar Bank Würzburg zu überweisen. Dort wachte ein Finanzberater über Elviras Konto und legte das nunmehr geschrumpfte Restvermögen einer einstmals beträchtlichen Erbschaft gewinnbringend an.

Elvira schloss den Ordner, ging ins Schlafzimmer, stellte sich auf einen kleinen Hocker und verstaute die Unterlagen wieder in ihrem Versteck. Dabei warf sie einen Blick auf einen größeren, oben offenen Umzugskarton, in dem sich auf Decken ein kleiner Welpe zusammengerollt hatte und schlief. Sie trug einen Jogginganzug, um sofort, wenn der kleine Schöpple ein Bedürfnis hatte, losgehen zu können. Sie legte sich in ihr Bett, löschte das Licht und starrte gegen die Decke, wo die Straßenbeleuchtung draußen Licht und Schatten zauberte. Sie hatte ein permanent schlechtes Gewissen, obwohl sie sich sicher war, dass sie das Richtige getan hatte.

Sie erinnerte sich: Der Stein kam ins Rollen, als sie vor Wochen überraschend einen Anruf von ihrem alten Bekannten Eduard Rodenstock aus Dresden erhielt, der ihr erzählte, dass er für seinen Sohn während des Medizinstudiums in Würzburg eine Wohnung benötigte. Er erklärte ihr, dass er beabsichtigte den Mieter seiner Eigentumswohnung, einen gewissen Erich Rottmann, in ihrer Nachbarschaft wegen Eigenbedarfs zu kündigen. Sie solle ihm doch mitteilen, da sie ihn wahrscheinlich besser kenne, was für ein Mensch dieser Rottmann sei und ob man mit einem Rechtsstreit rechnen müsse. Sofort begann das Teufelchen auf ihrer Schulter das Engelchen auf der anderen Seite zu übertönen und sie erklärte ihm, dass sie da keine besonderen Probleme sähe, da dieser Mann nach ihrer Kenntnis etwas vulnerabel sei und sowieso bald eine Wohnalternative benötige. – Die Folge war dann die Kündigung.

Sie hoffte, dass sie sichergestellt hatte, dass Rottmann von ihren Manipulationen nichts erfuhr. Von ihm durfte sie kein Verständnis erhoffen. Die Chance, Erich Rottmann zu bewegen, mehr in ihre Nähe zu ziehen, konnte sie sich nicht entgehen lassen. Jetzt trennten sie nur noch zwei Stockwerke! Keine unüberwindbare Distanz. Sie drehte sich auf die Seite und knuffte das Federkissen zurecht. Etwas trotzig beruhigte sie sich mit dem Gedanken, dass im Krieg und in der Liebe alles erlaubt sei … sagen wir mal … fast alles …

Sie ließ die Hand aus dem Bett in den Karton hängen, wo Schöpple, ihr kleiner Welpe, lag, sie ableckte und sich dann wieder zufrieden zum Schlafen zusammenrollte.

***

Folgende Würzburger
Regional-Krimis der Buchreihe
„Der Schoppenfetzer“ sind bereits
im Echter Verlag erschienen:

Band 1: *Der Schoppenfetzer und die Silvanerleiche*
Band 2: *Der Schoppenfetzer und der Tod des Nachtwächters*
Band 3: *Der Schoppenfetzer und das Rotweingrab*
Band 4: *Der Schoppenfetzer und das Riesling-Attentat*
Band 5: *Der Schoppenfetzer und der Henkerswein*
Band 6: *Der Schoppenfetzer und der Messweinfluch*
Band 7: *Der Schoppenfetzer und die Weindorftoten*
Band 8: *Der Schoppenfetzer und die Bacchus-Verschwörung*
Band 9: *Der Schoppenfetzer und die Rache des Winzers*
Band 10: *Der Schoppenfetzer und die Satansrebe*
Band 11: *Der Schoppenfetzer und die blutrote Domina*
Band 12: *Der Schoppenfetzer und der tödliche Rausch*
Band 13: *Der Schoppenfetzer und das dunkle Geheimnis*
Band 14: *Der Schoppenfetzer und das Maulaff-Mysterium*
Band 15: *Der Schoppenfetzer und der Narrenwein*
Band 16: *Der Schoppenfetzer und der Brückenkrieg*
Band 17: *Der Schoppenfetzer und die Krallen des Löwen*
Band 18: *Der Schoppenfetzer und der untote Winzer*
Band 19: *Der Schoppenfetzer und die Schatten der Vergangenheit*